春夏秋冬

情熱と摩天楼

SHUNKASHUTO
JONETSU TO MATENRO

JN132754

遠野春日

円陣闇丸 画

HARUHI TONO
YAMIMARU ENJIN

CONTENTS

この物語はフィクションであり、実際の人物・
団体・事件等とは、一切関係ありません。

イスタンブール・デート

SHUNKASHUTO
JONETSU TO MATENRO

イスタンブールの観光名所として有名なアヤソフィア博物館――方形に円蓋を戴いた建物の四隅に、天に向かって聳《そび》えるミナレットを配した、東ローマ帝国の代表的な遺構の内部を感嘆しながら見上げていた基《もとい》は、後ろからポンと肩を叩かれ、はっとして振り返った。

「智将《ちしょう》さん！」

アヤソフィアの建物に入ったすぐのところで、と決めて待ち合わせていたので驚きはしなかったが、あまりの天井の高さに呆然としていたところを見られた恥ずかしさで、基は軽く狼狽《うろた》えた。

「早かったんだな。待ったか？」

いいえ、と基は笑顔を見せる。

「思ったより早く仕事が終わってフリーになったので、この近くのブルーモスクを先に見学してきました。なので、ここには僕もついさっき入ったばかりなんです」

「そうか。それならよかった。俺のほうは知り合いにランチに誘われて、今し方まで付き合わされていた。約束があるからと早めに引き揚げさせてもらったが、その代わり今夜ぜひ自宅で開くパーティーに顔を出してくれと言われて、招待を受けざるを得なくなった。昔、仕事上ずいぶん世話になった人で、たまたま同じ便に乗り合わせていて久々に会ったんだ。そんなわけで断りづらくてな」

「僕ならご心配無用ですよ。ちゃんとホテルの部屋でおとなしく待っています」

そういうことなら仕方がない。都筑《つづき》によけいな気を遣わせまいとして基が言うと、都筑は心外そうに含み笑いをした。

「きみも一緒だ。パートナー同伴でいいかと先方に断りを入れてある」

「……えっ、でも……」

基は突然のことに戸惑いを隠せず、いいんですか、と問いかける目をして都筑を見る。

「せっかくの夜をきみと別々に過ごすなどあり得ない。パーティー、嫌いじゃないだろう」

「スーツは今着ているようなビジネス用のものしか持ってきていないですけど」

「これで十分だ」

都筑の手が基のスーツの襟に伸びてきて、生地のよさを確かめるかのごとく触れ、ついでのようにネクタイのノットの位置を直す。

「素敵なスーツだ。きみによく似合っている。ネクタイだけもう少し遊び心のあるものに変えたらいい。俺のを貸そう」

「はい……ありがとうございます」

面と向かって褒められ、気恥ずかしさから睫毛《まつげ》を揺らして俯きがちになりながら、基は妙な謙遜《けんそん》はせずに都筑の言葉を素直に受けとめた。

ボスポラス海峡を挟むトルコ西部の都市イスタンブール。まさかこんなエキゾチックな旅情を誘う街を都筑と二人で歩くことになるとは思ってもみなかった。

「俺もイスタンブールは初めてだ。仕事で世界各地を訪れてはいるが、旅行や観光にはあまり縁がなくてな」

「僕もです」

元はキリスト教の大聖堂だった建物の中を都筑と共に並んで歩いて見て回りながら、基は今回の幸運な偶然にあらためて感謝する。

ニューヨークの勤務先、プラザ・マーク・ホテルで上司である総支配人から、イスタンブールの系列ホテルを視察に行くので後学のため同行するよう言いつかり、今日がその最終日だった。総支配人は今夜遅くの便でルクセンブルクに飛び、そこで別件の仕事があるそうだ。基は明後日の遅番に間に合うようにニューヨークに戻ればいい。

このことを都筑に話すと、「それなら空いている時間、イスタンブールでデートしよう」と提案されて、基は目を瞠《みは》った。都筑もちょうどそのあたりにミラノに出張する予定があって、基のスケジュールに合わせて日程を調整できそうだという。

「こちらへは昨晩着いたんですか？」

モスクとして使用されていた頃に造られた、メッカの方向を示すくぼみ、ミフラーブの前で足を止め、基は都筑に聞いた。

「ああ。零時過ぎていたから連絡しなかったが、昨晩のうちにここから歩いて数分の場所にあるホテルにチェックインした」

「じゃあ、夜はちゃんと眠れたんですね」

「もちろんだ」

都筑は唇の端を上げ、色香の漂う顔つきになる。

「今夜は寝る必要がないようにしっかり調整ずみだ」

「そ、それだと、僕も寝かせてもらえないことになりませんか……？」

するっと口に出して言ってから、いささか大胆すぎたかと頬を赤らめる。

都筑はいっそう艶を増したまなざしで基を見つめ、ふっ、とからかうような笑みを浮かべる。

基もまんざらでもなくて、面映《おもは》ゆさに伏し目がちになりながら、パーティーのあとホテルに戻って二人きりになってからのことをあれこれ想像し、ますます顔を火照《ほて》らせた。

だめだ、と節操もなく都筑を求めてしまう己のはしたなさを叱咤する。

金箔や彫刻が施された荘厳な印象のくぼみをじっくり眺めてから、さらに歩を進める。壁面に描かれたモザイク画は聖人や皇帝、聖母子などキリスト教関係のものだ。

二階部分へは石畳のスロープと階段で上がっていく。上がってみると回廊がぐるりと巡らされており、一階部分が一眸《いちぼう》のもとに見渡せる。大きく取られた窓からは燦々《さんさん》と陽光が降り注いでいて眩しいほどだった。

「歴史地区で有名なのは、ここと、ブルーモスク、それからなんといってもトプカプ宮殿だが、あいにく宮殿は火曜休みだ。知人宅でのパーティーが六時からだから五時にはホテルに戻って支度をするとして……」

都筑は腕時計を確かめて基に聞く。

「あと二時間ほどあるが、ほかに行ってみたいところはあるか？」

「グランドバザールを覗いてみたいです」

ぱっと頭に浮かんだものを基は迷わず言ってみた。ほかにも博物館や美術館、ドルマバフチェ宮殿など、いくらでも訪れたい場所はあったが、世界最古で最大規模ではないかと言われている屋根付きの市場がどういうものか見てみたかった。

「いいけど、迷子になるなよ。とにかく広くて複雑で、一度入ったら同じところから出るのは至難と聞いている」

「はい。はぐれないように智将さんの傍《そば》を離れません」

神妙に返した基に、都筑は「いい子だ」と茶目っ気たっぷりに答え、行こうか、と基の背中を手で軽く押して歩きだした。

＊

珍しい雑貨を見て歩くだけであっという間に時間が経っていたグランドバザール見学のあと、基は都筑と共に昨日までお世話になっていたホテルに戻り、フロントに預けていた荷物を引き取った。

今晩は都筑と一緒にアヤソフィア近くの高級ホテルに泊まって、明日の午後ニューヨーク行きの便に乗る。

その一泊するだけの宿に、都筑は最高ランクの老舗ホテルを予約してくれていた。旧市街観光に打ってつけのロケーションにある、部屋数が五十しかないこぢんまりとしたホテルだが、コロニアル風の優雅な外観はもちろん、家具調度品からちょっと飾られた切り花に至るまで、上品かつ良質なものが選び抜かれており、部屋もとても居心地がよかった。

基自身、ホテルマンなので、ついスタッフに目が行くのだが、このホテルの従業員たちはさすがに教育が行き届いていて、なおかつ出すぎたところがなく、素晴らしいと感嘆した。

オーナー一族の一員として、いずれは現場を離れて経営のほうを手伝うことになるのだが、それまでにできるだけ多くのホテルを見て回り、それぞれの美点を参考に、よりよいホテル作りをするために役立てられたら、と思っている。今回、提携先のホテルで研修中の基を、総支配人がイスタンブールにまで同行させたのも、経営者である水無瀬《みなせ》家の意向を汲《く》んでのことだ。ありがたく受けとめている。

都筑と交替でシャワーを浴びて、新しいシャツに着替え、二着用意してきたスーツのうち、よりパーティーで映《は》えるほうを着る。

ネクタイは都筑が数本持ってきている中から「これがいい」と選び出し、手ずから結んでくれた。

ネクタイを結び終えたあと、都筑はとっくりと基を見て満足そうに微笑んだ。

「今すぐこれを解いて押し倒したい気分だ」

そんな戯《ざ》れ言を言いつつ基の顎を指で擡《もた》げ、顔を近づけてくる。

基がそっと目を閉じたのと同時に、都筑の唇が基の唇を啄んだ。柔らかな感触を愉《たの》しむように繰り返し小刻みにキスをする。

「待ち遠しかった」

離れていたのは僅か四日ほどで、明日の便でニューヨークに帰れば、また同じ部屋で暮らし、同じベッドで寝起きする日々が待っている。それにもかかわらず、都筑は基に惜しげもなく熱っぽい言葉を囁く。

都筑にこれでもかというほど愛され、可愛がられるたび、基は幸せすぎて、どうしようと戸惑う。嬉しさで頭がいっぱいになってしまって何も考えられなくなり、ふと我に返ったとき、都筑から愛情を受け取るばかりでいいのかと逆に不安になる。

何度も唇を触れ合わせるうち、もっと都筑を感じたくなって、基のほうから口を薄く開いた。

「歯止めが利《き》かなくなるぞ」

「……はい」

息がかかるほどの距離で短く言葉を交わした直後、都筑の唇がそれまでとは比べものにならないほど強く押しつけられてきた。

開いた唇の隙間を舌で抉《こ》じ開け、基の口腔《こうこう》を荒々しく蹂躙《じゅうりん》してくる。

「あ……っ、ん、んっ」

喘ぐような声を洩らしながら、基も積極的に舌を絡ませ、都築に応《こた》える。搦《から》め捕《と》られた舌を容赦なく吸引され、基はヒクッと喉を震わせ、首を仰け反らせた。

都筑の手が基の後頭部を支え、しっかりと腰を抱き寄せる。

ピチャピチャと湿った粘膜を接合させる淫猥な音が室内に響く。

都筑とのキスはいつも基を夢中にさせ、なりふりかまっていられない心地にする。

このままだと本気でやめられなくなりそうだ、まずい、と頭の片隅をちらりと理性が過る。まるでそれが通じたかのごとく、都筑がいかにも名残惜しそうに、ゆっくりと唇を離した。

ほうっと熱っぽい息をつき、頭の芯をぼんやりさせたまま都筑の腕に身を預けていると、控えめな音で電話が鳴り始めた。

「迎えの車が着いたようだ」

都筑は基の火照った頬に指を這わせ、濡れた唇を軽く啄むと、書き物机の上に置かれた電話に出た。

都筑の知り合いだという富豪の屋敷は海側の高台に建つ、四階建ての豪邸だった。

内輪のパーティーだと聞いていたが、広間に案内されると百人近くの人々が集まっており、半ば予想してはいたものの、これが個人宅でのホームパーティーだという事実に基は少々気圧《けお》された。

フェリト・ジュンブルは四十代半ばの実業家で、快活な社交家のようだった。ジュンブル家は祖父の代に綿花農園経営で成功して財をなし、以降様々な分野に手を広げて躍進し続けている富豪だ。中でもフェリトは遣《や》り手として知られ、積極的にアメリカ企業や政府と連携を強めている。都筑とも事業の提携を機に親しくなったそうだ。

「はじめまして、フェリトです。今夜は無理を言って来ていただいて申し訳ない。何年ぶりかで智将と会ったものだから、ついこのまま帰国させるのが惜しくなってしまってね」

にこやかな笑顔を向けてきて、感じのいい態度で握手を求められると、基は恐縮してしまい、「とんでもありません」と答えるのがやっとになる。

綺麗に剃り上げられたツルツルの頭に穏やかなまなざしの、親しみやすそうな人物だ。秀でた額や血色のいい頬が潑剌《はつらつ》とした印象を与える。これだけの規模でもコンセプトはカジュアルなホームパーティーということらしく、遊び心のあるスーツにノーネクタイという出で立ちだった。

「たいしたおもてなしはできませんが、時間の許す限り楽しんでいってください。ああ、でも、なんだか智将は来た早々、さっさと帰ってあなたと二人きりになりたい、って顔をしていますね」

どうやら気さくな人らしく、都筑と基の関係がどういうものかも承知している様子だ。

「最近では街を歩くと、案外、男性同士で手を繋いだり肩を組んだりしている人たちを見かけますよ。でも、あなたほど可愛らしくて綺麗な方はそうそう見かけませんね。智将がメロメロになるはずです」

基は返事に困って傍らの都筑を見上げ、救いを求めるように瞬きした。

都筑はいつまでも基の手を握って離さないフェリトの手をやんわりと引き剝がすと、

「きみには若くて美しい奥方がいるだろう」

と釘を刺す。基の肩を抱き寄せて、自分のものだとアピールするのも忘れなかった。

ハッハッハ、とフェリトは豪快に笑い、悪びれない口調で愉快そうに「まいったな！」と言う。

「安心しろ、彼に手を出そうなんて不届き者は今夜この場には来ていない。気心の知れた友人ばかりだ」

「ああ、わかっている。招待ありがとう」

都筑があらためて礼を述べると、フェリトは親しみを込めて都筑の胸板を拳《こぶし》でトンと突き、「ごゆっくり」と言って、手を振りながらほかへ挨拶《あいさつ》に行った。

「智将さんは、いろいろな方とお知り合いですね」

基が感心して言うと、都筑は軽く肩を竦めて「そりゃあな」と苦笑する。

「仕事柄、付き合いのある相手は多いが、恋人は神に誓ってきみだけだ」

「はい」

それは基も疑っていない。都筑にじっと目を見据えられて、基も都筑を見つめ返した。瞬きをするのも忘れ、互いの瞳に見入る。

「……本気でもう部屋に帰りたくなってきたな」

いくらなんでもそれではあまりにもフェリトに申し訳なかったので、基は都筑の腕を引き、テラスに誘い出した。

ボスポラス海峡が一眸できる抜群のロケーションに、思わず感嘆の溜息が出る。

「ここから向こうがアジアで、背後がヨーロッパだなんて、なんだかとても雄大でロマンチックですね。この街で西洋と東洋が交ざり合ったんですよね」

テラスにも十人ほど招待客がいて、それぞれにカクテルを飲みながら談笑したり、身を寄せ合って心地よい風に吹かれつつ夜景を眺めたりしている。

基も都筑と並んで手摺りに凭《もた》れ、暗い海と明かりのついた家々、港に停泊中の豪華客船など、眼下に広がる景色を愉しんだ。

「次は仕事抜きでゆっくり来られたらいいな」

「はい」

仕事明けにこうした形で都筑と待ち合わせて帰るのも、それはそれで楽しいし、恵まれた環境だと思いながら基は控えめに頷いた。

「今年の夏は、フロリダあたりでのんびりバカンスというのはどうだろう？」

「それだとタロウも連れていけますね」

基はにっこり笑って、都筑が飼っているラブラドール・レトリバーのことも気にかける。こんなふうに二人揃って何日間か家を空けるときには、タロウはグラマシーに住んでいる都筑の両親に預かってもらっている。

「俺よりタロウと一緒のほうが楽しいと言われたら落ち込むぞ」

都筑はわざと拗《す》ねてみせ、絡むように基の腰に腕を回してぴったりと体をくっつけてきた。ときどき都筑はこんなふうに基に甘えてくる。いかにも一人っ子らしい感じがして微笑ましい。

基には兄がいるが、一回り離れているので、もはや父親が二人いるようなものだ。甘えるという雰囲気ではなく、ずっと尊敬と憧憬の対象で、小さい頃から家の中ではずっと背筋を伸ばして気を張って過ごしてきたように思う。おかげでホテルマンらしい折り目正しい所作を覚えることには、さして苦労しなかった。

「タロウは大好きで、大切に思っていますけど、智将さんのことはそれ以上に愛してます」

率直に答えると、都筑は一瞬目を見開き、次の瞬間には表情を歓喜で輝かせ、人目も憚《はばか》らず基を正面から抱いてきた。

基も都筑の体に両腕を回す。

「まったく、きみにはやられっぱなしだ」

苦しくなるほどに力を込めて抱き竦められて、基は都筑の熱と馴染んだトワレの香りにクラリと脳髄が痺れる感覚を味わった。

「最初に会ったときからそうだった。きっとこの先もずっと俺はきみに敵《かな》いそうにない。悔しいが認めよう」

「それって……お互い様ですよ」

初めて都筑と顔を合わせたときのことを反芻しながら、基は言った。

「僕も智将さんに一目惚れでした。なんだか、こう、胸がジンと熱くなって、震えが止まらなくて、泣きそうでした」

「泣いてもよかったのに」

都筑がここぞとばかりに意地悪くからかう。やられっぱなしなのはやはり自分のほうだと基は都筑に言いたくなった。だが、それよりふと興味が湧いて聞いてみる。

「あそこでもし僕が泣いていたら、智将さん、どうしていました？」

「うん？　そうだな……」

都筑は基の髪に指を差し入れて優しく愛撫しながら愉しげに思案する。

ルームサービス係としてVIP待遇で宿泊していた都筑の許にシャンパンを運んでいった日のことが、つい昨日の出来事のように基の脳裏に浮かんでくる。

都筑と目を合わせた途端、時が止まったような気がした。周囲のすべてが消し飛んで、基の意識には都筑しか入ってこなかった。感じるのは都筑の息遣いであり、爽やかなトワレの香りであり、穏やかで優しいテノールの声だった。

あんなに緊張したことはかつてない。

今でも基は、あの状態でよくシャンパンボトルを手から滑り落とさなかったと思うのだ。指が震えてソムリエナイフでラベルを切り損ない、怪我をするという失態こそ演じてしまったが、その程度ですんで幸いだった。

「傷ついた指を咥《くわ》えて血を吸っただけじゃなく、遠慮がちに抱いて目尻や瞼にもキスをしていたんじゃないかな」

「指を咥えるだけでもずいぶん大胆でしたよ、智将さん」

「ああ」

熱の籠った息を吐き出すと同時に都筑は色っぽい声を基の耳朶に響かせる。

基はゾクゾクして背筋を微《かす》かに震えさせ、ますます都筑に身を近づけた。

「そもそも、大胆なのは俺よりきみのほうだ。こんな純真無垢な顔をしていながら……というか、実際きみは清らかそのものだったんだが、一生懸命に紳士らしく振る舞おうとしていた俺を、まんまと初デートでベッドに押し倒す不埒《ふらち》な男にしてくれた」

「初デートは、その前に二人で食事をしたときだと考えては……だめ、ですか？」

おずおずと言った基に、都筑はニヤリとしたり顔で笑い、「そういうことにしておこう」と答える。最初からそのつもりだったに違いない。基はまんまと言わされた形になり、都筑のしたたかさにクスッと笑っていた。

「初めてが智将さんで、嬉しかったです、僕。それまで誰にもあんな気持ちにならなくてよかった」

「……そんな科白《せりふ》、反則だぞ」

都筑は目を眇めて基をやんわり睨むと、たまらなそうに唇を塞いできた。

唇と唇が触れた瞬間、基の頭の中にあったことは綺麗さっぱり吹き飛んで、都筑以外感じられなくなっていた。

温かく、弾力のある唇が押しつけられる感触。舌先で唇の隙間を広げられ、濡れた舌が基の口の中に潜《もぐ》り込んでくる。

「ンンッ……あ」

感じやすい口蓋を擽《くすぐ》られ、舌を搦め捕られて吸い上げられ、ホテルの部屋での昂揚《こうよう》が再び訪れる。一度火をつけられていた体は、鎮まっていたようで実は熾火《おきび》を残していたらしく、あっという間に基を欲情させた。

「も、だめ……！　智将さん」

これ以上されたら腰が砕けてしまいそうな不安を感じ、基は都筑の体に縋って哀願した。

「シャンパンを飲んだら、失礼しようか」

本当はシャンパンもいらないと断りたかったが、都筑が見ている方向にふと視線を巡らせた基は、あっ、と遅ればせながら気がついて、都筑の腕の中で羞恥のあまり俯いた。

給仕を伴ったフェリトがこちらに向かって歩いてきている。先ほどからずっと基たちの様子を見ていたらしく、口元にニヤニヤと冷やかすような笑みを湛《たた》えている。銀盆を持った給仕が運んでいるのはシャンパングラス三つだ。

「どこに消えたかと思ったら、やはりこの恋人同士にうってつけのテラスだったか」

「失礼。なにぶん、ここにはきみ以外知り合いがいなくてね」

「知り合いはいなくても、昔のきみなら、片っ端から事業の役に立ちそうな面々を俺に紹介させていたに違いないのにな」

「イスタンブールにはプライベートな時間を楽しみに来たんだ。昨日、飛行機の中で話したときにも言っただろう」

「ふん……聞いた。確かに」

彼を見るまでは信じがたかったけれど、とフェリトは感心したようなまなざしを基にくれる。

「きみは新宿《しんじゅく》が本拠地の、グラン・マジェスティ・グループ会長のご子息だそうだね」

「……はい」

シャンパンをフェリトの手から受け取りながら基はためらいがちに頷いた。

「言っておくが、だから俺は彼と一緒にいるわけじゃないぞ」

都筑が少し険を含ませた声音で、ぴしゃりと先回りして否定する。

「もちろん、それは俺も先はどからきみたちの仲睦まじさを見せつけられて、重々承知しているとも」

気に障《さわ》ったなら謝る、とフェリトはかえって狼狽えた様子で言った。

「そのうちこのイスタンブールにも系列のホテルを造るんじゃないかと、探りを入れたかっただけだよ。うちの絨毯《じゅうたん》やカーテンを気に入ってもらえたら、ぜひ使ってほしいと思ってね」

「相変わらず抜け目のない男だな」

呆れたように言いつつも、都筑はすでに機嫌を直していて、基をホッとさせた。普段は冷静沈着な都筑だが、案外怒らせると怖いところがあるのだ。

「そういうお話でしたら僕より兄とされたほうが早いです。兄に言っておきます」

「そうしてくれるとありがたいな！」

フェリトは基の手を強く握り締め、またもやしばらく離そうとせず、今度は先ほどよりもずっと邪険に都筑に払いのけられていた。

その後は三人でシャンパンを飲みながら、他愛のない話をした。

都筑とフェリトはかなり気心の知れた仲らしく、酒が入って、話をすればするほど、お互いざっくばらんに、遠慮なく本音をぶつけ合っている印象があり、年齢は離れていてもいい友人関係を築いているのがわかった。

行き同様、帰りもジュンブル家の車でホテルまで送り届けてもらい、着いたのは午後九時過ぎだった。

「本当はもっと早く引き揚げるつもりだったんだが、相手がフェリトだけにそうは問屋が卸《おろ》さなかった。さすが、したたかな商売人だ」

「僕は十分楽しかったですよ」

都筑とフェリトの歯に衣《きぬ》着せぬ会話は聞いているだけで興味深かった。その上、フェリトも都筑も基が黙り込んでしまわないよう常に気にかけ、疎外感を味わわせないようにしてくれた。トルコの富豪の邸宅に足を踏み入れる機会など、この先そうそうなさそうなので、いい経験をさせてもらえたと感謝してもいる。

「そうか？　それなら……まぁいいが」

都筑は基が楽しめたならばパーティーでもなんでも、いつでも連れていってやる、と真面目な顔つきで言う。

愛されているのを肌で感じて、基は気恥ずかしさもさることながら喜びのほうが遙かに勝り、そっと睫毛を伏せた。

「ここからは、俺だけのものだ」

やや低められた声がとてつもなくセクシーに感じられ、基はドキリとして顔を上げた。

都筑は話をしながら上着とベストを脱ぎ、ネクタイも解いて首からぶら下げているだけになっていた。

パーティーの余韻と二杯いただいたシャンパンに少し酔ってぼうっとしていた基は、慌てて自分もネクタイに手を伸ばした。

「俺がする」

すかさず都筑に手を摑まれて下ろさせられ、基はされるままになった。

シュルッと絹が滑る色っぽい衣擦《きぬず》れの音がして、それだけで基は体の芯が疼いてきた。

はしたないと自分でも思うのだが、都筑とこんなふうになるたび、理性では抑えが利かなくなる。

「アヤソフィアできみの後ろ姿を見たときから、もう、すぐにでもこうしたくてたまらなかった」

都筑はときどき、落ち着き払った普段の態度からは信じられないほど熱っぽいことを言う。

「押し倒して、体中にキスをして、きみが俺だけのものだと確かめたい」

「今すぐ……？」

「ああ。今すぐだ」

耳朶に息を吹きかけられ、基はぐずぐずに崩れて、腰から蕩《とろ》けていきそうだった。

口では一刻の猶予もなくベッドに連れていきたそうな科白を吐きながら、都筑はあくまでも紳士的に基を大事に扱い、スーツの上着からネクタイ、シャツ、と一枚一枚丁寧に脱がせつつ、自分も脱いで裸になった。

ダブルサイズのベッドに先に潜り込んでいた基の上に、毛布を剝がした都筑がのし掛かってくる。

ギシリと微かにスプリングが軋み、淫らな気分を掻き立てる。

全身で都筑の重みを受けとめるたびに、基は充足感に満たされ、幸せを噛み締める。

頰や額、唇はもちろん、首筋から肩、鎖骨と都筑の唇が辿り下り、余すところなくキスで埋め尽くされていく。

撫でられる前からはしたなく膨《ふく》らんで突き出しかけていた両胸の飾りは、摘《つま》み上げて擦られ、たちまち硬く凝《しこ》ってきた。そうして敏感になったところを唇に挟んで吸い上げられたり、舌先を閃かせて嬲《なぶ》られたりすると、たまらない刺激に襲われて、基は身をのたうたせて淫らな声を上げた。

「あぁっ……あ、いや……っ。感じる……！」

抱かれるたびに自分がとてつもなくいやらしく、貪婪《どんらん》になっているようで恥ずかしい。

感じまいとしても、基の体に散らばる弱いところを知り尽くした都筑の指と舌にかかれば無駄な抵抗だと思い知らされるだけだ。

「もっと声を出せ」

都筑はますます煽ってきて、基がなりふりかまっていられなくなるまで責めてくる。基はさんざん翻弄され、嬌声《きょうせい》を上げて喘がされ、ついには啜り泣きながら、はしたなく叫ばされるはめになる。

「気持ちいいか？」

「はい……あぁあっ、いい」

そうやって、ただされるのを受けるばかりでは物足らず、基からも都筑に様々な愛撫を施す。

「僕も、いいですか、智将さんの……しても」

「ああ」

体の向きを変えて恥ずかしい格好で都筑の上に乗り、目の前にそそり立っている陰茎を手と口を使ってより大きく育てていく。

その間、都筑は剝き出しになった基の秘部を指と舌で濡らし、解す。股を開いて都筑の胴を跨《また》いでいるため、基には恥ずかしい部分を隠す術がなく、無防備に晒したままだ。

潤滑剤を掬った指で襞《ひだ》を抉じ開けられて、ググッと狭い筒の中を穿《うが》たれる。

「……っ。……ンンッ、ンッ」

喉の手前まで咥えた都筑の陰茎に歯を立てぬように気をつけながら、基は感じてくぐもった喘ぎ声を洩らす。

恥ずかしい。恥ずかしいが、気持ちがいい。

指一本で、的確に感じる部分を押し上げられたり撫でられたりすると、体の芯から脳天までビリリッとした官能的な刺激が幾度も走り、悶えずにはいられない。

思わずズルッと嵩張《かさば》った都筑の陰茎を口から滑り落としてしまいそうになるくらい感じて惚けてしまい、慌てて唇を窄《すぼ》めるようなこともある。気を取り直して口に含んだ陰茎の先端に舌をそよがせたり吸引したりするが、都筑自身はまだまだ余裕綽々《よゆうしゃくしゃく》としていて、ときおり低く官能的な息を洩らすだけだ。

これが今解されている自分の中に挿《はい》ってくるのだと思うと、期待のあまり体が猥《みだ》りがわしい震えに襲われる。

ぐちゅり、ぐちゅっ、と淫猥な水音をさせて秘部を出入りする指に、基は無意識に襞を妖《あや》しく絡みつかせ、引き留めようとしていた。

「きみが欲しいのは、もっと大きくて熱いものだろう？」

「はい。ください、もう」

都筑に唆《そそのか》されて、基は自分からねだった。

「自分で挿《い》れるのか、それとも俺がしたほうがいいのか、どっちの気分？」

重ねて聞かれ、基ははにかみながら、都筑に挿れて突いてほしいと頼んだ。

再び体の位置を入れ替え、シーツに仰向けに横たわる。

すぐに都筑が基の両足を持ち上げ、尻が自然と上向くよう、基自身に膝を抱えさせた。

今のままでもそれなりに濡れている秘部にさらに潤滑剤を足してから、都筑は股間のものを襞の中心に押しつけてきた。

「あ……あっ」

欲情が募り、一刻も早く都筑を体の奥深くにまで受け入れたくて、そこが恥ずかしげもなく収縮する。

「誘ってくれているのか」

「やめて……！　言わないでください」

基は猛烈な羞恥に顔から火が出るような心地を味わわされた。

都筑はときどきこんなふうに、わざと基を焦《じ》らす。

「このまますきみが俺を中に含み込んでみるか。ひどく物欲しそうにひくついている」

「お願いです、意地悪しないで」

両腕で足を抱え上げているため顔を隠すこともできず、基は唇をきゅっと噛んで、固く目を瞑《つむ》る。

「苛めないよ。可愛がるだけだ」

都筑はそう嘯《うそぶ》くと、ズンと腰を一突きしてきた。

「アアアッ」

ズプッと陰茎の先が基の中に埋め込まれる。最もエラの張った部分ですら蕩けきった秘部は嬉々として受け入れ、括れまでいっきに呑み込む。

「あぁ……あ、智将さん……」

涙を零して歓喜に喘ぐ基の顔中に、都筑は身を屈めてキスをしまくる。おかげでさらに陰茎がズズッと狭い筒の中に進入し、基はあえかな声をいくつも上げて悶えた。

「もっと欲しいか？」

はい、と基は泣きながら首を縦に振る。

都筑は基に手を離させると、脚を深々と折り曲げさせつつのし掛かってきて、グググと最奥《さいおう》まで昂《たかぶ》りを押し込んだ。

ひいっ、あああ、と基は顎を仰け反らせて泣き喘ぎ、都筑の肩に縋りつく。

気がつくと唇を強く嚙み締め、爪を立てていた。ハッとして都筑の肩から手を離す。

「ご、ごめんなさいっ」

「なにが？」

うっすらと汗をかいた都筑の男らしく整った顔が間近に迫ってきて、基の唇を啄む。

互いの下半身はぴったりと隙間なく密着している。少しでもどちらかが身動《みじろ》ぎすれば、繫がり合った部分を通じて淫らな悦楽が湧き起こる。そうなるたびに基はぎゅうっと中に迎え入れた都筑を引き絞り、都筑に感じている顔をさせた。

「俺はきみのものだ。キスマークでも爪で引っ搔いた痕でも、好きなだけつけてくれ」

そのほうがむしろ嬉しいと都筑に言われ、基は羞恥のあまり赤くなる。

「僕も、もっと智将さんのものにしてください。いっぱい擦って、一緒に気持ちよくなりたいです」

「言ったな」

都筑は基の大胆な発言に小気味よさそうな笑みで応え、基の腰を両手で抱えた。

ズルッといったん途中まで抜いたものを、勢いよく突き戻す。

基は悲鳴とも嬌声ともつかぬ色めいた声を上げ、上体を弓なりに反らす。

「ああっ、あ、あっ」

あとはもう何も考えていられなくなった。

肌と肌とがぶつかり合う音をさせながら都筑が基の後孔を容赦なく責める。

一突きされるたびに基は喘ぎ、啜り泣き、歓喜に溺れた。

都筑はただ基を責めるだけではなく、表情や声、息遣いに注意を払い、緩急つけた絶妙な抽挿《ちゅうそう》を行ってくれていた。だから基は安心して都筑に身を任せられ、法悦《ほうえつ》の海でめちゃくちゃにされても恐れなかった。

「愛してる、基」

達するとき都筑は基の耳元で熱っぽく訴えてきた。

混濁しかけていた意識がふっと戻る。

「僕も……、智将さん」

言うなり基も胴震いして、下腹に挟まれて刺激を受け続けていた自らの陰茎から精を解き放った。

都筑が基をきつく抱き締めてくる。

「今夜は寝かせないから覚悟しろ」

都筑にならば何をされてもいい。

基ははにかみながらそう答え、首を伸ばして都筑の唇に了解のしるしにキスをした。

After homeparty

玄関まで西根《にしね》とジーンを見送りに行っていた功《いさお》がリビングに戻ってきた。

「西根のやつ、仕事もプライベートも充実しきっているようだな」

「今、ノリに乗っている感じがしますよね」

空いた皿やグラスをトレーに手際よく載せてテーブルを片付けつつ、基《もとい》は兄に同意する。西根は基にとってもう一人の兄と言ってもいい存在だ。実兄である功と変わらず慕ってきた。その西根が満ち足りて幸せそうにしている様子を見ると、基も自分のことのように嬉しい。

「ジーン・ローレンスはちょっと気位が高くて性格もきつそうだが、西根にはあのくらいはっきり我を通すタイプのほうが合っているかもしれない。二人はいいカップルだと思う」

「すごく綺麗な方だったでしょう？」

「確かに」

そこで功はちょうどキッチンから出てきた都筑《つづき》をちらりと見やり、ふっと微かに笑った。

「智将《ちしょう》は案外面食いなのかな」

「お兄さん……！」

珍しく都筑が狼狽《うろた》える。いかにもばつが悪そうで、功にその昔ジーンと関係があったことを知られているとわかって焦ったようだ。

基も、功がそのことをちゃんと把握していたのに驚いた。本当に抜け目がない。我が兄ながらときどき怖くなる。功には一生隠しごとなどできそうにない。

「べつに私はきみを責めてないし、嫌みのつもりで言ったわけでもないから誤解しないでほしい」

まぁ座らないか、と功はソファを指して、都筑と一緒に自分も腰を下ろす。

落ち着き払って悠然とした態度に、都筑も圧倒されっぱなしのようだ。どちらがこの家の主か一瞬わからなくなるが、べつに功が都筑を軽んじているわけではなく、都筑のほうが功に対して常に一歩退いている感じだ。

「何か飲みますか？」

基は重たいトレーを両手で持ち上げ、キッチンに向かう前に二人に聞いた。

「いや、私はもういい」

「俺もいいよ。ありがとう、基。それを置いてきたらきみもここにおいで。洗うのはあとにしよう。俺も手伝う」

「はい」

都筑の言葉に頷き、基は言われたとおりにした。

三人掛けのソファの傍らに置かれた安楽椅子に落ち着く。功と都筑は一つ間を空けてソファに座っていた。

「今度の出張ではタイミングよく皆に会えてよかった。基がニューヨークでちゃんとやっていけているのをこの目で確かめられて安心したし、智将ともゆっくり話ができた。その上、西根のやつが真剣に恋愛しているところまで見られたしな」

「でも、ジーンさんが西根さんの初めての相手ってことはないでしょう？」

基は好奇心を抑えきれず、遠慮がちに功に聞いた。都筑も知りたそうな顔をしている。

「おまえたち、人のことにかまっている余裕なんてあるのか」

功はおかしそうに含み笑いをして都筑と基を窘《たしな》めたが、西根のことを話すのはやぶさかではないらしい。功も西根のジーンに対する熱心さに、感じるところがあったようだ。

「まぁ、ああいう男だから、昔からよくもててはいた。飾らないし、優しいし、何より謙虚で人間ができている。不器用だが、それは裏を返せば実直ということだし、今はあんな風体だがもともと男前だ。取っつきやすい雰囲気をしているから、告白はしょっちゅうされていた。中には、どうしてもと言われて付き合った子もいたようだが、自分からその気になったり、誰かを口説いたりしたのは、おそらく、あの美人でツンとして辛辣そうな智将のところの秘書さんが初めてだと思う。フラワーアートの世界に入ってからは仕事しか眼中になかったみたいだしな」

「なんだか……なるべくしてなったんだなって気がします」

基はしみじみ呟いて、西根にめちゃくちゃに惚れられているジーンが羨ましくなった。

「おまえも同じだろう」

呆れたように功が言う。

「相変わらずだな、基」

他人のことはよくわかるのに、自分のことになるとまるっきり自信が持てなくなる基を功は揶揄する。

そのとき、都筑がソファを立ち、安楽椅子の後ろに回り込んできた。

「智将さん……？」

訝しげに首を回して都筑を仰ぎ見る。

都筑の顔がすぐ近くにまで迫ってきていて、基は驚きに目を瞠った。

次の瞬間、唇を塞がれ、キスされる。

二人の様子を見守っていた功が気を利かせたようにソファを立つのが視界の隅に入った。

摩天楼
ディナークルーズ
デート

SHUNKASHUTO
JONETSU TO MATENRO

「パリのセーヌ川でやってるディナークルーズ、知ってる？」

コンシェルジュの大先輩、エミリー・マックスウェル女史に聞かれ、基《もとい》は「はい」と答えた。

「実はまだフランスには行ったことがないんですが、観光客に人気のそのクルーズのことは知っています。それのニューヨーク版も評判がいいようですね」

エミリーが基にわざわざこんな話をするからには、何かあるに違いない。そう考えて、すぐにここニューヨークでも同じ会社がクルーズ船を運行していることに結びつけ、言い添えた。

「ええ、そうよ、基」

エミリーは基の察しのよさを褒めるように満悦した笑みを浮かべる。それまでさりげなく背後にしていた手を前に持ってくると、チケットが入っていると思《おぼ》しき長封筒を基に差し出してきた。

「今週末あなた休みだったわよね。夜、予定がなかったら乗ってきたら。本当は私が知り合いと行くはずだったんだけど、その日はお互い別の用事ができてだめになったの。予約はもう入れてあるから、都合がつくようなら使って」

何事も経験よ、とエミリーは持論に繋げる。

週末特になんの予定もなかったので、基は恐縮しながらも、チケットをありがたく譲《ゆず》ってもらうことにした。もしかすると都筑もこういう船になら一緒に乗ってもいいと言ってくれるかもしれない。

その晩帰宅して都筑《つづき》に話してみると、都筑は迷うことなく承知した。

「ディナークルーズ？　きみが俺を誘ってくれるとは光栄だな」

「智将《ちしょう》さんは乗ったことあるんですか？」

「いや、ない。そういうのをやっていることは知っていたし、興味もあったんだが、なかなか機会がなかった」

「じゃあ、僕と一緒に初乗船ですね」

「ああ。楽しみだ」

都筑は基の首に腕を回して頭を抱き寄せると、髪に指を通して、頭皮を愛撫するように梳《す》き上げた。

その指遣いの心地よさに基はいつものとおりうっとりしてしまう。

どれだけ疲れて帰ってきても、都筑が遅くまで起きて基の帰りを待ってくれていると、顔を見ただけで元気になれた。

その上今夜は都筑を喜ばせるような提案ができて、嬉しさが倍増する。いつも基は、都筑から幸せのサプライズをもらうばかりではなく、自分からも何かしたいと考えている。しかし、経験豊富な都筑を喜ばせるには何をしたらいいのかなかなかわからず、気持ちばかり先走ることが多かった。

「よかった、智将さんが喜んでくれて。前にクルージングはしないと聞いていたから、こういうのもだめかな、とちょっとためらったんです」

「確かに俺はボートやヨットを自分で持ったり、操縦して愉しんだりする気はないし、マリンスポーツ全体不得手だと話した記憶があるが、こういうのはまったく別だ」

「ええ。海上レストランみたいなものです」

「それに、第一、きみは俺をいつも喜ばせてくれている。こうして毎晩俺の許に帰ってきて、隣で眠ってくれるじゃないか」

「だけど……そんなことでいいんですか」

基は都筑が愛しくてたまらなくなり、都筑の首に両腕を回して抱きついた。

「充分だ、基」

もっとこっちにおいで、と都筑に腰を引き寄せられる。

基はいったん立ち上がって体の向きを変えると、ソファに腰掛けた都筑の膝を跨ぐ形で座り直した。

都筑の一方の腕が基の腰をしっかりホールドし、もう一方の手が項《うなじ》を引き寄せ、額と額がくっつくほど互いの顔を間近にする。

「なんだったら、今すぐここで俺をもっと喜ばせてくれるか」

「もちろん、喜んで」

基ははにかんでじわっと頬を染めつつも、迷わず答える。

都筑の肩に両手をかけ、形のいい唇をそっと啄む。都筑の唇は凛々《りり》しくてセクシーだ。一吸いすると弾力のある柔らかさと湿った感触に体の芯が疼きだし、体に火が点いた。小刻みなキスを何度も繰り返す。

「そんな可愛いやり方じゃ俺は満足できない」

都筑は基に意地悪をするのが愉しくてたまらなそうに言い、挑発する。

唆されるまま基は都筑の唇を強く吸い、合わせ目を舌で抉じ開けた。

都筑の舌が待ち構えていたように基の舌を搦め捕る。

いっきにキスが濃密で淫靡《いんび》な行為になり、基は喉を震わせ、小さく喘いだ。唇の端から唾液が零れ、顎を伝い落ちていく。

それを都筑は長い指で拭い取り、口の中に溜まった唾液を啜って嚥下する。

眩暈《めまい》がするような悦楽が背筋を駆け抜け、膝に力が入らなくなる。ふかふかのソファの座面は安定が悪く、すぐにバランスを保てなくなった。カクンと膝が折れ、都筑の足にぺたんと座り込んでしまう。気持ちよさに、腰まで抜けそうだった。

力強い腕が基の腰を易々と自分の体に引きつけ、下腹部をグッと密着させる。

硬くなった股間に自らの勃起を押しつけることになり、基は「あ……っ」とあえかな声を洩らして睫毛を揺らした。

「大きくなってる……智将さんの」

逞《たくま》しい胸板に縋って顔を俯け、恥じらいながら言うと、「ああ」と都筑が基の耳元に唇を寄せてきて囁いた。

「きみのもだろう」

低めに抑えた艶っぽい声音が基の官能を直撃し、全身に鳥肌が立つ。

「だめ、そんな声」

抗議する声まで甘えた響きを帯び、自分の口から出たものではないようだ。

「だめと言われてもな」

都筑はクスクス笑い、基の耳朶を甘噛みする。電気を流されたような痺れが走り、ゾクゾクして、基は感じ入った息を長々と洩らす。

「智将さんの、見せてもらってもいいですか」

「見るだけか？」

そんなわけはないとわかっているくせに、都筑はわざと基を揶揄《やゆ》する。

基は顔を上げて都筑の首を両手で引き寄せると、深くキスした。隙間から舌を差し入れ、都筑の口の中を掻き混ぜ、舐め回す。

都筑は基のするに任せ、まんざらでもなさそうにときおり睫毛を瞬かせる。キスをされる立場になると都筑も自然と目を閉じるのが、基の征服欲を刺激する。たまにはこうして自分から都筑に仕掛けるのもいいと思った。いつもと違う都筑の姿に、新たな発見をした気になれて嬉しい。

存分にキスを堪能したあと、基は都筑の上から下りて、ラグに膝を突いた。両足を大きく開いた都筑の正面に身を置く。

シャワーを浴びた都筑が身に着けているパジャマのズボンをずらすと、嵩を増して張り詰めた陰茎が待ちかねたように勃ち上がり、基を感嘆させた。

「こいつもきみを欲しがっている」

都筑は自らの手で根元を支え持つと、欲情しているのにどこか涼しげなまなざしで基を色っぽく流し見て、空いている手を頬に伸ばしてくる。

手入れの行き届いた長い指であやすように頬を撫でられ、顎を引いて淫らな意図を持った手つきで擽られ、誘惑される。

元よりそのつもりでいた基はためらわずに硬く屹立した熱棒に口を近づけた。

先端の小さな窪みにそっと舌を伸ばし、尖らせて、抉《えぐ》るようにそこを舐める。

ふうっ、と頭上で都筑がたまらなそうな息をつく。震えを帯びた色っぽい息遣いから都筑がひどく感じているのがわかり、基は嬉しくてますます積極的になった。唇を開いて先端を含み込み、舐めしゃぶる。

口淫に応えて都筑の陰茎はピクピクと引き攣《つ》り、いっそう猛々しく膨らむ。

亀頭の下の括れを指と舌で刺激し、竿や陰嚢《いんのう》にも愛撫を加えると、都筑の腰がじっとしていられなくなったように動く。

咥えたまま上目遣いに都筑を見ると、背凭れに頭を横向きに倒して顎を反らせた姿が目に入り、伸びた首筋に強烈な色香を感じてじゅんと体の奥が熱くなる。

「これ……ください、智将さん」

上擦った声で基ははしたなくねだった。

「自分で挿れられるか？」

「い、挿れられます、よ……」

たぶん、と基は頬を上気させ、睫毛を伏せた。もう何度都筑と繋がり合ったか覚えていない。それほど繰り返している行為だ。

「ああ、でも、そろそろ俺もきみを押し倒したくなってきたな」

聞くだけ聞いておきながら、都筑は基の腕を引いて傍らに座らせたかと思うと、あっという間に体勢を入れ替えて基をソファに押し倒していた。

のし掛かってきて体重をかけられる。

基は前髪を乱した都筑の顔を見上げて激しく昂揚した。

「やっぱり、僕もこっちのほうが好きみたいです」

たまに自分から都筑にあれこれするのも愉しいが、最後はこうして組み敷かれて、奥まで深々と貫かれたいと思う。

「それはよかった」

都筑は小気味よさげな笑顔を見せると、額にかかる髪を無造作に掻き上げ、基の腰を抱く。

「あ、でも僕まだお風呂……」

「あとで俺もまた付き合う」

都筑は基の形ばかりの抵抗を一蹴すると、下着ごとスラックスを脱がせて太股に手を這わせてきた。

「今さら、だろう？」

「……はい」

蠱惑的《こわくてき》な笑みに、基はぼうっとなって頷いた。素足を撫でられただけで後孔がはしたなくひくつく。唾で濡らした指を捻り込まれて狭い器官を解されると、たちまち悦楽のスイッチが入って快感に身を委ねてしまう。

「挿れるぞ」

膝で曲げた足を胸につくほど押さえつけられ、基はふかふかすぎて勝手の違うソファに身が沈み込む心許なさから、都筑の背中に両腕を回して摑まった。

十分に潤され、蕩かされた秘部に猛った先端があてがわれる。

「あっ。智将さん……っ」

「基。愛してる」

深い愛情と慈しみの籠る声で囁かれ、基は安心して目を閉じた。

硬く太いものが襞を割ってズプッと押し入ってくる。

自分の中に都筑が入ってきて埋め尽くされる感覚に基は酔いしれた。

こうして体を繋ぎ合って一つになれることが不思議で仕方ない。これ以上に相手を深く知る方法は他にない気がして、するたびに感動する。

「一緒に気持ちよくなろう、基」

都筑の甘い声が媚薬のように効いて、基を昂らせる。

巧みな抽挿と、湿った息を絡ませながら繰り返されるキスで追い上げられた。

都筑もとてもよさそうで、端整な顔が悦楽に歪む。

二人でほぼ同時に法悦の瞬間を迎えたとき、基は都筑の胴を内股で強く締めつけていた。首を反らし、全身を痙攣《けいれん》させて、長々と極め続けた。

都筑に掻き抱かれ、昂奮が冷めやらぬ様子で顔から首にかけて至る所に口づけられる。

「週末のデート、楽しみにしている」

キスの合間に都筑に言われ、基は夢心地で返事をした。

「はい。僕もです」

また一つ新たな経験を都筑と一緒にできるのだと思うと、それだけでありがたく嬉しい。

週末が待ち遠しかった。

*

ニューヨークの夜景が満喫できるディナークルーズ、というコンセプトで運行されている今回乗る船は、41ストリートにある桟橋から出航する。

乗船すると、ディナーを愉しむダイニングテーブルに案内され、席に着く。

船室全体がレストランのフロアのようになっていて、白いクロスの掛かったテーブルがずらっと配置されている。船室の壁は左右どちらも天井までガラス張りになっていて、食事をしながらニューヨークの夜景を一眸できる。

テーブルは、中央の二列が窓の方を向いてソファに二人並んで腰掛けるタイプ、左右の窓際に二列ずつ設《もう》けられているのが、客同士向かい合って座り、夜景を横に見ることになる席だ。

週末で、乗客はほぼ定員に達しているようだった。海外からのツアー客が十数名団体で来ていて、船内は出航前から記念写真を撮る人々で賑わっていた。ドレスコードがあるため、男性は皆ジャケット着用、女性も華やかな服装できちんとドレスアップしている人が多かった。

基たちにあらかじめ割り振られていたのは中央のソファ席だった。

「窓際のほうがよかったですか？」

「いや。遠目に夜景を眺めながらきみと並んで座るほうがいい」

地元に住んでいるのだから、その気になればまたいつでも夜景は見られる。都筑はうっすらと笑って言う。基もまったく同意見だった。

落ち着いた色目の赤いソファに都筑と並んで腰掛け、テーブルに着く。

二人とも今夜はスーツに身を包んでいた。

基が締めたネクタイは都筑が選んだものだ。慣れた様子で自分の身支度を終えたあと、都筑は基が着ようとしていたワイシャツとスーツを見て、「これがいい」と迷わず決めてくれたのだ。

ホテルではいつも、黒いスーツにスリーストライプのネクタイという、コンシェルジュ用の制服を着るので、基のワードローブにはスーツやネクタイはそれほど多くない。出勤するときはたいていシヤツにジーンズなどのカジュアルな服装だ。

その点、ビジネスマンの都筑はスーツを百着近く持っていて、ネクタイに至っては自分でももう何本あるのか把握していないという。ＴＰＯに合わせて自在に組み合わせ、着こなす様に、基は何度惚れ惚れしたかわからない。

「僕なんか何を着てもあんまり似合いませんけど、智将さんのスーツ姿はどれだけ見ていても飽きません」

お世辞ではなく基は言った。都筑をつくづくと見て、傍にいられる幸運を嚙み締める。

「またきみはそんなふうに俺を嬉しがらせて、つけあがらせる」

都筑は余裕たっぷりに唇の端を上げてみせ、基の襟元に手を伸ばしてきた。

「きみも素敵だ。今すぐここで押し倒して、俺が選んだこのネクタイを解いてしまいたいくらいにな」

「智将さんは……悪い大人ですね。……僕も負けずに悪いけど」

「ああ。こういう悪いのは、きみも嫌いじゃないだろう？」

「はい」

基は堂々と肯定し、微笑む。

都筑が軽く目を見開いて、まいったな、と言うように目を伏せ、視線を脇に流す。

その些細なしぐさが基には我慢ならないほど色めいて感じられ、下腹部が節操もなく疼きだしたので、どうしようと狼狽えた。

「しかし、きみのお兄さんは俺以上にスーツの着方が上手だと思うが」

「……そう、ですね。確かに」

「あんなすごいお兄さんがいるきみが、よく俺に惚れてくれたものだと、お兄さんと会うたびに痛感させられる」

「ええ？　そうなんですか」

起業して、ディベロッパーとして相当大きな仕事を手がけ、誰がどう見ても成功者である都筑は、己にそれなりの自信を持っているはずだ。その都筑の口から兄に対する率直な褒め言葉を聞かされ、基はいささか意外だった。兄はすこぶる優秀で、有能な経営者だと思っているが、身内のことはどうしても客観的に見られない。都筑と兄を比べたこともなかった。

「きみがブラコンにならなくてよかった」

基の反応が面白かったのか、今度は明らかに都筑は揶揄して言っていた。

「ならないですよ。十二も歳が違うので、若い叔父さんがいるような感覚でしたし。兄なんだと思えるようになったのは、高校生になってからでした。僕がようやく大人になれて、見方を変えることができたってことですよね、きっと」

「案外そういうものかもしれないな」

一人っ子の都筑には、そもそも兄弟という感覚が未知のもので、わからないらしい。

「智将さんにもし妹か弟がいたら、ベタ可愛がりした気がします。そしたら僕、うんと妬《や》いたでしょうね」

「そうなのか。それはちょっと惜しかった。焼きもちをやくきみを見たかったな」

「妬きましたよ、僕も」

誰に、と都筑は聞きかけたようだったが、すぐに思い当たったらしく、そのまま口を噤《つぐ》んで、ソファの座面に置いていた基の手を握り締めてきた。

基と知り合う前に都筑と体の関係があった美貌の秘書、ジーン・ローレンスは、今でこそ基の友人と言っていい存在だが、出会った頃は知らないことが多すぎて、相当辛い思いもさせられた。

そのことは都筑にも重々推し量ることができているようで、迂闊《うかつ》に焼きもちをやくところが見たいなどと発言して後悔したらしい。

「今はもう妬かないですよ。ジーンさんには西根《にしね》さんがいますから」

「ああ。あの二人は、俺ときみに負けず劣らず熱愛ムードだ。あてられる。ジーンも俺たちのことを同様に感じているようだが」

「ときどき怒っているみたいですけど……」

「怒ってる。自分たちのことは棚に上げてな」

「ジーンさん、可愛い」

それこそジーンが聞いたなら、「あなた何様ですか。失礼な！」と綺麗な蜂蜜色の髪を逆立てて怒りそうなことを言い、都筑と顔を見合わせて笑った。

隣同士に座る席でよかった、とあらためて思う。小声でこうしたやりとりができるのが愉しい。

係の男性が来て、前菜とメインディッシュにどれを選ぶか聞かれた。都筑は鮪《まぐろ》の炙りとラム肉のステーキをチョイスした。基は田舎風パテと地鶏の胸肉のグリルにする。

それから間もなく船は出航した。

ハドソン川をゆっくりと南下する。

進行方向に向かって左側のテーブルに着いたので、往路はマンハッタン島のビル群を見ながら進むことになる。

船が動きだしてすぐに最初の一皿が運ばれてきた。

都筑が注文したワインのボトルを、基も「一杯だけ」と控えめに注いでもらって口をつける。辛口の、爽やかな後味が残る白ワインで、よく冷えていて美味しかった。

ガラス張りの壁の向こうに摩天楼《まてんろう》の夜景が広がっている。出航してすぐエンパイアステートビルが見え、メインディッシュが出される頃にはワールドトレードセンターのあるロウワー・マンハッタンにさしかかった。高層ビルが林立する明かりがキラキラしたエリアだ。

「基。羊の肉、少し食べるか？」

「はい。智将さんもこっち味見してみます？　香ばしく焼けていて美味しいですよ」

お互いに頼んだものを少しずつ分け合うのも、隣同士だとスムーズだ。男二人でレストランに行くと、普通なかなかこうしたまねはしにくいが、ここでは気兼ねなくできた。周囲の乗客は自分たちのテーブルでそれぞれ盛り上がり、もっぱら外の景色を眺めては写真を撮っている。そうした気楽さがまたよかった。ソファなのも寛げる。

「自分が住んでいる街をこんなふうにしてあらためて眺める機会は案外少ないものだ。マンハッタン島をぐるっと周航する観光船もあるが、用もないのに乗らないしな」

「僕も東京湾クルーズなんてしたことないです。東京タワーに上ったのも小学校の社会科見学のとき一度だけですし」

「今度東京に行く機会があったら、タワーに上ってみるか。世界一高い電波塔のほうも、もう上れるようになったんだろう」

「みたいですね。今はまだ混雑しているみたいですけど」

食事とワインを堪能しながら、思いつくままに喋っているうちに、バッテリーパークを通過した船はマンハッタン島の南端を回り込み、イースト川の河口に来ていた。

このあと川を北上し、ブルックリン橋、マンハッタン橋の順に橋下を通る。マンハッタン橋を通過したら、その先でUターンだ。サウスストリートシーポートの歴史地区を経て、いよいよ観光客が待ちかねたリバティ島に向かう。自由の女神像の傍では五分ほど停泊するそうなので、ここが最大の記念撮影ポイントになるだろう。

「智将さんは自由の女神には上ったことがあるんですか」

メインディッシュを綺麗に平らげ、少し食べ過ぎたかとお腹を撫でつつ、聞いてみる。この船で出されるコース料理は、基の胃には少し量が多かった。

「ある。王冠まで。好きで上ったわけじゃない。それこそ、日本から取引先の会社の社員が来たとき、観光案内の一環で上ったんだ」

「やっぱりきついんですか？」

台座まででも階段を百何十段も上らねばならず、王冠まではそこからさらに二百段ほどあるという知識だけは持っている。コンシェルジュデスクにいるとかなりの頻度で観光客に聞かれるのだが、あいにく基はまだ自分の足で上ったことがなく、気になっていた。

「覚悟して上ればそうきつくない」

都筑は基に冷やかすような眼差しをくれ、含み笑いまでして返す。

「上ってみたいなら付き合ってもいい」

「……じゃあ、今度」

「知っているだろうが、予約しないと上れないぞ。三ヶ月くらい前からもう日によっては満杯になる」

「はい。すごいですよね。さすがはニューヨークのシンボルだなぁといつも思ってます」

そんなことを言っているうちに、ライトアップされた緑の像が目の前に迫ってきた。

わあ、とあちこちで歓声が上がる。

皆が窓の外を見ていた。

やがて船はエンジンを切り、女神像のすぐ近くの海上に停まった。

テーブルを離れ、窓辺に張りつく人々を、基は座ったまま静観していた。

「基」

都筑に声をかけられ、「はい？」と横を向いた途端、掠めるように都筑に唇を奪われた。

「ち、智将さん……！」

大胆ですね、と口の中でもごもごと呟く。

「誰も見ていなかった」

それはそうだろうけど、と基は頬を染めたまま都筑の余裕綽々とした顔を上目遣いに見る。恥ずかしくて、すぐには顔を上げられなかった。

「皆さん、まだ外を見ています？」

スーツを着た都筑の二の腕に手をかけ、確かめる。

「ああ。夢中で自由の女神にシャッターを切っている」

都筑がそう答えるのを聞いて、基はお返しのつもりで都筑の口に唇を押しつけた。二の腕に掴まり、首を伸ばして唇を吸う。

「大胆なのはどっちだ」

さすがの都筑も不意を衝《つ》かれたようで目を丸くしていた。

「俺がしたのはこんなしっかりしたキスじゃなかったぞ」

「ごめんなさい」

「べつに謝らなくていいんだが」

「智将さんの顔を見ていたら、つい抑えが利かなくなって」

その言い方が今度は都筑を戸惑わせたらしく、都筑は照れくさそうに正面に顔を向けた。

「あの、智将さん、怒ってます……？」

「怒る？　まさか」

都筑は窓に視線を据えたまま、腕を伸ばして基の手を握り締めてきた。

「せっかくだから自由の女神を見よう。こんなふうに海上で停まった船の窓から彼女を見る機会は次にいつあるかわからない」

都筑の言うとおり、もう当分この船に乗ることはないだろう。

「はい」

基は素直に都筑の言うことを聞き、ソファにきちんと座り直した。

二人並んで自由の女神像を見る。

ああ、ニューヨークにいるんだなと、基はあらためて噛み締める。

兄のおかげでニューヨークにある提携先の老舗ホテルに研修に来させてもらい、都筑と同居することまで認めてもらっている。

あとどのくらいこうして都筑の傍にいられるのか、指を折って数えてしまうと辛くなりそうで、あえて考えないようにしてきたが、研修はいずれ終わってしまう。

それまでの間にもっともっと都筑との関係を深め、絆を強くしておきたい。

「基」

女神像を見ながら都筑が口を開く。

「は、はい」

感傷に浸りかけていた基は、はっとして気を取り直した。

「きみにはまだ黙っていてくれとお兄さんに言われたんだが」

「えっ。なんの話ですか……？」

あたかも胸中を読まれたかのようなタイミングだったので、基は動揺を隠せなかった。

兄が、弟の自分に言えないようなことを都筑に話すなど、想像もしなかった。咄嗟に頭に浮かんだのは悪い予感だった。

「グラン・マジェスティ・ニューヨークを新設する計画が現実味を帯びてきたそうだ」

都筑はわざと淡々と言っているようだった。基の兄、功《いさお》に聞いたままを、自分の感情は抜きにして基に伝えたがっていると感じられた。

グラン・マジェスティ・ニューヨークがここマンハッタンにオープンする……。しかも、それを基には伏せて、都筑には言ったということは。

みるみるうちに基の心は晴れやかになっていった。

「三年先をめどにオープンしたいと考えているそうだ」

都筑は先ほどよりずっと明るい声で続けた。もう都筑自身、嬉しい気持ちを抑えきれなくなったようだ。

「それを踏まえて、きみには開業までの間みっちりと研修に勤《いそ》しんでもらうことになりそうだとおっしゃっていた。そうなった暁にはきみをよろしく頼む、と」

「智将さん……！」

自由の女神どころではなくなって、基は都筑の胸板に飛び込むように縋った。

「内緒だぞ」

都筑の指が基の髪を掬い、頭を撫でる。

「もちろん内緒にします」

兄は昔から厳しいけれど優しい、尊敬すべき人だった。常に基のことを考え、できる限り応援してくれている。

「俺も嬉しい。きみをこの先一生日本に帰さなくていいとまでは思っていないが、少なくともきみの帰国があと半年やそこいらに迫った問題ではなくなりそうなのはありがたい」

「数年後には、僕はニューヨーク店を任せてもらえているかもしれません。そうなれるよう、今から必死に頑張ります」

身を起こして姿勢を正した基に、都筑はふっと満足そうに微笑する。

「頼もしいな、基。さすがは水無瀬《みなせ》家の一員だ」

ブルンッと船体が振動し、エンジンが再びかけられた。

船はゆっくり動きだし、徐々にリバティ島を離れていった。

皆が各々のテーブルに戻ったところで食後のデザートとコーヒーがサーヴされる。

向きを変えた船はハドソン川を快適に航行し、一路桟橋目指して進んでいた。

Flowers for obstinate Gene

SHUNKASHUTO
JONETSU TO MATENRO

久しぶりにスーツでも新調しようかという気分になり、ジーンはマディソン街にある老舗百貨店に出掛けた。

日曜の午後のことだ。

幅広い種類の商品が揃う店内は、休日とあって混んでいた。

もともと弁護士をしているジーンの母親が贔屓《ひいき》にしており、ジーンも幼少の頃からここでの買い物に親しんできていた。品揃えが豊富で、それら一つ一つの品質はスペシャリストのバイヤーたちの審美眼と先見性に裏打ちされている。厳選されたアイテムを扱うスペシャリティストアだ。他の店とは一線を画した、このコンセプトのはっきりとしたところを、ジーンは気に入っていた。商品の七割近くがイタリアからの直輸入品で、ジーンの好みに合ったものが見つかりやすいことも、もちろんある。

いつもの通り紳士用品売り場を見て歩いていると、シャツが陳列されたコーナーに見知った姿を捉え、ジーンはふと足を止めた。

黒い髪にほっそりとした体つき——基《もとい》だ。遠目だと女の子かと勘違いしかねないほど華奢《きゃしゃ》な印象で、顔立ちの綺麗さもあっていやでも目立つ。

よりにもよってこんなところで出会《でくわ》すとは。

ジーンは正直、複雑な心境になった。基に対する蟠《わだかま》りは以前に比べるとぐんと減ってはいるのだが、かといってすぐさま仲良く付き合えるわけではない。西根《にしね》や都筑《つづき》が一緒のときならばなんとかなっても、二人だけとなるとどうやって間を保たせればいいのかわからない。何を話せばいいのかも思いつけず、きっとぎくしゃくとした気まずい雰囲気になるだろう。基への苦手意識は、まだ完全に払拭できてはいなかった。

このまま気づかなかったことにしてやりすごそう。ジーンがそう決めて素知らぬふりで売り場の横を通り過ぎようとしたときだ。

「あ。……ジーンさん！」

先ほどまで熱心に棚に置かれたシャツを検討していたはずの基が、たまたまこちらに視線を巡らせでもしたのか、控えめながらも驚きと嬉しさで弾んだ声を掛けてきた。少し距離があったのだが、基も一目でジーンをわかったらしい。しかも、さして大きくなかったにもかかわらず、基の澄んだ声はよく通り、聞こえなかったふりをして無視してしまうのは、あまりにも不自然だった。

ジーンは仕方なく基に向き直り、「ああ、基さん」とたった今気づいたような態度で応じた。

基のほうはここでジーンに会えたことが心から嬉しいらしく、大きめの瞳を輝かせ、その場から動かないジーンの許に自分から近づいてきた。

「偶然ですね。お買い物ですか？」

「ええ。まぁちょっと」

曖昧《あいまい》に答えつつ、ジーンは視線だけくるりと回して周囲を見渡した。どこかに都筑の姿があるのではないかと探したのだ。たまの日曜に休みが合ったのなら、二人が一緒にいないわけはないだろう。ジーンの知る限り、週末都筑に仕事絡みの予定はなかったはずだ。二ヶ月前に再び基がニューヨークに来てから、都筑は基を自宅に同居させているらしい。それならますます別々に行動するはずはない気がした。だが、都筑の長身は見当たらない。

「今日はお一人なんですか？」

僅かばかりジーンを振り仰ぐようにして、基が遠慮がちに聞く。

「わたしは買い物をするときはいつも一人です」

いつもの癖でジーンがいささか突《つ》っ慳貪《けんどん》に答えても、基は特に気を悪くした様子もなく、人当たりのいい笑顔を浮かべたままだった。話をするのも一度四人で食事をして以来だが、基はすっかりジーンの物言いや態度に慣れた様子だ。ホテルマンという職業柄、いろいろなタイプのお客を相手に、上手く立ち回らなければならないからか、柔軟に対応できるらしい。

「実は僕も今日一人なんです」

意外なことに基はそう言った。

「智将《ちしょう》さん、ご両親に呼ばれて朝からクイーンズ区に出掛けられたので、ランチを兼ねて出てきたんです。……買いたいものもあったし」

「シャツですか」

「それだと何枚持っていてもいいかなと思って」

基は気恥ずかしげに目を伏せ、微妙な答え方をする。ジーンもすぐになるほど、と理解した。どうやら基は自分のものではなく、都筑に贈り物をしようと思ってここに品物を見に来ているらしい。

「ボスの誕生日はまだずいぶん先じゃなかったですか?」

そしてもちろんクリスマスの時期でもない。

「そういう特別なことじゃなくて、ちょっとだけ、感謝の気持ちを伝えられたらいいなと思っただけなんです」

たぶん都筑は基にしょっちゅう何か贈ったり気遣ったり、細やかな配慮をしているのだろう。かなりマメな性格であるのはジーンもよく知っている。休みのたびにいろいろなことを計画しては、相手の不意を衝いて喜ばせるのが好きな一面を持つ人だ。普段はクールで、口数も決して多いほうではないので、思いがけない落差がジーンには新鮮だった。体だけ、と牽制《けんせい》し合っての付き合いだったジーンとですらそうだったのだから、本気の恋人である基のことはどれだけ甘やかして可愛がっているのか、大切に大切にしているのか、察するにあまりある。基が都筑の留守中にこっそりとお返しの贈り物を選びに来たのも納得できた。基も気を遣うほうで、礼儀正しい性格なのだ。贈られる物は遠慮なく貰うが、お返しなど考えたこともないジーンとはまるで違う。

「それで、適当な物は見つかりましたか？」

成り行きからジーンは聞かずに流してもいいはずのところを聞いてしまった。基が都筑にどういった品をプレゼントするのか、少なからず興味が湧いたのだ。どうせ暇だし、しばらく基の買い物に付き合ってやってもいい気にもなっていた。基もジーンを疎《うと》んでいないことは、黒い瞳がためらいがちながらジーンの意見を求めているような色合いを刷いていることからも察せられた。

「なんなら、このあとお茶でもご一緒することにして、まずは基さんの買い物にお付き合いしましょうか？」

ジーンから提案すると、基は心底ホッとした様子で表情をさらに明るくする。

素直で屈託がなくて羨ましい限りだ。

基はジーン自身の用事を気にしたが、すでにジーンはスーツを誂《あつら》えようと思って来店したことなど頭の片隅に追いやっていた。べつにどうしても今すぐ必要なわけではない。衣装持ちのジーンのワードロープは、それこそここで購入した様々な服でびっしりと埋まっている。その中には昔の男たちから贈られた品もずいぶん交じっていて、もう何年も袖を通さずタンスの肥やしになっているものも多い。

　ジーンが自分は特に目的もなくぶらりとしに来ただけだと返事をすると、基は安心したようだ。

「智将さん、ネクタイは数えきれないほど持っているみたいなので、他の物がいいかなと思っていろいろ見て回っていました」

「シャツでいいんじゃないですか」

　都筑はカフスボタンなどの装身具類もかなり持っている。持っているが、あまり好きではないようで、普段はほとんど身に着けない。基もそれは頭にあるらしく、他にこれはというものが見つからなくて、結局シャツ売り場に戻ってきていたらしい。

　ジーンは、基が店員に頼んで棚から下ろしてもらったシャツ三枚を見比べ、まず基に、

「あなたはどれが一番彼に似合うと思うんです？」

　と聞いてみた。

「この薄いピンクのシャツ……かな。……単に、僕の好みなだけかもしれませんけど」

　基は自信なさげに答え、傍らに立っているジーンを窺うように見る。

　きっと基はそれを選ぶと予測していた。

　なぜだろう。そのシャツの色を見たとき、ジーンは自然と都筑がオフィスのデスクに飾っている、桜の下で基と二人並んで写した写真を思い出し、ああこれだな、と直感的に思ったのだ。以前も感じたが、基には淡い桜色のイメージがある。

「いいんじゃないですか」

　都筑にも文句なく似合うだろう。

「でも、これ、あまり値段が張らないんですよね……」

「らしくないことを言いますね。べつに金額が問題じゃないでしょう？　それより、あなたが選んで贈ってくれたのだということ自体が、ボスを感動させると思いますけれど？」

果たしてジーンに基の「らしさ」がどんなものか把握できているのかどうか怪しいところだったが、ジーンがきっぱりと断言すると、基もハッとしたようだった。

「そうですよね。僕、ちょっとよけいなことまで考えすぎでした」

みっともないところを見せたと悔やみ、恥じるような顔をする。

一生懸命なんだなとジーンは思った。

なんだかジーンも基を見習いたくなってくる。

今頃西根はどうしているのだろう。ジーンは「今週末は仕事で会えない」と申し訳なさそうに言っていた西根を思い出し、せつない気持ちになった。

そんな毎週毎週会わなくてもかまわない、一人でもやることは山積みで退屈したり寂しがったりする暇などない。西根にはそう見栄を張って、なんとも感じていないふうを装った。事実、つい先ほどまでは、その言葉に嘘はないつもりだった。

しかし、基と会って、基が都筑のために心の籠った贈り物を選ぶのを見ているうち、ふつふつと羨ましさが込み上げてきた。こんなふうに妙に構えることなく自然体でストレートに気持ちを表せる基の潔《いさぎよ》さが羨ましい。ジーンにはなかなかできないことだ。

「今晩、レストランで食事をしようと誘われているんです」

買い物を終え、近くのオープンカフェでお茶を飲みながら基と話をする。

基は照れくささそうにしながらも、ジーンには何も隠すつもりがなさそうだった。今はジーンにも西根という恋人がいるのを知っているからだろう。実際、ジーンにとっても、都筑とのことはすでに過去だった。無理をしているわけではない。なにしろ、恋人と言われて真っ先に思い浮かべるのは、あのむさ苦しい無精髭を生やした熊みたいな男の顔だ。都筑ではなかった。だから、基がどれだけ都筑のことを口に乗せても、ジーンは前とは違ってごく冷静に受け止められる。オフィシャルに於ける才《さい》気煥発《きかんぱつ》な遣り手社長――ジーンにとって都筑の存在はあくまで「ボス」だ。ここまで吹っ切れたのも西根のおかげである。

基はこれからいったん都筑のマンションに戻り、両親の家から夕方以降に戻ってくる都筑と一緒にあらためて出掛ける予定らしい。

「素敵ですね」

ジーンは感じた通りを口にした。

「ありがとうございます。今日、本当にあそこでジーンさんにお会いできてよかったです。買い物にまで付き合っていただいて、アドバイスしていただけて、助かりました。いつかまたあらためてお礼をさせてくださいますか」

「お礼なんて必要ありませんよ」

特にジーンが役に立った気もしない。基は最初からあのシャツを自分で選んだのだ。ジーンもそれを勧めて後押ししただけで、それ以上のことはしなかった。

二人でお茶を飲んでいる間も格別話が弾んだわけではない。ただ、向き合って座っていても、当初心配していたほど沈黙が重苦しいことはなく、話さないときは通りを行き交う人々を眺めていればよかったし、ただカップを指で触っているだけでも居心地は悪くなかった。基の醸《かも》し出す雰囲気もおっとりとしていて、無理に会話の糸口を探す必要を感じさせないのだ。

基と向き合ってまったりお茶をしているうちに、ジーンは徐々に自分も何か西根のために選んでみたい気持ちに駆られ始めた。

熊が驚く顔が見てみたい。

考えてみれば、ジーンは西根からあれほど心の籠った花束を貰っておきながら、何もお礼をしていない。遅ればせながら気がついた。

「それでは、わたしはそろそろ失礼します。こちらからカフェに誘っておいてなんですが、一つ用事があるのを忘れていました」

「あ、そうですか」

すみません、と基は恐縮する。

ジーンは基とその場で別れると、もう一度老舗百貨店に引き返した。

今度は自分のための買い物ではなく、西根に何か贈れるようなものがないか探すためだ。

＊

週が明けてしばらくして、ようやく西根から「デートしよう」という誘いを受けたとき、ジーンはいよいよかとデスクの抽斗《ひきだし》を開け、この三日仕舞い込んだままにしていた薄く細長い形の箱を見下ろした。

箱は綺麗な包装紙で包まれ、斜めにリボンがかけられている。

果たしてジーンはこれをさらりと西根に渡せるのか。嫌というほど自分の要領の悪さ、素直になれない意地っ張りぶりは自覚している。どう考えても難しそうだ。

やはり早まっただろうか。

基に影響されて、ついこんなものを用意してしまったが、いざとなるとジーンは激しく尻込みした。いったいどんな顔で渡せばいいのか、想像することもできない。こんなことをしようと思いついたのは、正真正銘初めてだ。それまでジーンは、プレゼントを貰うことはあっても、贈ることなどまず考えなかった。我ながら驚くばかりの傲慢《ごうまん》さ、割り切りぶりだ。よくまぁ周囲はそれでジーンを許してきたものだと思う。——もしかすると単に諦めていただけかもしれない。

とりあえずブリーフケースにリボンのかかった箱を入れ、待ち合わせ場所で西根と落ち合った。

「よお。ちょうど一週間ぶりになったな、ジーン」

西根は普段と変わらず、無精髭を生やし、作業着と大差ない格好でいる。ぱっと見には肉体労働者という印象だ。すでにジーンはこういう西根に慣れてしまい、むしろきちんとスーツを着て髭を剃った西根は西根ではないように思えるくらいである。それでもたまには違った雰囲気のところも見たいと思い、迷いに迷った挙げ句ネクタイを贈ることにした。細長い箱の中身はそれだ。だが、西根と顔を合わせるなり、ジーンはどうやって渡そうかという悩みで頭がいっぱいになっていた。落ち着いて、さりげなくタイミングを計ることなどできるだろうか。

「ジーン？　どうした。疲れているのか？」

気難しげに眉を寄せ、ろくに返事もしないジーンに、ふと西根が心配そうに顔を曇らせる。

「なんでもありませんよ。まだ週半ばです。今から疲れていたら週末までもちません」

柄にもなく贈り物など持ってきたことを悟られたくなくて、ジーンはいつも以上にぶっきらぼうに言った。胸の内の動揺をごまかすためでもある。

「そうか。ならいい」

西根は機嫌の悪そうなジーンに逆らわない。上手くやり過ごし、さらりと話題を他のことに持っていく。そうすることで、ジーン自身にも素っ気なくしたばつの悪さを味わわせまいとしてくれているようだ。

つくづく自分には過ぎた男だ、勿体ないのではないか、と思う。

「……恭平《きょうへい》さん」

ジーンは心の奥から湧いてくる西根への愛しさを抑えきれなくなり、助手席に乗るなり西根の逞しい肩にコツンと額を当てた。

「ジーン」

くしゃ、と西根がジーンの髪に手を入れ、頭を撫でる。

「やっぱりちょっといつもと違うみたいだな」

呟く声からはジーンへの気遣いと慈しみ、そして深い愛情が感じ取れた。

「外食はやめにして、まっすぐ俺の部屋に行くか？」

そのほうがありがたいと思ったが、意地っ張りのジーンにはここでも「どちらでも」などという、いかにも虚勢を張った答え方しかできなかった。

西根もとうに慣れている。

「うちで俺が何か作って食わせてやるよ」

いきなり身を寄せて懐いたかと思えば、次にはまた素っ気ない返事をするジーンの気まぐれぶりに閉口した様子もなく、ぽん、と肩をひと叩きしてイグニッションキーを回す。

西根の住むアパートメントは六番街近くの西21丁目に建つ物件だ。グラマシーにあるジーンの部屋からもそれほど遠くない。

ジーンがここに来るのは二度目である。一度目は恋人として付き合い始めてからしばらく経った頃、西根に誘われてニューヨークの夏の風物詩である野外チャリティコンサートを聴きに行った帰りだった。つい二週間ほど前のことだ。あれからずいぶん暑さも和らいだ。もう秋の気配はそこまで近づいてきている。

比較的広めの1ベッドルームは今夜も綺麗に片付いている。必要以上に家具や物を増やさない主義らしく、よけいな物がない。シンプルでセンスのよさの感じられる、居心地のいい部屋だった。出窓には小さな空色の花を主体にアレンジして生けられた花瓶が置いてある。じっと見ていると、コーヒーを淹《い》れてきた西根が傍に来て、「余った花材で生けたやつだ」と照れの混じった口調で言った。

「……可憐で和《なご》みますね」

ジーンは珍しく思ったままを口にする。中心になっているのがなんという名前の花かも知らないが、生けた人の愛情が伝わってくる素敵なアレンジで、理屈抜きにいいと感じた。西根と知り合うまでは花に関心など抱かなかったが、付き合い始めてからは自分でも不思議なくらい意識するようになった。ことに西根の手で作られたものに対しては、花に託されたメッセージを洩らさず受け止めたいと思い、まじまじと眺めてしまう。どれだけ見ていても飽きなかった。

「来いよ、ジーン」

立ったまま、手渡されたコーヒーを飲みながら花を見続けていたジーンを、西根が促す。

西根に腕を取られ、ジーンは壁際のソファに座った。

三人掛けのどっしりとしたソファは、臙脂色《えんじいろ》の下地に薄茶の大柄な花をあしらった布張りの品で、この部屋のインテリアの基調となっている。柔らかすぎず硬すぎずといった座り心地がジーンにはとても好ましく、西根と並んで腰を下ろすとたちまち寛いだ気分になった。

ごく自然に西根がジーンの肩に腕を回し、引き寄せる。

ジーンはマグカップをセンターテーブルの上に載せ、黙って西根の胸に体を凭れさせた。厚みのある頑健な胸板に触れていると、ホッとして肩の力が抜けてくる。西根の前では何も気取る必要はない、正直な自分を晒していいのだという気持ちになる。西根と二人でいるのはとにかく楽だ。西根の熱や息遣いを感じていると、じんわりした幸福感に包まれる。

西根はジーンの髪を弄《いじ》るのが好きなようで、どうやら癖になっているらしい。ゆっくりと、優しい指遣いで繰り返し梳き上げられる。ジーンもまんざらでもなく、心地よさに陶然とする。透き通った蜂蜜を思わせる色だと昔から羨ましがられてきたが、ジーン自身は特になんの感慨も持っていなかった。しかし、西根に触られるときだけは、綺麗だと思ってくれればいいなどと、間違っても口には出せないことを考えてしまう。ジーンはとことん見栄っ張りなのだ。いや、見栄を張ると言うよりも、性格が悪いことは自覚しているので、容貌でも褒められないことには好かれている自信が持てないのかもしれない。

「腹、減ってないか？」

髪に絡んでいた指がこめかみから顔の輪郭《りんかく》を辿るように伝い下り、手のひらで頬を包むように撫でられる。

「少し」

ジーンはトクントクンと鼓動を高鳴らせつつ短く答えた。

「チャーハンくらいならすぐできる。もちろんサラダ付きだ」

「本当にちゃんと作れるんでしょうね？」

自分自身は料理の「り」の字も知らないくせに、作ってくれるという西根にずいぶん失礼な質問をする。本当はもっと違うことが言えたらいいのだが、なぜか言葉にするのはこういう高飛車《たかびしゃ》なセリフばかりになるのだ。自分でもほとほと嫌気が差す。世の中には基のように誰もが可愛いと思うであろう性格の人間もいるのに、ジーンは捻くれたり意地悪だったり高慢だったりと、周囲から疎まれそうな態度しか取れない。

それでも西根は相変わらず辛抱強くて、毒のあるジーンの言葉もさらっと受け流す。

「ご希望に添うよう努力するさ」

それでいいだろう、お姫様――西根の黒い目は言外にそう言って面白がっているかのごとくジーンを見つめる。楽しげに光る瞳がジーンの気持ちを楽にした。一言よけいなことを口にするたびに、心の奥でひそかに舌打ちし、悔やんでいるジーンを承知しているようだ。

「……シャワーを使ってきてもいいですか？」

本来ならば何か手伝おうと申し出てしかるべきところだろうが、ジーンはまるでキッチンに立つ気がないのが明らかな図々しさで、平然と聞いた。

「ああ。バスタブに湯を張ってゆっくり浸かってくればいい。髪を乾かして上がってくる頃には簡単な飯の支度もできているはずだ」

西根は怒らない。たいていの我が儘は許容してくれる。

記憶にある限り、西根がジーンに腹を立てたのは、弾みで「寝ませんか」と誘ったときだけだ。もしジーンが本気で言ったのであれば、西根もジーンを責めはしなかっただろう。しかし、あのときのジーンは自棄《やけ》を起こしていた。それを西根は察していた。だから、誰とでも遊びで寝るようなセリフを吐いたジーンに強く憤《いきどお》ったのだ。

「やっぱり……シャワーは後にして、何か手伝いましょうか？」

急に自分の勝手さに心地が悪くなり、ジーンは前言を翻《ひるがえ》しかけた。西根の優しさに反省心が芽生えたようだ。

「必要ない。第一、おまえに包丁が扱えるとも思っていない」

ジーンはまるで役立たずのように決めつけられ、ムッとして不機嫌になる。

「失礼な人だな」

「いいから気にせず風呂に行け」

西根はジーンの尖らせた唇を解くように軽くくちづけしてきた。

いきなりで驚いたジーンは、西根の思惑通りに口元を緩め、ぞくりと身を震わせた。キスするときにざらついた無精髭で顎を擦られると、たまらなく淫靡な気分になる。肌を刺激する髭の感触は、西根に翻弄されて喘ぐセックスをジーンにまざまざと思い出させるからだ。

クチュッと粘膜同士が接合する湿った音をさせてから、西根は名残惜しげに唇を離す。

ジーンはくちづけの余韻に浸りながら熱っぽく息をついた。

頬が火照っている。

「あんまり俺を挑発するな」

西根は苦笑しながらジーンの頬骨のあたりを指の腹で撫でる。

実のところ、今すぐこの場で押し倒されてもかまわないくらい気分が昂揚していたが、西根に「あとでたっぷり泣かせてやる」と囁かれたので、ジーンも余裕のあるふりをして「ええ」と妖艶《ようえん》に笑ってみせた。自分ばかりが焦って欲しがっていると思われるのは癪《しゃく》だ。

頬を撫でていた西根の手が喉元まで下りて、ジーンの締めたネクタイにかかる。部屋に上がり込んですぐにスーツの上着は脱いでいた。皺《しわ》になるからと西根に促され、預けたのだ。西根自身も薄手のジャンパーを脱ぎ、ランニングシャツ一枚とワークパンツという格好で寛いでいる。見事に発達した上腕や隆起した胸板がほとんど直に感じられ、先ほどからジーンはぞくぞくしっ放しだった。

挑発しているのはあなたでしょう、と言い返してやってもよかったのだが、西根がネクタイの結び目に指を入れ、シュルッと絹が擦れる特有の音をさせて解くのに気を取られている間に機会を失していた。

「こいつをおまえに外させていいのは俺だけだ」

西根が真剣な眼差しをジーンに向け、手にしたネクタイをソファの肘掛けに置く。

「ずるいな」

ジーンはネクタイを横目で流し見ながら不服そうに眉を寄せる。

「普段ネクタイをしないあなたには、わたしは同じように言えないんだ」

「本気か、それは？」

よもやジーンがそんなふうに返すとは思いもしなかったらしく、西根は目を丸くしている。

「さぁどうでしょう」

ジーンはあえて意地悪に躱《かわ》してしまうと、そのままソファを立つ。

案外、それもあってプレゼントにネクタイを選ぶ気になったのかもしれない。

バスルームに向かう途中、リビングボードの足元に置いたブリーフケースに目をやり、ジーンは思い当たった。買ったときは深く考えなかったが、一度でいいから西根の首からネクタイを外してやりたいという願望があった気もする。

あれをいつ西根に渡そう。なかなか切り出すタイミングが難しく、ちゃんと渡せるかどうか心許ない。こういうときジーンは自分の不器用さを痛感する。何食わぬ顔をしてさらっと「これ、あげます」と言って差し出せばすむことだろうに、頭ではシミュレートできても実際には指一本動かせなくて焦るばかりなのだ。

まだ西根と会ってから一時間にもならない。夜はこれからだ。少なくとも今夜中にはどうにかできるだろうと開き直る。

ジーンはバスタブに湯を溜めながら、この先の展開をあれこれと想像し、ひっそりと期待を帯びた吐息を洩らした。

＊

ゆったりとバスタブに浸かり、いつもの倍の時間をかけて入浴を済ませたジーンが浴室を出ると、さっそく腹の虫を擽るいい匂いに迎えられた。

西根は約束通り、チャーハンを作って待ってくれているようだ。

日頃、一人でいるときには食べることにさして興味のないジーンだが、西根と二人のときはびっくりするほど食欲旺盛になる。何を食べても美味しく感じるのだ。食べず嫌いで敬遠していたものが出てきても、「食べてみろよ」と西根に一言勧められると、逆らわずに口にしてみる気になる。そうしてジーンは生まれて初めて納豆まで食べた。――正直、こればかりはもう二度と口にしなくていいと思ったが、週末の朝などに運良く一緒に食事をしたときなど、西根が炊きたてのご飯にかけて旨そうに掻き込んでいる姿を見ると、そのうちもう一度挑戦してみようかという誘惑に駆られることがある。なんとも不思議な感覚だ。

要するに、ジーンにとっては西根自身が尽きない興味の対象なのだ。西根のことはどんな細かなことも余さず知りたいと思う。誰かに対してこんな気持ちになったのは初めてだ。最初のうちはひどく戸惑った。自分がどうかしたのではないかと不安だった。今は少し慣れ、つまりこれが本当に恋をしている証拠なのだと納得できてきた。

西根のバスローブを借りた姿でダイニング兼リビングに入っていくと、振り向いた西根は一瞬目を瞠り、次には弱ったなというように腕を上げて後頭部を掻いた。

「おまえ……やっぱり悪すぎだ」

「なんですって?」

「俺を骨抜きにしすぎるぞって言ったんだ」

いかにも悔しげに言い直し、西根はいきなりジーンの体を抱き締めてきた。

「あっ」

苦しいくらいに強い力で抱き竦められ、抗議しかけた唇を塞がれる。

先ほどのキスとはまるで違う、淫靡で濃厚な、セックスそのものより刺激的にすら感じられるキスだった。

熱く濡れた舌がジーンの唇を割り開き、口の中で活きのいい小魚のように暴れ回る。

「う、……うっ、……あ」

ジーンは酔いしれた心地になりつつ、惜しげもなく晒された西根の剝き出しの肩に摑まり、やや伸びた爪を立てた。

ぴちゃぴちゃと湿った音がする。

西根はジーンの口に溜まった唾液を貪るように舐め尽くし、代わりに自分の唾液をジーンに飲ませた。

「……やめましょう……もう……」

セックス経験は豊富でも、これほどのディープキスは西根とが初めてのジーンは、あまりの淫猥さに脳髄が麻痺したようになり、西根がようやく唇を離した隙に涙を溜めた瞳を向けて哀願していた。

このまま続けられると変になってしまいそうだ。

「おまえが悪い」

こんなときの西根は実に意地が悪い。そして容赦がなかった。

ますます強く抱き寄せられ、芯を作りかけている股間に西根自身の雄芯《おしん》を擦りつけられる。西根のものも膨張し、硬度を増して今すぐにでも挑めそうなくらいになっていた。

「おまえに俺の手料理を食べさせたら、次は俺がおまえを食う番だ」

「わ、わかってますよ……」

本音を言うと胃袋よりも先に性欲を満たしたかったが、テーブルで湯気を立てながら待っている美味しそうなチャーハンとコンソメスープ、そして彩りも綺麗な野菜サラダをないがしろにするわけにもいかない。

西根は未練たっぷりにジーンの喉元に唇を這わせてから、身動ぎもできないくらいに抱き竦めていた腕の力をやっと抜いた。

ジーンも西根の背中に回していた腕を下ろしたが、すぐさま離れる気にはなれず、西根に腕を引かれたままダイニングのテーブルまで歩く。

西根の肩に爪で傷つけ、引っ掻いたと思しき傷があるのを見つけたのはそのときだ。

ジーンはギョッとして自分の爪に視線を落とす。右の人差し指と中指の爪に血が付いている。

「恭平さん」

思わず西根を呼んでいた。

ん、と西根が首を回してジーンを振り返る。

「それ……わたしのせいです」

「……ああ、そういえば、なんかちょっとビリッとしたな」

「すみません」

こんなに激しく引っ掻いていたとは知らず、羞恥に声が小さくなる。キスだけでここまでやってしまうとは思わなかった。確かに何がなんだかわからなくなりかけるほど感じて酩酊《めいてい》したが、西根に怪我までさせたのは不覚以外の何ものでもない。

「後で舐めてくれ」

西根はジーンのために椅子を引いてくれながら、むしろ誇らしげに笑う。

「これからまだ何ヶ所か引っ掻いてくれてからでいい」

「しませんからっ……、あっ」

素早く唇を掠め取られ、ジーンは続けられなくなった。

「俺はさせるって言ってるんだ、ジーン」

いざとなると西根は愛情たっぷりの横暴さを発揮する。普段との落差にジーンは翻弄され、啞然とするばかりだ。優しいだけでは物足りない。たまには強引に、高飛車に、思いきり奪い尽くされたい。ジーンにとって西根ほど理想的な相手はいないだろう。

巡り合えた奇跡に感謝する気持ちでいっぱいだ。

冷蔵庫にストックされていたあり合わせの材料で作った西根の手料理は、ジーンの腹と心を満たし、恋人と二人で一つのテーブルを囲む幸せをあらためて嚙み締めさせてくれた。

「後片付けくらいならやれます」

ジーンが自分から皿洗いを買って出ると、失礼なことに西根は真面目に不安そうな表情を浮かべた。きっと一つ一つ時間をかけて買い集めたお気に入りの食器の心配をしたのだ。

「わたしの指の心配ならともかく、皿を割られる心配をしているだけなら、ここは男らしくわたしに任せて、今度はあなたがシャワーを浴びてきてください。邪魔です」

癪だったので、つんと顎を反らせて強引にキッチンから追い払う。

西根は後ろ髪を引かれる思いをしながら、ジーンがこれ以上機嫌を悪くしないうちにと渋々出ていったようだ。端からジーンに家事ができるとは思っていないらしい。頼むから何もせずにソファにいてくれと喉まで出そうになっていたのがわかる。

ジーンは半ば意地になって皿洗いに勤しんだ。

その結果、西根が最も気に入っていたらしい琉球ガラス製の皿を滑り落として割ってしまい、音を聞くなりバスルームから飛び出してきた西根を半泣きにさせてしまった。

さすがにジーンも反省した。

「今度纏《まと》まった休みが取れたら、沖縄旅行に付き合います。わたしも一緒にその割れたゴーヤー皿というのに劣らない素敵な品を探しますよ」

西根はジーンのその提案にかなり心を動かされ、慰められたようだったが、

「俺の前では威張《いば》ったお姫様でいいから、今後はもうそうすることにしてくれ」

と重ね重ね頼まれ、嬉しいような諦められて悔しいような、複雑な心境になる。

返事を渋っていると、西根に宥めるように抱き寄せられた。

両手を取られて指を確かめられる。

「不幸中の幸いは、おまえに怪我がなかったことだ。俺のジーン」

結局西根にはジーンより大事なものはないらしい。

西根の真摯《しんし》で深い気持ちを感じ、ジーンは幸せで涙腺を緩ませかけた。

＊

「……大丈夫か？」

間近で心配そうな西根の声がする。

どうやらジーンはしばらく意識をなくしていたようだ。

じわじわと瞼を開くと、真上に西根の顔が見えた。無精髭を生やしていても整った顔立ちは精悍《せいかん》さを増すばかりで、どんなマイナスイメージも抱けない。以前はどうしてこれを熊みたいだとか山男のようだと感じたのか、ジーン自身にもさっぱり説明できなくなっている。

「恭平さん」

喉を使いすぎて嗄《しゃが》れかけた声で西根を呼び、両手を伸ばしてがっちりとした首に腕を回す。

少しでも体を動かすと、腰の奥に埋め込まれた陶酔の痺れが全身を駆け抜ける。ジーンは艶混じりのあえかな声を上げ、淫らな快感をやり過ごした。

「ちょっと無理をさせすぎたな」

自分からもジーンの裸身を抱き締めながら西根が申し訳なさそうに謝る。

確かに今夜の西根は激しかった。ジーンは何度許しを求めて泣き叫んだかしれない。思い出すと死にたくなるほど恥ずかしいことを言い連ね、無我夢中で西根に縋りついた覚えもある。

「おまえとしてると歯止めが利かなくなる。よくないな」

西根はジーンを結構長く失神させていたことを悔いているようだ。

「わたしは……べつに嫌じゃないですけど」

好きな男に少々の無茶をされるのはむしろ悦《よろこ》びだ。愛されている実感を得られて嬉しい。もともとジーンはセックスが好きなほうだが、西根とするのが一番幸せを感じられる。妙な遠慮はされたくなかった。

「恭平さんがわたしのものだと確かめられると、安心できるんです」

ベッドの中ではジーンも比較的素直になれる。肌と肌とを触れ合わせ、何もかもを見せて交歓していると、つまらないごまかしなど通用しない気がして開き直れるのだ。

「ジーン」

西根は感極まった声を出す。

唇を塞いでまさぐるようなキスをされ、ジーンはまたもや官能を操られて身を震わせた。キスをしながら尖りきって敏感になっている乳首を弄られる。

「んんっ……、あ、んっ」

自然と腰が揺れてくる。

さっき二度目を放ったばかりなのに、ジーンの陰茎はまたもや節操もなく淫らにカタチを変え始めていた。してもしても欲望には果てがない。

ぴったりと閉じ合わせていた太股を西根の手が割り開く。

内股を撫で上げられ、濡れた感触のある奥を指で掻き分けられて、いきなり二本の指を挿入される。

「うう……！」

痛みからではなく、全身に電流を流されたような快感からジーンは喘いだ。

「まだ濡れっぱなしだ。いやらしいな、ジーン。俺の指をそんなに食い締めるなよ」

西根がわざとジーンを貶《おとし》めるセリフを吐く。

「い、……れて」

ジーンはまたもや悦楽に負け、ごくりと喉を鳴らすなりか細い声で求めた。

西根の太いものが指の代わりに一気に押し入ってくる。

「ああ、あああっ！」

西根の両肩に腕を突いて上体を弓なりに仰け反らせたジーンは、歓喜に噎《むせ》び泣いて奥まで収まった猛りを引き絞った。

よすぎて惑乱してしまいそうだ。今夜三度目の挿入を、熟しきった体は嬉々として受け入れる。少し腰を動かされただけでもあっという間に天に昇ってしまいそうな気配があった。ジーンは後ろを責められるだけで達する自分を淫らだと思うが、これればかりは自制できない。

「そうだ、ジーン」

奥深くで繋がり合ったまま、西根がたった今思い出したかのような顔をして、枕の下に手を入れる。

そんなところに何かが用意されていたとは、ジーンはまるで気がつかなかった。

西根が取り出したのは、リボンのかかった立方体の小箱だ。

ジーンは目の前に翳《かざ》された贈り物らしき箱を見て目を瞠る。

まさか、という感じだった。

おかしい。自分のほうが西根に今夜プレゼントを渡すはずだったのに。これではまるで立場が逆だ。

夢でも見ている心地がしてくる。

「なんですか、それは？」

ジーンが上擦った声で訊《たず》ねると、西根は照れ笑いしながら「ピアスだ」とあっさり打ち明けた。

ドクン、とジーンの中を穿つ西根の雄芯が脈打って、さらに嵩を大きくしたようだ。ジーンは思わず感じてしまい、あっ、と艶《なま》めかしい悲鳴を上げた。

「おまえの耳にピアスホールが空いているのに前から気づいていたんだが、嵌《は》めているところは見たことがない。よかったら一度してみせてもらえないかと思って買ってきた。……嫌なら無理にとは言わないが」

「……あ、ああ……よくそんなことに気がつきましたね」

確かに一年前くらいまではたまにピアスをしていた。しなくなったのは、気に入っていたホワイトゴールドのボール状の品を片方なくしたからだ。もしかするともう塞がりかけているかもしれなかったが、西根の気持ちは嬉しかった。

思いもよらないサプライズド・プレゼントだ。

「嬉しいです」

ジーンはいろいろな想いで胸をいっぱいにしながら、まず一番大事なことを伝えた。

「箱を開けてわたしに中身を見せてくれませんか……？」

「このまま？」

「抜いたら恨みます」

挿れられているだけで気持ちがいいのだ。途中でやめられたら冗談でなく怒ってやる、とジーンは西根を脅した。そもそもこんなときにプレゼントなど出してきた西根がいけない。たぶん照れが高じてどさくさに紛れて渡そうと考えたのだろうが、ジーンとしてはそれで納得できるわけもなかった。

「……あまり期待するなよ」

西根はときおり腰を緩やかに動かしてジーンを喘がせつつ、包装を解いて箱を開けた。

「ほら」

目の前に翳されたのは、ピンクゴールドの土台に小粒のエメラルドが付いた、シンプルなピアスだ。何を思って西根がこれを選んだのか、すぐさまジーンにはわかった。

「もしかして、わたしの目と髪に合わせてくれたんですか……？」

「おまえの耳にこれがあったら綺麗だろうと思って」

西根ははっきり答えずはぐらかす。

「嵌めてみてくれますか」

ピアスホールが途中で塞がってしまっているかもしれないのを承知で、ジーンは西根に頼んだ。少しくらい痛い思いをさせられてもかまわない。本当は痛いのは苦手だが、西根の気持ちがそれほど嬉しかった。

西根がジーンの耳を指で摑み、慎重にピアスの軸を刺し通す。案の定途中で引っかかったらしく、躊躇した西根は止めかけた。

「いいから、そのまま貫いてください」

「無理は……」

「してくれないなら、しばらく絶交しますよ」

「はぁ？」

ジーンはツンとした顔をして、目を閉じた。

困惑し、半ば呆れたようにしながらも、西根は思い切ってジーンの望み通りにしてくれた。痛みに涙が出そうだったがそこは意地で我慢する。

両耳に新しいピアスが収まったあと、西根は昂りきった様子でジーンの目尻に唇を這わせてきて、

「辛かったんだろうが。この強情っ張り」と愛しげに罵《ののし》った。

同時に休めていた腰の突き上げも再開される。

「ああっ、ああっ、あ！」

狭い筒の中を激しく抽挿されて、ジーンははしたなく乱れた。

もう一度二人で一緒に極めたら、次こそジーンが西根を驚かせる番だ。なんだか番狂わせで悔しいが、おかげでどうやって渡そうかと悩む必要はなくなった。

たまには西根にもネクタイを締めさせ、オペラにでも連れていってほしい。無精髭はジーンがよりベッドで燃えるから、剃らせないことにしよう。きっと西根はどんな衣装でも着こなすだろう。ネクタイはジーンの独占欲の証《あかし》だ。

西根の腰が頂《いただき》を目指して一気にスピードを増す。

ジーンは嬌声を放って堕ちていきながら、今度基に会ったら、こんなふうに素晴らしいイベントを思いつかせてくれたお礼に、抱き締めてキスしてやろうと決めた。もしかすると都筑は迷惑そうな顔をするかもしれないが、ピンクのシャツの幸せを思えばたいしたことではないだろう。

彼らの日常

SHUNKASHUTO
JONETSU TO MATENRO

仕事絡みで沖縄に行くことになった遥《はるか》から、「おまえも同行しろ」と言われたのは十月の終わり頃だった。

またこの季節がやって来た……、と感慨深い気持ちで、去年起きた事故のことを思い返していた矢先だ。

佳人《よしと》は当惑し、しばし迷ったが、どちらにしても否の返事はあり得なかった。

無事元のとおりの落ち着いた生活に戻ってから、仕切り直しの意も籠めて二人で海外に行きもした。その時にもまったく不安がなかったというと嘘になるが、それより遥に少しでも心と体を休めてほしい気持ちが勝っていた。幸運にも佳人にとって初めての海外は、素晴らしい思い出でいっぱいの、とても充実した旅になった。嫌なことや心配しなくてはならないことなど、ただの一つも起きなかったのだ。

今回の沖縄にしても、もしかすると遥は佳人を気にかけ、三日間も一人にしておくことをためらったから、同行しろなどと言い出したのかもしれない。始終仏頂面をしていて無愛想だが、遥の佳人に対する情は深い。それは佳人が一番よく知っている。

空の色も鮮やかな秋晴れの金曜日、佳人は遥と共に那覇《なは》空港に降り立った。

宿泊先は那覇から高速を通って一時間半ほどのところにあるリゾートホテルだ。仕事相手が名護市《なごし》に会社を構えているので、単にそこが近場だったというだけなのかもしれないが、至る所にオープンエア設計を取り入れた開放的かつ自然味溢れる美麗なホテルは、明らかに佳人の存在を意識しての選択だと思える。普段の遥は、出張の際にこういうクラスのホテルは、まず使わない。もっとこぢんまりした、スタンダードなホテルの領収書ばかり持ってくる。

「俺が仕事に出ている間、おまえは適当にしていろ。夜には戻る。明日もまた別件で人と会うことになっているが、三時過ぎには体が空くから、ここに来い」

遥は相変わらずぶっきらぼうな口調で言うと、佳人に三つ折りのパンフレットを手渡した。

琉球《りゅうきゅう》ガラスの工房兼ショップの案内書だ。遥とこの場所の取り合わせは意外な感じで、今ひとつしっくり来なかった。おそらく、今度新しく取引を開始することになりそうな軽運送会社とこのガラス工房の間に、繋がりがあるのだろう。

沖縄に着いた日は外には出掛けず、ホテル内でゆっくり過ごした。

風に吹かれながら海が見下ろせるバルコニーに座り、飽きることなく景色を眺めたり、持ってきた本を読んだりしていると、いつの間にか遥が帰ってくる時間になっていて、退屈する暇もなかった。

二日目は、遥を取引先との約束の場所までレンタカーで送り届けたあと、本部町《もとぶちょう》にある有名な水族館に行くことにした。

世界一と言われる巨大なアクリルパネル越しに、複数のジンベエザメやオニイトマキエイが観察できるそうで、せっかくだからぜひ見ておきたいと思った。たぶん、今後そうそう沖縄に来る機会はないだろう。

この水族館のメインコーナーである「黒潮の海」と名付けられた水槽の前には、土曜とあって相当数の人が集まっていた。

ギネスブックにも掲載されているらしい世界最大級の水槽の中を、巨大なサメとマンタが群泳している。

圧巻だった。

青い水槽から目が離せない。これを見られただけでも、ここに来た甲斐《かい》があると思った。残念だったのは、遥と一緒でなかったことだ。秘書としての役目も特にないまま、ほとんど遊びで沖縄を訪れている佳人とは違い、遥は仕事で来ている。その差が佳人にはとても申し訳なく感じられ、心の底から楽しむ気分にはなれなかった。

今頃遥は商談を進めている最中だろうか。

約束の三時過ぎまで、まだ四時間近くある。

水槽を見上げつつ、つらつらと遥のことに思いを馳《は》せながら立ち尽くしていた佳人に、不意に斜め後ろから誰かが軽くぶつかってきた。

「……っ！」

その人自身も他からぶつかられてよろけたらしく、忌々《いまいま》しげに舌打ちしてから、「すみません」と佳人に謝った。

「あ、いいえ……」

大丈夫ですか、と逆に聞きかけて、あ、と佳人は気がついた。

明るいハニーブロンドの髪、緑の瞳――おそらく外国の人だ。上品な色目のピンク色のシャツが、とても映える。すらりと背は高いのだが腰などは折れそうなくらい細い。おまけに鼻筋の通った彫りの深い顔立ちは、ドキリとするほど綺麗だ。非常に印象的で雰囲気のある、目立つ人だった。

日本語も達者なんだな、と佳人は感心した。あんなふうに咄嗟の場合、普通は母国語が出そうなものだが、ちゃんと日本語だったというのはすごい気がする。それとも、日本にずっと住んでいる人なのだろうか。

すでに相手はその場を離れて人混みに紛れてしまい、姿は見えなくなっていたのだが、さらっと忘れてしまえず、佳人はあれこれ想像した。心に響く存在というのはままあるものだ。

四階建ての館内を、時間をかけてゆっくりと見て回っているうちに、気がつけば二時を過ぎていた。まだ少し早いかとも思ったが、水族館は十分堪能した感触があったので、待ち合わせ場所に移動する。

琉球ガラス工房は水族館から車で十五分ほどの距離だ。水族館へと向かう道の途中にあるのを、来るときあらかじめ確かめていたため、迷うこともなかった。

広々とした店内に、赤や青や黄といった、色とりどりの琉球ガラスが所狭しと陳列されている。様々なガラス製品がフロアのあちこちを埋めているのは、どこか幻想的で、非常に美しい。

グラスや皿、置物など、丁寧に見て歩く。

鮮やかな色彩と、どっしりしていて温かみを感じさせる形は、見ているだけで気持ちまでほんわかさせてくれる。

佳人は琉球ガラスの持つ素朴な味わいをすぐ好きになった。

むろん、中には繊細な雰囲気のものもあるのだが、それよりも純朴さの滲むものにより心を惹かれたのだ。

隣接する工房では、オリジナルグラスを作る工程を一部体験させてくれるらしい。

もし遥も一緒にする気があるのなら、珍しいことなのでぜひやってみたいと思うのだが、おそらく遥は興味ないとそっけなく言うだけだろう。

佳人も、遥がしないのなら自分だけしようとは思わなかった。きっと遥は「やりたいならやって来い」と言うに違いないのだが、なんとなく照れくさい。

代わりに何か気に入った品があれば買って帰ろうかなと思いつつ、さらにショールームを回る。

何やら早口の英語が聞こえてきたのは、奥まった棚の傍まで来たときだ。

さりげなく視線をやると、見覚えのあるピンク色のシャツが目に入った。

さっき水族館でぶつかった人だ。

今度は連れらしき男も一緒だった。そちらは日本人のようだ。金髪の美青年に勝るとも劣らぬ流《りゅう》暢《ちょう》な英語を話しているが、顔立ちは間違いなく東洋系である。顎に濃いめに生やした無精髭や、がっしりとした逞しい体格からするとワイルドな印象だが、穏やかで優しげな眼差しが、理知的で、洗練された都会的な雰囲気を醸し出している。

金髪の美青年はジーンと呼ばれていた。

佳人には、二人が話している流れるような英語の会話はほとんど聞き取れない。たとえ聞き取れたとしても、他人の話に聞き耳を立てるような不作法なまねは慎むべきだと遠慮しただろう。しかし、なまじ何を言っているのかわからないだけに、すぐさまその場から立ち去らなくてはという気持ちにはならなかった。

自分も近くの棚に陳列された品物を検討しつつ、見るとはなし、聞くとはなしに、ジーンともう一人の動向を目の隅で意識してしまう。理由はないが、なぜか気になってしまうのだ。

これでどうですか、とジーンが言いながら、楕円形の皿を手に取って持ち上げる。簡単な会話はさすがに佳人にも理解できた。

楕円形の皿は、ゴーヤーに似ているところから、ゴーヤー皿と命名されている品だ。

うーん、と無精髭の彼が悩ましげに唸る。

するとその反応が気に入らなかったのか、ジーンはむっとした表情になり、つんとした態度で皿を元の位置に戻すと、何か口早に短く言って、いきなり佳人のいる棚に近づいてきた。

ジーンは佳人を覚えていないようで、顔を合わせても特に反応らしい反応は示さない。

水族館の中は薄暗く照明が落とされていたが、こちらの店内は明るい。

あらためてジーンを見た佳人は、やはり綺麗な人だなと感嘆した。同時に、性格はきつそうだとも感じた。切れ長の瞳がちょっと苛立った印象で、あまり気の長いほうではなさそうな感じがする。

「ジーン」

無精髭の男はジーンをとてもよく理解しているらしい。

苦笑いしながら懲《こ》りた様子もなく傍らに来て、くちづけせんばかりにまで顔を近づけ、耳元で何か囁いた。

するとたちまちジーンの白い頬に朱が差す。

何を言われたのか知らないが、たまたま見ていた佳人まで胸がじんとしてきた。

邪魔をしては申し訳ない心地になる。

佳人はさりげなくその場を離れた。

なんの根拠もないのだが、おそらくあの二人は恋人同士に違いない。佳人にはそうとしか思えなかった。二人で旅行なのかなと想像する。

「佳人」

不意に背後から声を掛けられた。

「遥さん!」

振り向く前からわかっていたが、佳人は驚きと喜びに声を弾ませずにはいられない。

いつの間に店に来ていたのか、まったく気づかなかった。

「知り合いか?」

「え?」

むすっとしたまま遥が視線をジーンたちに流す。

「あ、いえ、違います」

佳人は慌てて否定した。

なぜ遥がそんなふうに思ったのか、逆に聞いてみたい気もした。しばらく近くにいたからだろうか。それとも、あまりにも佳人が二人を意識していて、それが遥にも伝わったからだろうか。

「何か買うものがあれば早く買え」

遥は佳人が違うと言うと、もうそのことには触れようとせず、突き放すような調子で言った。

自分一人のために買いたいものはないのだが、もし遥も気に入るのなら買ってもいいと思って眺めていた品はある。

でこぼことした細工が施されている、ビアグラスだ。

透明なガラスに、一つは青と黄緑、もう一つは青と水色で、細いラインが巻き付かせてある品だった。

「これとこれ、よかったらうちで使いませんか……？」

控えめに伺いを立ててみる。

遥の口元が微かに笑みを作ったようだった。

「おまえが好きならそうしろ」

そして、つっとそっぽを向いてから、付け足す。

「俺はおまえの選ぶものならなんでもいい」

いかにも遥らしい返事だ。

佳人はおかしくなって、ふわっと笑った。

「待っていてください。少しだけ」

グラスを持ってレジへと向かう。

「早くしろ。ホテルに帰るぞ」

遥のぶっきらぼうな声に僅かながら熱っぽさが含まれているように聞こえた。

気のせいかなといったんは思い直したものの、そうではなかったことは、その後すぐにわかった。

＊

ホテルの部屋に戻るなり、遥は佳人の肩を抱き寄せ、唇を合わせてきた。

「……遥、さん？」

まだ夕刻にもなっていないような時間だ。窓の外は明るい。

どうしたんですか、という意味を込めて聞いた佳人を無視し、遥は再び唇を吸ってくる。

「あ……っ」

啄むようなキスを繰り返されるうち、いつの間にかベッドに押し倒されていた。

男二人の体重を受け止めたベッドがギシッと軋む。

シーツに横たわり、上から押さえつけるようにのし掛かられた途端、キスが深いものになる。

湿った淫猥な音を立てて濃密なキスを交わしつつ、遥の指は佳人のシャツのボタンを外していき、直に肌に触れてきた。

裸の胸板を手のひらで撫で回され、乳首を指の腹で弄られる。

感じやすい佳人はそれだけであえかな声を洩らし、身動いだ。

「……あ、……あ」

「恋人同士だったみたいだな」

「えっ？」

唐突に、ぽつりと言われ、佳人は何のことかわからなかった。

「ガラスの店でおまえの近くにいた二人連れだ」

ああ、と佳人は自分の鈍さに苦笑する。なるほどそれ以外になかった。

「仲よさそうだった」

「……もしかして、羨ましくなりました？」

めったにないことだが、佳人は遥を少しからかいたくなって、そんなふうに聞いてみた。

すると遥は不機嫌そうにではあったが「ああ」と答える。

佳人は正直驚いた。絶対に返事などしないでやり過ごしてしまうに違いないと思っていたからだ。こんなふうに素直になる遥は珍しい。一緒にいる時間が長くなるにつれ、確かに少しずつ気持ちを露《あらわ》にする機会も増えたと思うが、それでもまだ、わざとのようにそっけなくされることが多い。

嬉しさが込み上げる。

佳人は遥の唇を今度は自分から塞ぎ、遥の首に締まったネクタイを緩め、引き抜いた。

シュルリ、と絹が擦れる優雅な音がする。官能を刺激する音だ。続けてボタンを外す佳人の指に性急さが増す。

「遥さん、遥さん」

すぐにでも遥が欲しくなってきて、佳人は喘ぐように遥を呼んだ。

敏感な乳首や脇を這う手に、ビクン、ビクンと体が跳ね、腰が揺れる。

昨晩もしたはずなのに自分でも呆れるほかない節操のなさ、淫乱さだ。だが、欲しがる体はどうしようもなかった。火照って鼓動が速くなる。

欲情しているのは遥も同様のようだ。

二人は互いの服を脱がせて裸になると、下半身を淫らな形に交わらせて、恥ずかしい部分でしっかりと繋がり合った。

「ああ……っ！」

潤滑剤で濡らして滑りのよくなった窄まりに、硬く大きな塊《かたまり》が一息に突き入れられてきたときの衝撃は相当なもので、佳人は遥の背にしがみついて声を上げた。

狭い器官を強引に押し広げ、熱い楔《くさび》が奥深くまで入ってくる。

「あっ、あ、……あああ」

突き込まれたものを、心得たやり方で動かされ、佳人は立て続けに喘ぎ、体の奥から湧き上がる悦楽に溺れた。

「気持ちいいか」

抽挿しながら遥もまた官能に満ちた吐息を洩らす。

「んっ、……あ、あっ、あ」

抑えようにも次々と声が零れてしまう。

そのたびに佳人は唇を噛もうとしたが、遥に、

「もっと声を出せ」

と言われてからは、抵抗するのをやめた。

腰を抱えて引き寄せられ、さらに激しい抜き差しが加えられる。

「ああっ、あっ、あ！」

佳人は顎を大きく仰け反らせ、あられもなく叫んで、快感に身を震わせた。

堪《こら》え性のない陰茎の先はすでに先走りの淫液で濡れそぼち、透明な糸を垂らすまでになっている。

そこを遥に摑まれ、扱《しご》かれると、堪らず噎び泣いた。

「ああ、だめだ、遥さんっ」

いってしまう。

「いけ」

「嫌です。一緒にいきたい……！」

「それは二度目だ。今夜はこれだけで許されると思うな」

その言葉が佳人に我慢を放棄させた。

一際甲高い嬌声を放ち、前と後ろを同時に責められながら佳人は堕ちた。

「……ああ」

全身を強い快感が貫き、弛緩する。

いく時に後孔がぎゅっと収縮したせいで、遥も「ううっ」と色めいた声を洩らし、感じていた。中に入れたものをきつく引き絞られ、ますます欲情を煽られたらしい。

まだ佳人が息を整えぬうちから、再び本格的な責めを開始する。

「ああっ、ま、……待って、遥さんっ」

佳人は狼狽えて哀願したが、遥には聞き入れられなかった。

先ほどまでよりさらに嵩を増した気がする遥のもので、さんざん内部を捏《こ》ね回され、抜き差しされ、惑乱しそうなほどの悦楽にまみれさせられた。

体を横に捻られる体位での抽挿から、いつの間にか後ろから腰を掲げさせられて挑まれる後背位へと変わっている。ひたすら喘いで揺さぶられるままに身を委ねていた佳人は、すでに意識が朦朧とし始めていたようだ。一度極めた体を責められるのには、いつまで経っても慣れない。失神したり、途中の記憶がなかったりすることがままあった。

「ああっ、う、うっ、ううっ」

「佳人」

遥の声が切羽詰まってくる。

「……うっ」

激しさを増していた抽挿が止められる。

佳人も息を詰め、奥に放たれた遥の精を感じてぶるっと身を震わせた。

溢れるような幸福感が体の底から湧いてくる。

「遥さん」

まだ繋がり合ったまま、呼吸を荒くした遥が佳人に顔を寄せてくる。

佳人は首を捻り、落ちてきた遥のキスを唇に受け止めた。

そのまま、息さえ奪い合うほど深く濃密なキスをする。舌を引きずり出して絡ませ、唾液を舐め、昂揚が治まるまで貪り合った。

この一時の昂奮が静まっても、またきっとすぐに体が熱くなってきて、もう一度同じ行為を繰り返すであろうことは、想像に難《かた》くない。

遥と抱き合うとき、佳人はいつも恥ずかしいほど淫らになる。節操や慎みなど全部忘れ、情動のまま求めてしまう。

「好きです……」

濡れそぼった唇をようやくいったん離したとき、佳人は囁くように遥に告げた。

「ああ」

遥の返事は短く淡々としている。

だが、切れ長の目に宿る情熱の強さが、真意を教えてくれていた。

「……もう一回、しましょう」

仰向けになりながら、佳人は甘えてねだるように遥の首に両腕を回して抱きついた。

欲張りめ、と黒く輝く瞳が揶揄している。いかにも幸せそうに見えた。

「腹は減らないのか」

「空いてます」

だが、それは二の次だ。

遥もふっと口元を緩めただけで、その先は言葉にしなかった。

膝を入れて足を開かされ、たっぷり濡れた襞を遥にまたもや貫かれ直す。

「あああっ、い、いい……！」

敏感な内壁を強く擦り上げられながらの挿入に、佳人はあられもない嬌声を放ち、いい、と叫んだ。

快感の強さに眩暈がする。

幸せすぎてどうにかなりそうだ。

昼間見たジーンという金髪の美青年も、今夜はこんなふうにして無精髭の男の腕の中で悶えるのだろうか。

ふとそんな下世話な想像をしてしまったのは、何かの前触れだったのかもしれない。

夜九時を過ぎ、ホテルのメインバーに行った遥と佳人は、そこでもまたジーンたちと出会した。そして、会釈《えしゃく》を交わした際、『よくお目にかかりますね』と無精髭を生やした西根《にしね》に言われ、実はお互いに意識し合っていたことを知ったのだった。

そして、彼らの日常

那覇空港に降り立ったとき、ジーンが一番に感じたのは、ああここは同じ日本でも異国のようだなということだった。

来日するのは五度目でも、沖縄は初めてだ。縁がなければ一生訪れることはなかったかもしれない。傍らにいる西根をそっと上目遣いに見て、ジーンは感慨を覚える。

十月も終盤——亜熱帯気候の細長く伸びた異国の島の空は、晴れやかに澄み渡っていた。

＊

「来月、土日を含めて五日間だけ休暇をもらいました」

ジーンがそんなふうに切り出したのは、いつものようにオフィスの近くまで迎えに来てくれた西根《にしね》のステーションワゴンに乗り込んだときだった。

ステアリングを握り、車を出しかけていた西根は虚《きょ》を衝《つ》かれたように黒い瞳を見開き、いったい何事だ、と訝《いぶか》る顔をする。ときおり気まぐれぶりを発揮するジーンに、西根もすでにある程度慣れているはずだが、これはちょっと意外すぎたらしい。

「約束したでしょう？　沖縄に行きますよ」

驚きの強さに反応が鈍くなっている西根に軽く苛立ち、ジーンは心持ち突っ慳貪な口調になった。

本当は少し恥ずかしかったせいでもある。

「もしかして、ゴーヤー皿のためにか？」

半信半疑といった顔つきで、西根はまじまじとジーンの顔を見る。

ジーンは思わずそっぽを向き、「も、もちろん、そうに決まってます」と動揺を隠し損ねた声で返す。じわじわと上気してくる頬を意識して、気まずかった。このところ西根とは毎日のように顔を合わせているというのに、慣れて飽きるどころかティーンエイジャーの頃に戻ったかのごとく、会うたびに新鮮で胸がドキドキする。そんな柄にもない自分の初々《ういうい》しさが、意地っ張りで見栄っ張りのジーンには、とにかくめちゃくちゃばつが悪く感じられるのだ。

「そいつは一大事だな」

西根はゆっくりと、噛み締めるような調子で言った。

声に感動が表れている。ジーンとは反対に、西根は率直で自分に正直だ。

西根の潔さがジーンにはいつも羨ましい。たぶん、西根にはジーンに愛されている確固たる自信があるのだろう。悔しいがそれは事実だ。ジーンはとことん西根にまいっている。西根と出会うまでは、誰かのために何かしようと思うことなどなかった。してもらいこそすれ、自分からすることなど考えもしなかったのだ。それでずっと許されてきた。許されなくなったときは関係が終わるときだったわけである。つくづく傲慢だったと思う。それが今ではどうだろう。貴重な休暇を、相手を喜ばせたいがために使う気になり、照れくささを我慢して自分から誘っている。

「正確にはいつからいつまでなんだ、ジーン？　俺もさっそく仕事の予定を調整しよう」

いったん外したサイドブレーキを引き直し、西根はステアリングから離した手でジーンの腕を摑んできた。気恥ずかしさからわざと冷ややかな態度を取りがちなジーンの性格を熟知していて、いっこうにためらわない。このあたりの無遠慮さは知り合った当初からだった。西根にはジーンのことが、初《しょ》っぱなから旧知の友に対するようにわかったらしい。まさに、お互い会うべくして会ったという感じだ。

腕を取られて引き寄せられる。

ジーンは拗ねたような態度をあらため、頰に微かな火照りを残したまま、西根と顔を合わせた。間近に、一見無骨で怖そうな、無精髭の目立つ顔がある。山男、熊、そんなふうに西根をこっそり呼んでいた頃もあったが、見れば見るほど精悍で理知的で、誠実そのものの印象だ。認めるのは癪だが惚れ惚れしてしまう。この男が自分の恋人なのだと思うと、なんだか誇らしげな気分にすらなった。

「木曜日から月曜日までです」

「行き先は本当に沖縄でいいのか？」

どこかもっと他に行きたい場所があれば、べつにゴーヤー皿を気にする必要はないと、優しい西根は言ってくれている。

だが、ジーンは迷うことなく首を縦に振った。

「べつに皿一枚にだけ義理立てしているわけじゃありませんよ。もちろん、あなたが大事にしていた皿を割ったのはわたしだし、悪かったと思っているのも事実ですけど、それより前から一度沖縄に行ってみたかったんです」

「そうか」

西根はホッとしたように納得した顔をして、いきなりジーンの唇に自分の唇を押し当ててきた。

「……んっ……！」

唇を抉じ開け、勢いよく舌が口の中に潜り込んでくる。

こんなところで、と身を引きかけたジーンを、西根は背中に腕を回して抱き寄せる。

ぴちゃ、くちゅっと淫らな水音をさせ、濃密なキスが続く。

「あ……っ、……う」

周囲はもう暗いとはいえ、大通りに面した歩道沿いに停めた車の中での大胆な振る舞いに、ジーンは抗《あらが》いがたく引き込まれ、酩酊させられていった。もしも誰かに見られたらと思うと、気が気でないのと同時に昂奮もする。西根の感激ぶりがひしひしと伝わり、ジーンまで心が浮き立ち、熱くなってきた。

ああ好きなんだなとつくづく思うのは、こんなときだ。

西根の腕に身を任せ、瞼を閉じてキスの感触だけに浸る。ときおり睫毛が震え、あえかな声が洩れた。官能が高まる。

心ゆくまでジーンとのキスを堪能したらしい西根が、ようやく唇を離す。それでもまだ名残惜しげに濡れた口元や頬を撫で、ジーンを抱く腕は緩めない。愛されているのを感じ、ジーンは幸せで胸が詰まりそうだった。

「おまえは本当に容赦がないな」

「どうしてそんなふうに言うんです？」

「俺をとことん取り込んじまうからだ」

「……気のせいでしょう」

ジーンはあえてそっけなく躱してみせたが、西根はフッと苦笑して、唇の端を吊り上げる。

「今夜はおまえを俺の部屋に連れて帰る。朝まで離さない」

揶揄するような流し目で見られ、きっぱり言われると、ジーンは期待と嬉しさにますます頬を熱くした。

「わ、わたしはかまいませんけど、あなたは明日も仕事でしょう」

「ああ。だからおまえが俺に活力をくれ」

「活力なんて……余ってませんよ」

他になんと答えればいいのか思いつけずにそう返す。

そのジーンの返事が西根には面白かったらしく、声を立てて笑った。

「とりあえず、先に食事に行こうか」

西根は未練がましくジーンの唇をひと吸いすると、今度こそ車を車道に出して走らせ始めた。

本音を言えば、西根に「朝まで離さない」と宣言されるのは、ジーンの望むところでもあった。

沖縄旅行も楽しみだが、特別なことなど何もない二人の日常も、ジーンにはとても有意義で大切なものだ。

慣れた手つきでステアリングを切る西根の横顔をちらりと窺い、このささやかな幸福がずっと長く続けばいいと、ジーンは祈るような気持ちになった。

＊

ニューヨークから成田《なりた》経由で沖縄に入り、そこからさらにレンタカーで名護市のブセナ岬に建つホテルへと向かう。

二〇〇〇年に開かれた沖縄サミットのメイン会場として使用されたことでも有名なオープンエアの国際的なリゾートホテルは、居心地がよくて美麗な上、スタッフも行き届いた心遣いを示してくれて快適だ。

「悪くないですね」

口ではそんなふうにしか言えなかったが、内心ジーンはとても満足していた。

セミダブルサイズの寝台を二台ぴったりと隙間なく並べたベッドの寝心地もよく、移動の疲れが溜まったまま迎えた一日目の夜は、二人共に熟睡したようだ。ジーンは夢も見なかった。目覚ましが鳴って起きると、すでに太陽はずいぶん高い位置まで昇っており、ベランダに出ていた西根に「おはよう」と挨拶されたのがやたらと面映ゆかった。

場所柄もあってか、まるで新婚旅行に来たような気が、一瞬だけにせよしたのだ。

「まずは水族館に行こうか」

海洋博《かいようはく》公園の一角にある、観光客には外せない見学場所の一つだ。土曜なのでさぞかし混んでいることだろう。しかし、西根が誘うなら、ジーンも行くのはやぶさかでない。世界一と言われる巨大なアクリルパネルには興味があった。生きた珊瑚《さんご》や、ジンベエザメ、マンタの複数飼育などにも、少しは心惹かれる。実際に見ればもっと関心が湧くかもしれないとも思った。

開館は八時半と、結構早くから営業しているようだ。

「今日はわたしが運転しましょうか」

ずっと西根にばかり任せていては疲れさせてしまうだろうと気遣う気持ちが湧いて、ジーンは朝食のテーブルで言ってみた。

しかし、西根はかえって困った顔をする。

「いや、おまえ右ハンドル車には慣れていないと昨日言っていただろう」

「確かに言いましたが、それは運転できないとイコールではありませんよ？」

「ま、まぁ、そうだ。もちろんわかっている」

だったら、と半ば意地になり、ムッとして目を怒らせる。

「もしかして、私があの皿の二の舞をしでかして、車をどこかにぶつけて壊すのではとか心配しているんじゃないでしょうね？」

う、と西根が返事に詰まる。どうやらまさにそう考えたようだ。

ジーンは「失礼な」と語調にトゲを含ませて言い募る。

「ニューヨークでは車は必要ないので乗りませんが、免許は持っています。下手な心配は無用です」

実は本国ですらほとんど運転した経験はないのだが、ジーンは意固地に言い張った。

「まいったな」

西根は本気で弱った顔をして、ガシガシと頭を掻く。黒い瞳は穏やかで、相変わらず優しげだった。

ジーンのことが愛しくてたまらなさそうな色合いをしている。それをわかっていながら、あえてジーンは我が儘を言い、西根に甘えよう甘えようとしてしまう。そうすることで西根の愛情を確かめたがっているのだ。

「ジーン」

つんとしたまま卵料理にナイフを使い始めたジーンを、西根が宥めるように呼ぶ。

「愛してるから、おまえには少しの危険も負わせたくない」

午前九時過ぎの、窓という窓から燦々《さんさん》と陽が降り注ぐ爽やかで清々しいレストランで交わすには、いささか熱っぽい会話になってきた。それでも西根は至極《しごく》真剣で、恥ずかしさなどまったく感じていないようだった。

「……あ、あなたがそこまで言うのなら」

さすがのジーンも折れるしかなくなる。今度はジーンがまいったなという気持ちだった。

こんなふうに、たびたび西根には敵わないと両手を上げさせられる。そしてジーンはさらに西根に惚れるのだ。悔しいが、気持ちの流れには抗えない。

水族館は予想どおり相当な人出だった。

途中、ジーンはあろうことか西根とはぐれてしまい、柄にもなく狼狽えた。館内でも一番の見所である、ジンベエザメとマンタが群遊するメインコーナーに来たときのことだ。

当然そこは他のフロア以上に混雑していた。

巨大な水槽はまるで本物の海を切り取ったかのようで、圧巻だった。

思っていた以上に引き込まれ、時間を忘れて見入っているうちに、知らず知らず人の波に流されてしまったらしい。気がつくと、水槽の端の辺りまで来てしまっており、周囲を見回しても馴染んだ西根の姿はなかった。

ジーンは慌てて引き返し、人混みを掻き分けながら西根を探し歩いた。

べつに今ここではぐれたとしても、案内所に行くなり、駐車場に駐めた車のところに戻るなりすれば必ず会えるとは頭でわかっていたのだが、なぜか一時でも離れているのが心許なく感じられ、少し気が動転してしまっていた。

四方に視線を配りながら歩いていたところ、擦れ違いざまに体格のいい若者が勢いよくジーンに肩をぶつけてきた。

男にしては細すぎるジーンは、ほとんど突き飛ばされた格好になり、慌てて足を踏ん張ろうとしたものの持ちこたえられず、自らも背後にいた人に当たってしまった。

思わず舌打ちが出る。

同時にまた、相手も驚いたように「……っ！」と小さな声を洩らしたのが聞こえ、ジーンは気を取り直して謝った。

「すみません」

自然と日本語が出た。西根との会話は常に英語だが、秘書兼通訳として五ヶ国語を自在に操れるジーンは、咄嗟の場合の日本語も違和感なく出てくる。

「あ、いいえ……」

相手もまた恐縮した様子で答え、ジーンと顔を合わせるや、軽く目を瞠った。

ジーンもつっと目を眇め、ぶつかった相手をしげしげと見た。

物静かで聡明そうな佇まいをした、清楚な印象の美貌の青年だ。すらりと伸びた背筋がとても美しい。礼儀正しく控えめな雰囲気がいかにも奥ゆかしくて、ジーンは感嘆した。和の美しさだなと感じる。きっと西根なら、もっと気の利いた言葉で表現できるに違いない。いや、言葉というより、生け花のアレンジで見事に表して見せてくれるだろうと言うべきか。

そのとき、美青年の肩越しに、探していた西根の後ろ姿があるのに気づいた。

考えるより先に体が動く。

ジーンは美青年の横をすり抜けると、西根の背中に駆け寄るようにして追いついた。

「どこにいたんだ！」

どうやら西根もジーンを探していたらしい。

振り返るなり安堵に満ちた吐息を洩らす。

「べつに。サメの悠然とした泳ぎっぷりをあっちで眺めていただけです」

無事に会えてホッとした気持ちはおそらく西根以上のはずだったが、ジーンは知らん顔してそんなふうに言った。そのくせ手では西根の逞しい二の腕をぎゅっと摑んで離さない。

「相変わらずだな、この姫が」

西根がジーンの髪を軽く搔き混ぜ、楽しげに言う。困ったなという顔をして見せても、西根はいつもどこか愉快そうだ。

「ここはもう堪能しました。次のフロアに行きましょう」

ジーンはそう言うと、さりげなく西根の腕に自分の腕を絡ませた。

こんなことが堂々とできるのも、旅先で、しかもこんなふうに混み合っていて押せ押せの状態だからだ。

西根も反対側の手で、絡んでいるジーンの腕を、ぽんぽんと愛しげに叩いて撫でる。

もう少しだけこのまま人の波に揉まれていてもいい気分だった。

＊

水族館をあとにして次に二人が寄ったのは、そもそもの旅の目的である琉球ガラス工房兼ショップだ。

琉球ガラスというのは沖縄の伝統工芸品の一つで、色鮮やかで素朴な暖かみのある手吹きガラスのことらしい。

陳列棚にずらりと並べられた品を見ていくと、ぽってりとした形のグラスをはじめ、水差しや花瓶、可愛い動物などを象《かたど》った置物や小物類、そして西根が持っているような楕円形の皿など、いろいろなものがある。

「これなんか、どうですか？」

皿ばかりを集めた棚で、ジーンが一つの品を手に取り西根に聞くと、西根はうーんと唸るような返事をし、微妙な反応を見せた。

「悪くはないが、俺はもう少し色目が濃いほうが好みだな」

「……そうですか」

ジーンが選んだ皿は、全体に透明なガラスを使い、中心に薄いブルーで渦《うず》巻《ま》き模様を入れてある、シンプルでおとなしい雰囲気の品だった。

「すみませんね、センスがなくて！」

べつに西根はそんなふうには言っていないのに、いつもの癖でつい拗ねてしまう。

「おまえ、わざと俺を困らせて楽しんでいるだろう？」

「そんなことするほどわたしは人が悪く見えますか？」

「ああ。見えるね」

「なんですって……？」

たちまちジーンは眉を吊り上げて膨れた。本気で怒ったわけではなかったのだが、気が短いのですぐ頭に血を上らせる。

皿を元の場所に戻したジーンは、そんな自分に自分でちょっと嫌気がさし、くるりと踵《きびす》を返すと、西根の横を離れて別の棚に歩み寄った。

そちらの棚には先客が一人いる。ビアグラスを手にして検討しているところのようだった。その客を一目見た途端、ジーンはあっと気がついた。

さっき水族館でぶつかった相手だ。

奇遇だなと思うのと同時に、妙な恥ずかしさまで湧いてきて、知らん顔して気づかぬふりをしてしまう。向こうは外国人のジーンを覚えているかもしれないが、ここでまた挨拶し合う義理もないだろう。

「ジーン」

すぐに西根がやって来る。

それだけで、現金なことにジーンの思考はあっという間に美青年から逸れた。

西根は近づくなりジーンの耳元に顔を寄せると、ベッドの中で聞かせるような低く色気の滲む声で囁いた。

「今夜、覚えてろ。俺を愛してると言うまで許してやらないからな」

「なっ……何を言ってるんですか……！」

「俺は本気だ、ジーン」

昼間から妖しげなことを囁かれ、顔から火が出るほどの羞恥を覚える。

それはまた、淫靡な快感が背筋を駆け上がってきたからでもあった。

「あちらの方に聞かれるかもしれないから、やめてください」

ジーンはいかにも清楚《せいそ》な印象をした美青年を気にして、ちらりと視線をやりながら西根に言った。

「向こうも連れと仲睦まじく話をしている。誰も俺たちに注目していやしないさ」

西根の弁の通り、いつの間にか美青年の横にも連れが現れていた。いかにも遣り手で頼り甲斐のありそうな、スーツ姿の男だ。上着は腕に掛け、真っ白いワイシャツにネクタイといった、およそ観光客らしくない格好をしている。胸板の逞しさは、シャツ越しにも見て取れた。

お似合いだ、という言葉がすっと頭に浮かぶ。

ばかばかしいとジーンは自嘲《じちょう》した。そうそう誰も彼も自分たちと同じではないだろう。万一そうであったとしても、ジーンには関係ないことだ。

「行きましょう」

ジーンは西根の腕を引き、促した。

「お腹が空きました。また明日も他の工房を回る予定なんでしょう。今すぐ焦って決めないほうがいい」

「おまえがそう言うなら、そうしよう」

「きっとあなたの気に入る皿が見つかりますよ。帰国までにはね」

「ああ。できれば俺とおまえの両方が気に入るものを買いたいんだ、ジーン」

西根は真面目な顔をして、神妙に言う。二人で使うものだから。西根の言葉の裏にはそんな気持ちがあるのがわかる。ジーンはぐっと胸にきた。

「……いいですよ。納得いくまで探しましょう。でも、買うのはわたしですからね」

それは最初から決めていたことだ。

「ああ。ありがとう、ジーン」

ここは西根もジーンの意を汲み、すんなり納得する。

西根は、普段は不器用なジーンが何をしたがっているのか、どうやって気持ちを示したいと思っているのか、実によく理解してくれている。そしてそれをやりやすいようにしてくれる。ありがたかった。

車に乗るとき、西根がこほんと一つ咳払いして、「ホテルまでなら運転させてやるが、どうする？」とジーンに聞いてきた。

ジーンはくすっと蠱《こ》惑《わく》的《てき》に微笑み、いいえ結構です、と首を振る。

「その代わり、帰ったらあなたの上に乗ります」

「はぁ？」

「冗談ですよ……！」

まんざらジョークでもなかったが、この場はジーンもツンとしてごまかした。大胆に言ってみたのはいいものの、聞き返されると恥ずかしくて居たたまれなくなったのだ。

さっさと助手席に乗り込む。

まいったぜ、と呟きながら西根が続けて乗ってきた。

*

夜が更けるまでベッドにいて、遅めの夕食を取りにレストランに行ったあと、ホテル内のバーに行ってみた。

そこでまた例の二人組と出会すことになろうとは、ゆめゆめ思いもせず。

「縁があるのでしょうね」

スーツをラフな服に替えた男が言う。

彼は黒澤《くろさわ》と名乗り、もう一人の美青年は、ジーンを見て眩しげに目を細めながら、

「久保《くぼ》佳人です」

と名乗った。

その後のジーンと佳人

人の動く気配を感じて目を覚ますと、薄闇の中、遥が隣のベッドの足元に腰掛けてシューズを履いているのが見て取れた。ジョギングに出るときの格好だ。

あぁ、もう朝なのか……。佳人はシーツに両肘を突いて頭を擡げ、肩まできちんと掛けられていた毛布をずらして上体を起こそうとした。

「遥さん」

ちょうど靴紐を結び終えたところだった遥がおもむろに顔を上げて振り向く。

「起こしたか」

言い方はそっけないが、つっと眇めた切れ長の目に、悪かったという感情が覗いている。

佳人は微笑みながら静かに首を振った。

「まだ六時だ。俺はちょっと走ってくるが、おまえは無理して起きなくていいからゆっくり寝ていろ。チェックアウトは十一時だ。まだ時間はある」

「はい。ありがとうございます」

遥に体調を気遣われて面映ゆくなりながら、佳人はベッドの上から「行ってらっしゃい」と遥を見送った。

沖縄で迎える二回めの朝――、今日が最終日だ。夕方には東京に戻る。

遥の出張に同行して訪れた名護市で、秘書としてたいして用のなかった佳人は、充実した休暇を過ごしに来たようなものだった。遥は最初からそのつもりで佳人を連れてきたらしいが、やはりなんだか申し訳なかった。

昔から佳人は尽くされるより尽くすほうに悦びを感じる気質だ。受け身になると、どんなふうに振る舞えばいいのか悩み、かえって心地悪くなる。甘え方がわからない。下手なのだ。

遥は佳人にまだ寝ていろと言い置いて日課である朝のジョギングに行ったが、一度起きたら眠気が覚めた。六時は決して早すぎる時刻ではない。

全裸のままベッドを下り、昨夜遥に脱がされたバスローブを羽織る。バスローブは鏡台の椅子の背に掛けてあった。

鏡に映る体を見ると、至る所に薔薇《ばら》色の鬱血《うっけつ》痕が散らばっている。

濃密な情交の最中、自分が晒した痴態の数々を思い出す。佳人は一人で動揺し、赤面した。

昨日は普段以上に乱れた記憶がある。遥の指や唇を肌に受けるたび、細胞の一つ一つが活性化するようだった。満たされ、歓喜して、悦楽に溺れた。

真夜中だけでなく、昼と夕刻の間といった時間にも抱き合っていたというのに、佳人ばかりか遥も欲情を収めきれていなかったようだ。二人して理性を押しのけ、体が求めるまま貪り合った。

遥と一緒だと佳人は常に至福を感じていられる。恵まれすぎではないかと不安になるほどに。

考えているうちに胸に甘酸っぱいものが込み上げ、苦しくさえなってきた。

このままここで、じっと遥の帰りを待っている気分ではなくなる。

窓辺に立ってカーテンを開けてみると、今日もまた爽快に青空が広がっていた。広いホテルの敷地内を歩けば、さぞかし気持ちいいだろう。朝食前の腹ごなしにもなってちょうどいい。それになにより、もしかすると遥と行き合わせるかもしれない。そう思うやいなや、佳人は散歩に出ようと決めていた。

＊

ニューヨークと日本の時差に、まだ体が完全に慣れていないせいだろうか。明日は絶対九時まで寝ます、と西根に宣言したにもかかわらず、ジーンは六時前にぱっちり目覚めてしまった。

傍らを確かめるまでもなく、西根はジーンに寄り添い、気持ちよさそうに寝息を立てている。片腕をジーンの腰に回したまま少し横向きの姿勢で、ぴったりと密着させたままの下半身に、もしかするとまだ繋がり合っているのではないかと錯覚するほどだ。

昨晩の西根は激しかった。情熱的で甲斐甲斐しくて、素晴らしさのあまりジーンは何度も快感で意識が遠のきかけたくらいだ。思い出すだけで体が痺れ、脳を直撃する艶めいた刺激にぞくぞくと鳥肌が立ってくる。

見事に筋肉が盛り上がった西根の上腕や胸板を目にすると、ジーンは節操もなくまた西根が欲しくなってきた。

しかし、さすがに西根も疲れているのか、しばらくじっと寝顔を見つめていても、起きる気配はない。痺れを切らし、頬から顎にかけて生えた硬い無精髭をちょんと指で摘んで引っ張ってみたが、寝惚けたままハエでも払うように緩く首を振っただけで、瞼はピクリともさせなかった。

なんだか悔しい。自分一人起きていてもつまらなくて退屈なのに、西根はすやすや眠っていてジーンに気づきもしてくれない。

起きないつもりなら、このまま外に出掛けてしまうけど、いいんですか——そんなふうに言って拗ねたくなる。実際西根が聞いたなら、西根は大慌てで飛び起き、しょうがないなと苦笑しながらジーンを抱き竦め、熱いキスをしてくれるだろう。そしてまたもや、二人でセミダブルのベッドを軋ませるのだ。横にもう一台並んだベッドは、結局一度も使われることなく終わるのは想像に難くない。

「恭平《きょうへい》さん」

耳元に唇を寄せ、そっと呼んでみる。できれば起きてほしいのだが、無理やり起こすと西根が気の毒な気もして、柄にもなくジーンは遠慮がちになった。こんな殊勝な振る舞いは、かつて付き合った誰に対してもした覚えがない。ジーンの中でいかに西根が特別か、思い知らされる。

耳朶をやんわり嚙んでみても、やはり西根は目を覚まさない。擽ったそうに身動ぎ、顔の向きを変えただけだ。

「もういいです」

いつものように我が儘を通すことなくジーンは諦めた。

その代わり、西根をちょっと狼狽えさせてやりたくなった。べつに怒っているわけではなく、単に悔しかったので少し意地悪しようと思いついただけだ。人が悪いのは自覚している。それでも、どれだけ愛されているのかいつも確かめたくて、何かにつけて西根を困らせてしまうのだ。ジーンの相手が務まるのは、きっと西根くらいのものだろう。

ジーンは西根の腕をシーツに下ろし、ベッドから抜け出した。

昨夜夢中になりすぎたせいで歩くと腰に響いたが、その疼痛《とうつう》さえもジーンには幸せを感じられて心地よい。

スラックスを穿《は》いてコットン地のシャツを羽織り、髪を軽く整える。

そうしてジーンは西根をベッドに残し、部屋をあとにした。

朝早いためか、廊下にもエレベータホールにも人気はない。今日は日曜だ。たぶん皆まだ部屋でゆっくりしているのだろう。

敷地内を散策しようと、オープンエアスタイルになったロビーラウンジから、海に面した見晴らしのいいテラスへと出る。

そこから緑豊かな庭や曲線を描くプールが望める。ジーンは手摺りに凭れて爽やかな風を受けた。気持ちがいい。

テラスや庭には、ちらほら他の宿泊客の姿も見られた。いかにも新婚旅行ふうのカップルが仲睦まじく腕を組んで歩いていたり、女の子同士がはしゃぎながら写真を撮り合ったりしている。ジョギングしている人の姿も二人ほど認められた。

十分ほどテラスにいたあと、ジーンは白い石段を下り、プールサイドへとのんびり足を運んだ。

プールの利用は今月末まで可能と聞いたが、早朝の営業はされていないらしく、青く澄んだ水を湛えたプールの周囲には、腰の高さにロープが張られている。泳げはしないのだが、デッキチェアに座ったり寝そべったりすることはできて、ここにもカップルが一組いた。

一人で椅子に座ってもつまらなかったので、ジーンはプールの水を見ながらロープに沿って歩いた。

同じように前方から歩いてきた人に気づいたのは、半周ほどしたときだ。

あ、と向こうもジーンを見て目を瞠る。

「おはようございます」

先に礼儀正しく頭を下げられ、ジーンも会釈して返す。感じがよくて品があり、見かけるたびに清々しい心地になる人だ。

「佳人さん。お一人で散歩ですか？」

昨晩ホテルのバーで会ったときに名乗り合っていたので、名前だけ知っている。それが三度目の偶然だった。最初は水族館、二度目は琉球ガラスショップ。まさかホテルまで同じだったとは思わず驚いた。しかも、お互い相手を意識して覚えていたから、三度目には挨拶することになったのだ。佳人も連れの遥という男も、ひどく印象的で心に残る存在感を持っている。

「はい。ジーンさんも？」

「あ、……え、ええ、まぁ」

佳人もジーンの名前を覚えてくれている。きっと西根のことも正確に頭に入れているのだろうなと、いかにも聡明で素直そうな眼差しから感じられ、ジーンは急に気恥ずかしくなった。

バーで挨拶だけしてそれぞれのテーブルに別れて飲んでいたのだが、引き揚げたのはジーンたちのほうが早かった。それはジーンが、西根を見つめながら飲んでいるうちに熱くなってきて、ときどき手や指に触るだけでは我慢できなくなり、やはり部屋で飲みましょうと誘ったからだ。

むろん、部屋では飲みはしなかった。そのまま西根に抱きついて、ベッドに縺《もつ》れ込んでしまったのだ。

なぜかそれを佳人にすっかり見透かされている気がした。

ジーンが歯切れの悪い返事をして黙ると、佳人も申し訳なさそうに戸惑った表情をして口を閉じた。もともと弁の立つ人ではないのだろう。

ジーンが見ていた限り、バーでも佳人と遥は、実は喧嘩でもしているのかと訝しくなるくらい口数が少なかった。しかし、彼らが醸し出す雰囲気はこちらが思わず当てられるほど甘く幸せそうで、喧嘩などしているはずもなかった。

　語らずともわかり合える関係の域にまで達しているのなら、羨ましい限りだ。ジーンにはとてもできそうにない。短気で堪え性がなくて我が儘なので、自分のことばかり優先させてしまう。その分、西根が呆れるくらい辛抱強くて、ジーンを過ぎるほど優しく甘やかしてくれるので、うまくいっているようなものだ。

「あの……いつまでこちらにご滞在ですか？」

　佳人が発音を明瞭にした日本語で、ためらいがちに話を続けようとする。

「明日の朝、成田に向けて発《た》ちます。そのまま国際便に乗り換えてニューヨークです」

　ジーンは普通のスピードの日本語で返した。気を遣ってもらわなくとも大丈夫だと暗に示したのだ。職場のボスは日系アメリカ人だ。ジーンは数ヶ国語を母国語同様に話せるが、中でも日本語は得意中の得意だった。ボスの恋人も日本人なら、自分の恋人も日本人である。日本には格段の親しみを感じている。

「ニューヨークにいらっしゃるんですか」

「いらしたことが？」

「いえ、残念ながら」

　佳人はとんでもありませんというように首を振る。遥はバリバリのビジネスマンふうだが、佳人はつくづく控えめな男らしい。外国に行くことなど、これまで一度たりとも考えたことがないという表情をする。

　ジーンは佳人にぜひニューヨークを見せたくなってきた。

あのごみごみとした忙しない、だがパッショネイティブでどこより愛すべき大都会を、佳人はどんなふうに受け止めるのだろう。

「一度はいらっしゃるべきです。私でよろしければご案内しますよ。気持ちの優しい日本人青年が勤めているホテルも知っているので、ご紹介できます」

「そうですか。機会があればぜひいろいろとお教えいただきたいです」

「少し一緒に歩きませんか。せっかくですので」

話をするうちにジーンはこのまま佳人と別れがたくなり、誘っていた。もう少しいろいろ聞いてみたい。佳人の持つ不思議な雰囲気に惹《ひ》かれてしまったようだ。涼やかで凜《りん》とした中に垣間見える芯の強さ、熱情といったものにも関心を覚えるが、それよりもっと、何かこう、艶やかで色めいた印象が一瞬ちらつくのを感じて、確かめたかった。

佳人にも異論はなさそうで、二人はプールサイドを離れて芝生の敷かれた庭へと歩を進めた。

「失礼ですが、お仕事は何をなさっているのですか？」

いったん糸口が摑めると、ジーンは持ち前の遠慮のなさで会話をリードした。

「秘書です」

ますます奇遇だ。ジーンは「私もです」と言って、さらに佳人を驚かせた。

佳人は照れくさげに俯いて、困ったように言葉を足す。

「たぶん、ジーンさんと僕では、こなしている仕事の質や量がまるっきり違うのではないかと思うんですが」

佳人が言うと謙遜も嫌みに聞こえない。口先だけで本当は自信満々なのが見えたり、逆に卑屈すぎるのには閉口するが、佳人にはそういったものは感じなかった。あくまで自然体でさらりとしている。全体の雰囲気が整っているからだろうか。

「もしかして、佳人さんが秘書として付いていらっしゃるのは、遥さん?」

「……はい」

ふと頭を掠めたので聞いてみれば、やはりそうだった。

なるほど、二人の間にある独特の雰囲気が少しだけ納得いく。遥はさぞかし佳人に助けられ、心おきなく仕事三昧《ざんまい》していられるのだろう。深い信頼関係が築かれているのがまざまざと想像できて、ジーンは羨望《せんぼう》を覚えた。自分は西根に何もしてやれていない。してもらうばかりだ。これでいいのだろうかと不安に駆られる。

「西根さんは今お部屋にいらっしゃるんですか?」

今度は佳人から聞いてくる。先ほどよりはずっと打ち解けた雰囲気になってきた。

「たぶんまだ寝ていますよ」

見栄っ張りなジーンは、自分が西根にすっかりまいってしまっていることなど知られたくなくて、わざとうんざりした口調で答える。

「熊は休みの日の朝は寝坊なんです」

ついよけいなことまで言ってしまう。

佳人にまじまじと顔を見られ、ジーンは遅ればせながらばつが悪くなった。さぞや冷たくて口の悪い男だと思われたに違いない。

＊

ハニーブロンドに神秘的な緑の瞳をしたジーンは、まさに棘のある薔薇のような人だ。陳腐《ちんぷ》かもしれないが、佳人にはそれ以上の比喩を咄嗟に思いつけなかった。

ジーンが西根を熊だと言ったときの表情は、表面的にはきつくて嫌みたっぷりだったが、目に隠しきれない深い愛情が表れていて、佳人まで幸せな気分にした。すこぶる綺麗で、ある意味至極素直で可愛い人に、こんな熱の籠った目で見られたら、その気があってもなくてもたちまち誰でも蕩かされてしまうだろう。ジーンが自信に溢れているようなのも道理だ。堅物だと自他共に認めている遥でさえ、ジーンにかかれば抵抗虚《むな》しく絆《ほだ》されるのではないか。

そこまで考えて複雑な心地になったが、佳人はすぐにその心配はないなと苦笑した。

ジーンを見れば西根に惚れきっているのは明らかだ。

その西根のことを思っているからこその表情、目つきであって、誰にでも向けるものとは違うのだ。

「西根さんもニューヨークにお住まいなんですね」

にっこり笑って言うと、ジーンはじわっと白い顔を赤く染めた。

本当は西根が好きで好きでたまらないのに、虚勢を張った自分が恥ずかしくなったらしい。佳人と遥もたいがいだが、ジーンも負けず劣らず不器用な質らしい。そしておそらく、西根は見てくれ同様、豪快で率直で堂々としていて、何かと意地を張りたがるジーンを包み込むのだろう。聞かなくても二人の関係が自分たちのことのように想像できる。

今頃西根はジーンが部屋にいないことを知り、心配しているのではないだろうか。ジーンのことだから、きっと書き置きもせずフイと散歩に出てきたに違いない。

そういえば、遥もそろそろジョギングから戻る頃合いだ。

佳人は腕に嵌めた時計を見て、少しゆっくりしすぎたことに気がついた。

「すみません、僕はそろそろ……」

そう切り出したとき、佳人はジーンの肩越しに、こちらに向かって歩いてくる二人連れの姿を見つけ、あっと声を立てた。

訝しげに佳人の視線を辿って振り返ったジーンも、意外そうにする。

「ここにいたのか、おまえたち」

西根だ。ジーンを見つけてどこかホッとしたような渋い顔が、佳人にはとても好ましく映る。さぞかし西根はジーンを探し回ったのだろう。

「いますよ」

面倒くさそうな素振りで西根を迎えつつ、ジーンもまんざらでもなさそうだ。

対する遥は、あくまでジョギングのついでに佳人を見咎めてやって来たという感じで、淡々としている。

「外に出ていたのか」

問うでもなく短く言って、切れ長の目を眇めただけだ。

それでも佳人は遥の愛情を充分感じ取った。

鮮やかな赤紫色をした花が咲く花壇の傍で、二組はあらためて顔を見合わせた。

「せっかくなので、このまま皆で朝食用のカフェテリアに行きませんか」

西根が屈託のない調子で提案する。

「よかったらもう少しお付き合いしていただけると嬉しいです」

いかがですかという顔でジーンが佳人を見る。

佳人は遥をちらりと窺うや、二人に晴れやかな笑顔を見せた。遥に異存がないことは顔を見る前からわかっていた。

「それでは、ぜひご一緒させてください」

行きずりの旅行者同士にもかかわらずお互い不思議な縁を感じた二組の、別れを惜しむような締め括りだった。

その頃彼らは

ニューヨークの提携ホテルで三ヶ月にわたって受けてきた研修の結果報告を、『グラン・マジェスティ・新宿《しんじゅく》』の上層部を前にどうにか無事すませた基は、とりあえず肩の荷を下ろせた気分だった。

報告会が行われた役員会議室がある階から、スタッフオンリーの階段を使って二十三階まで下りる。高層ビル型の複合施設に入っているホテルのフロントはこの階だ。

絨毯を敷き詰め、個人の邸宅にあるような書斎をイメージしたフロアに数台のチェックイン・デスクが置かれたフロントを通り抜け、右手にカジュアル・フレンチのレストランを見ながら廊下のようになった幅広の通路を歩いていると、途中に化粧室と並んでテレホン・ブースが設置されている。

基《もとい》はそこに入ると、あらかじめ約束していたとおり、都筑《つづき》の携帯電話に連絡を入れた。

「あ、もしもし、智将《ちしょう》さん？」

報告会のために一時帰国した基に付き合って都筑も日本に来てくれている。昨日の午後成田に着いて、明後日にはまた二人揃って帰国の途《と》につくという慌ただしい日程だ。都筑は今日、日本に建設中のショッピングモールの工事現場に進捗状況を確かめに行っている。お互いの都合が合うようならどこかで待ち合わせして食事でもしてからホテルに帰ろうという話になっていた。

『終わったのか？』

すっかり耳に慣れた都筑の声が、開口一番にそう聞いてくる。普通に喋っていても色香が感じられ、基はすぐにでも都筑に会いたくてたまらなくなった。会って、報告会での上層部との遣り取りを話し、大丈夫だと勇気づけてほしい。この報告会で下される結果次第で、基の研修期間がこのまま当初の予定通り終わるのか、それとも三ヶ月延長されるのかが決まるのだ。やるだけやったので悔いはないが、結論が出てそれを報《しら》されるまでは期待と不安で落ち着かない。

基は「ついさっき終わりました」と答え、都筑のほうはどうなのか確かめた。

『こちらもすべてうまく運んだ。夏目《なつめ》が完璧に段取りをつけてくれたおかげだ。実は今もう新宿に向かって首都高を走っている。あと十分もすればきみのいるホテルのビルが見えてくる』

「すごい。本当にスムーズだったんですね」

たぶん夕方までかかるのではないかと昨晩都筑が話していたため、基もそのつもりでいたのだが、思いがけず時間が取れたようだ。嬉しさに声が弾む。

『今からそっちに迎えに行く。おそらく三十分もかからずホテルに着けるだろう。着いたらきみの携帯に電話するから、それまで適当にしていてくれ』

「わかりました。待ってます」

通話を終えてブースを出た基は、さてどこで時間を潰そうかと考えた。

出向中でこのホテルを離れているとはいえ、基は元来ここのスタッフだ。ラウンジでお茶を飲みながらというのは、働いている仲間の手前気が引ける。

エレベータ前のスペースに、カフェラウンジとは別に休憩用の椅子がいくつか並んでいるので、そこで待つことにした。

床から天井までガラスにして採光と眺望をよくしたラウンジは、重厚な趣《おもむき》のフロントスペースとは違い、晩秋の柔らかい日差しが燦々と降り注いでいて明るく爽やかな雰囲気だった。

幸い、壁際に置かれた一人掛けの椅子が空いている。

そこに向かいかけたとき、三基あるエレベータのうちの一つが開き、黒スーツを着た一団が降りてきた。

一目でその筋の人たちだとわかる団体だ。中心にいる男は、消炭色《けしずみいろ》の、おそらくヴィキューナ製と思しき光沢のある贅沢なスーツ姿で、周囲を護《まも》るように固めた四人の強面《こわもて》の男たちとは明らかに格が違う。堂々とした体軀に厳《いか》つい顔、鋭い眼光と、立っているだけで威圧感を振りまいている。

突如現れた迫力のある男たちに、辺りにいた他の客たちがギョッとしたように身構え、緊張する。

先ほどまで穏やかでのんびりしていた場の空気がたちどころに張り詰めるのを、基は肌で感じた。

川口組《かわぐちぐみ》の若頭、東原辰雄《ひがしはらたつお》だ――宿泊客としてはもちろん、パーティーや打ち合わせ等でたびたび顔を見る機会があって、基は中央にいる男を知っていた。たぶん、兄とは面識があるはずだ。どの程度の付き合いなのかは知らないが。

肩で風を切って歩く様には畏怖さえ感じる。皆が皆彼を気にしているようでいて、誰一人として目を合わせる勇気のあるものはいなそうだ。基も遠慮がちに視線を向けただけで、東原を含む五人の男たちがこちらに近づいてくるのを、緊迫した心地で見ていた。

二メートルほどの距離に来たとき東原は基に気づいたらしく、スッと目を眇めた。

基は一瞬ギクリとしたが、すぐに気を取り直すと、できるだけにこやかに微笑み、丁重にお辞儀をした。

「水無瀬《みなせ》のところの末っ子だったか？」

気さくな調子で話しかけられる。

「はい。いつもお世話になっております」

よもや東原に顔を知られていたとは思いがけず、基はどぎまぎしながら答えた。

「兄貴は相変わらず忙しいようだな？　今日もいねぇんだろ」

「あ、はい。出張で大阪にいるようです」

「おまえさんもしばらく見かけなかったな」

「今、ニューヨークのプラザ・マーク・ホテルで外部研修中なんです」

ほう、と東原は意志の強そうなくっきりとした眉尻を上げ、感心したような相槌《あいづち》を打つ。

東原を囲んだ黒スーツの男たちは、油断なく周囲に目を光らせ、唇を引き結んだまま無表情で二人の遣り取りを見守っている。

睨むような視線を浴びるたび、基は何か失礼があったかとヒヤリとした。やくざだからといって特別扱いしたり怯えたりするわけではないが、川口組の若頭は大物すぎて本人の醸し出すオーラに圧倒され、硬くなってしゃちほこばってしまう。

「一時から『松《まつ》の間《ま》』でやってる披露宴はもう終わったかどうかわかるか？」

いきなり聞かれて基は当惑した。

「あの、そちらに何かご用事でも……？」

「ちょっと野暮用でな」

野暮用。やくざの。嫌な予感が頭を掠めたが、男たちの射《い》るような視線が一斉に基に注がれたため、それ以上よけいな質問はしにくかった。しにくいというより、できない雰囲気だった。いいから黙って言われたとおりにしろ、と四人の目がせっついている。

「宴会スタッフに確認いたしますので、しばらくお待ちいただけますか」

仕方なく基は近くの壁際に設置されている館内専用電話に向かった。

ろくでもない騒ぎが起きるのでなければいいけれど……と、そればかり願って、気の進まない気持ちで受話器を持ち上げる。

その間、東原は悠然とした態度で携帯電話を耳に当て、誰かと話し始めた。

基はその会話が気になり、不作法を承知で聞き耳を立てずにはいられなかった。これから『松の間』の関係者との間で起きることと何か関係があるのではと思ったからだ。

「よう、遥」

東原は至極機嫌よさそうに電話の相手に向かって喋りだす。

「なんだ、また出ているのか。今度はどこだ。……沖縄？　佳人も一緒にか。そりゃもう半分は旅行だな。たまにはいいんじゃねぇか。佳人にもよろしく言っておいてくれ」

　この話しぶりからは『松の間』とはまるっきり関係ない電話のようだ。

　宴会スタッフによると『松の間』で行われている披露宴は今、新郎新婦が両親に向けた手紙を読み上げているところとのことだった。

　受話器を置いて東原を振り返ると、東原も携帯電話をポケットに落とし込んだところだった。

　どうしようと迷ったが、教えないわけにもいかない。そもそも、根拠のない不安だ。基は誰の気分も害さないよう、自分にできる精一杯のことをするしかなかった。

「あと十分か十五分ほどで終了予定だそうです。会場までご案内いたします」

　ついて行って、いざ何か不穏な事態が起きそうだったら、そのときは全力で阻止する。基はそのつもりだった。

　東原はあっさり、「ああ、悪いな」と基を先に立たせた。杞憂《きゆう》かもしれないと基は少し気持ちを楽にした。

　大小のボールルームが連なったバンケットフロアは一つ上の階だ。

　フロントデスクの横手にあるエレベータを利用して上がる。

　土曜日とあって、披露宴会場はフル回転の忙しさのようだった。おまけに小ホールではハロウィンパーティーも開かれている。朝、報告会のためにホテルに入った基は、いつもの習慣でエントランスに掲示してある予定表をチェックしていた。

『松の間』の披露宴はまさに今が佳境のようで、閉ざされた両開きの扉越しに盛大な拍手が鳴り響くのが聞こえてきた。

まさかここに乗り込むのだろうか、と基はおそるおそる東原を振り返ったが、東原は宴会がお開きになるまで待つつもりのようで、ホワイエに据えられた椅子にドサッと腰掛ける。長い足を組んで肘掛けに片肘を突く態度は、まさに巨大な組織を将来率いる頭、という印象だった。基には少々あくが強すぎてどう対していいか悩ましい相手だが、心酔《しんすい》する者はきっと多いだろう。現に、付き従っている四人の男たちは、東原のためならいつでも死ねるという気概を全身から醸し出している。

宴会終了までおとなしく待つつもりでいる東原に、基もこれ以上ついていることはできそうになかった。

「それでは、わたしはこれで……」

失礼いたします、と頭を下げかけたときだ。

右手の小ホールのドアが開き、女の子と男の子が追っかけっこをするような勢いで、ふざけながら飛び出してきた。

「トリック・オア・トリート！」

カボチャのおばけのお面をつけた男の子がベソを掻いて逃げる女の子を追いかけ回している。

突然の騒ぎに、基は思わず言葉を途切れさせてそちらに注意を向けた。

「も、いやぁ、ケイちゃんのばか」

髪の毛を左右で結んで綺麗に巻いてもらった女の子の白いドレスには、べったりとチョコクリームと思しきものがついている。女の子を捕まえようと両腕を伸ばした男の子の手のひらは、そのチョコクリームでべたべただ。息を切らして逃げながら、女の子はだんだんヒステリックになってきた。遊びを愉しむ段ではなくなってきたようだ。

「だめだよ、きみ！」

放っておけなくなって、基は思わず東原の傍を離れ、女の子を追う男の子の前に立ち塞がった。

「じゃますんなっ」

男の子は大声で叫ぶと、小さな体で容赦なく基にぶつかってきて突き飛ばし、東原の座る椅子の近くに逃げていた女の子めがけ、調子づいた声を上げて突進する。

「トリック・オア・トリートだぞっ」

「やめねぇか！」

男の子を追いかけようとした基の足さえも止めさせるほど威力のある低い怒声が、東原の口から発される。決して大声を出したわけではなかったが、有無を言わせない力強さがあり、さすがの男の子もビクッとなって立ち尽くした。

「おい、坊主」

東原は組んでいた足を下ろして少し前屈みになると、お面をつけた男の子を鋭いまなざしで見据えた。大人の男でも背筋が冷えるほど怖い目つきだ。基は男の子が今にも泣き出すのではないかと、今度はそっちにヒヤヒヤした。

「おまえ、男だろう。女の子泣かせてどうするんだ。小せぇぞ」

「か、かんけーないだろ、おじさんには！」

男の子はかなりの意地っ張りらしく、悪かったと反省する素振りは微塵《みじん》も見せない。

それどころか、いきなりまた、

「トリック・オア・トリートッ！」

と叫んだかと思うと、今度は東原に飛びかかり、チョコレートクリームで汚れた両手を東原の膝に擦り付けたのだ。

「おいこらっ、てめぇ、何しやがるっ」

「このくそ餓鬼《がき》がっ！」

不意を衝かれた黒スーツの男たちがにわかに色めき立ち、顔面を強張らせて凄む。

基はあまりのことに唖然として、咄嗟に動けなかった。

よりにもよって東原のスーツに……、それも、おそらく一着二百万は下らないであろうヴィキューナのスーツに、茶色いシミがべったりとついている。

ここに至ってようやく男の子も場の空気が尋常でなくなったのを感じ取ったのか、ワーッと大声で泣きだした。隠れていた女の子もつられてウエーンと泣き始める。

東原は不機嫌きわまりない顔つきでじっとスラックスや上着の裾についた甘ったるい匂いのするシミを睨んでいる。

「どうしたの？」

遅ればせながら、子供たちの母親と思しき着飾った女性が小ホールから出てきた。

「まぁっ、いやだ！」

女性は一目で状況を察したらしく、蒼白になって男の子と女の子を自分の傍に来させると、遅れてやってきた夫らしき男と年配の女性に途方に暮れた顔を向ける。

「あなた、お母様、この子たちが……！」

泣き続ける子供たちは祖母と思しき女性が難を逃れさせるように慌てて化粧室に連れていく。

残された若い夫婦は、生きた心地もしないような表情とぎくしゃくした態度で東原の前に進み出て、床に額がつくほど頭を下げた。

「あのっ、あの、た、大変なご迷惑をおかけしまして……っ」

男のほうがブルブル震えながら必死で言う。妻も頭を下げたきり、いつまで経っても上げる勇気が出ずにいるようだ。

ここはよけいなお節介と思われようと、取りなしに入るべきだろう。元はといえば基が男の子を叱って、止められなかったのが原因だ。

「東原様、わたしも申し訳ありませんでした」

基がそう言って近づいていくと、突然、東原はそっぽを向き、肩を大きく揺らし始めた。

何事かと夫婦と基は揃って兢々《きょうきょう》とする。

黒スーツの男たちも何が起きたかわからない様子で、当惑した顔をしていた。

くっくくっ、と東原が笑う。

おかしくてたまらないというようだ。

「どいつもこいつも餓鬼のしたことでおたおたしてるんじゃねぇよ」

呆れ果てたように笑いつつ、東原は剛毅《ごうき》に言ってのけた。

「ハロウィンに悪戯《いたずら》はつきものだ。俺は確かに飴《あめ》の一つも持ってない。おもてなしができなきゃ悪戯されるってことくらい、俺だって知ってるぜ」

「いや、でも、あの、お召し物が……」

あとになって難癖《なんくせ》つけられ、とんでもない値段の請求書を突きつけられてはことだとばかりに夫が警戒した口調で切り出す。クリーニング代だけだとしても、ばかにならない金額であろうことは比較的富裕層らしいこの男にもわかっているらしい。

「あぁ。おかげで新郎の父親に、こんなところで息子の披露宴やる金があるんなら、とっととこっちに借りた二億払え、と言いに行くつもりが、格好がつかなくなったな」

東原はサラッと極道らしいことを言う。

夫婦がやっぱりただではすまされないに違いないと縮み上がるのがわかった。

「あの、東原様」

思い切って基が割って入ると、東原は鋭い視線をこちらに向け、

「兄貴にたまには俺に連絡を寄越《よこ》せと言っておけ、基」

と言った。

「それでこの件はチャラだ」

あまりにもあっさりとして潔い幕引きに、基は半信半疑で突っ立ったままになる。

夫婦は、東原が気を変えないうちにとばかりに、「あ、ありがとうございました!」とおざなりに頭を下げると、そそくさとその場を離れ、小ホールの中に逃げ込んだ。

「餓鬼が元気なのはいいことだろ、なぁ、おまえら?」

「はっ」

東原に聞かれた黒スーツの男たちが畏《かしこ》まって返事をする。

東原は再び懐《ふところ》から携帯電話を取り出すと、先ほどとは違う相手と喋りだす。

「貴史《たかふみ》か。予定変更だ。仕事が一つなくなった。今晩いつもの部屋に来い」

今度の電話は先ほどに比べ、ずいぶん横柄だった。相手の都合も聞こうとせずに、言うだけ言って切る。

だが、携帯電話を畳んだときの表情は、これまで見たこともないほど柔らかで温かかった。きっと自分に最も近い存在の相手なんだなと基は感じる。だからこそ遠慮のない態度が取れるのだ。相手も嫌がらないと知った上で、信頼関係が出来上がっているからこそだと思えた。

何にせよ、不穏な事態にならなくて本当によかった。

基は胸を撫で下ろし、東原の粋《いき》な計らいに心から感謝する。『松の間』で披露宴をした新郎新婦のためにも、この場で事を荒立て、せっかくの好《よ》き日を台無しにされることなくすんで幸いだった。親の借金の取り立てを、見せしめのようにこんな晴れの日にする必要はないだろう。そのあたりは、やはりやくざだなぁと噛み締める。しかし、基には東原のことは何一つわかっていなかったので、表層だけ見て東原という男を決めつけるのはやめようと自分に言い聞かせた。

「じゃあな、基。兄貴が目の中に入れても痛くないってほど可愛がってる理由が俺にもわかったぜ」

東原は最後に基をそんなふうに揶揄し、男たちを率いてホワイエを立ち去った。

折しも、『松の間』の扉が開いて新郎新婦と親族一同が招待客を見送るために出てきたが、東原はそちらには一瞥もくれなかった。

よかった、とあらためて基がホッと息をついたとき、携帯電話が鳴り始めた。

「智将さん？」

『今、夏目の車でホテルの傍まで来た。夏目はこのまま帰らせるつもりだ。俺はきみをどこに迎えに行けばいい？』

「ビルの一階にある待ち合わせ用のフロアにいてくれますか。僕もすぐに降りていきます」

『わかった』

都筑は了承したあと、含み笑いしながら言い足した。

『何かいいことでもあったのか？　さっきに比べて声がずいぶん明るくなっているぞ』

「え、そ、そうですか……？」

『ああ』

都筑にはなんでもわかってしまうのだなと思って、基は恥ずかしくなった。

「ちょっと胸がすくことがありました」

会って話しますね、と言うと、都筑はぜひ聞かせてくれと返してきた。

『きみのことはなんであれ知っておきたい』

その気持ちは基もまさに同じだった。

花火降る夏の宵

ジーン・ローレンスは朝起きるのが不得手だ。

休みの日だと、まずまともな時間にはベッドを離れない。たいてい前の晩夜更かしをするので、寝るのが午前二時、三時になることも珍しくなく、翌朝は九時過ぎまでごろごろしがちだ。

西根《にしね》はフラワーアーティストという職業柄、必ずしも土日が休みではない。朝から仕事に行く日には、そっとベッドを抜け出して、ジーンが気づかないうちに出勤してしまっている。

六月最後の週末、ジーンは携帯電話に着信する音で目覚めた。

顰《しか》めっ面《つら》で薄目を開けて嫌々体を起こし、寝乱れた髪を掻き上げる。

まだ頭が完全に覚醒しておらず、しぐさが緩慢になる。

サイドチェストの上で軽い電子音を鳴らし続けている携帯電話を手に取り、「もしもし？」と気怠い声で応答する。ちらりとデジタル時計を流し見ると、すでに十時を回っていた。電話の相手に文句は言えない時間だ。

電話は職場の同僚の、総務部の女性からだった。昨日の午後急遽決まった出張に関する件で、月曜の朝一の便が満席で取れないので日曜のうちに発って向こうで一泊してもらえないだろうか、と言う。

「同行のミスター・ブラウンがそうしたいとおっしゃるのなら、仕方ないですね」

迷惑千万な話だと内心不愉快になりながら、ジーンはそっけない口調で了承した。今度の出張は法務担当者と二人で行くことになっている。担当のマシュー・ブラウンは腰痛持ちで、長距離バスや列車での移動は難しいのでボストンまで飛行機で行きたいと主張していた。

せっかくの休日が半分潰れてしまうのは納得いかないが、渋々ながらも承知したのは、明日も午後から西根に仕事が入っていると聞いていたからだ。西根が不在なら一人で家にいても退屈なだけだ。

通話を終えたジーンは裸のままベッドを下りた。

家の中はシンと静まり返っており、人気はない。やはり西根はとっくに仕事に出掛けたようだ。

素足にスリッパを履いただけの姿で堂々と階下の浴室に向かう。

途中、ダイニングルームを覗いたら、テーブルの上にバスケット入りのパンと伏せたコーヒーカップが置かれており、ソーサーの下にメモが挟んであった。

鍋にポトフを作っておいたから気が向いたら食べてくれ、と走り書きしてある。

西根の思いやり深さとまめまめしさにジーンは目尻を下げる。一人では食事をとることも面倒がって適当にすませてしまいがちなジーンを、西根はいつも気にかけ、なにかと世話を焼く。決して押しつけがましくないところがまたいい。眠っているジーンを起こさずにメモを残していく配慮の仕方が、いかにも西根らしかった。

浴室でシャワーを使い、汗を流す。

石鹸をつけた手で肌を擦るたびに昨夜受けた愛撫を思い出す。体の隅々にまで西根の指や唇の感触が残っている気がして、自分の体が愛しかった。

西根と一つ屋根の下で暮らし始めて三ヶ月近く経つ。

セックスは好きだがべたべたした関係は嫌いで、四六時中誰かと一緒にいる生活など想像しただけでゾッとすると思っていたはずが、西根と出会って恋人同士だと自他共に認めるまでになってからは、ごく自然と同居について考えるようになったのだから、人生どうなるかわからないものだ。

新しい生活にも最初からさして違和感なく馴染めた。

物件はもちろんのこと、家具や電化製品、食器類に至るまで二人で相談して決めたこの家は、それまでジーンが住んでいたただの部屋とはまったく違う意味を持つ場所だ。マイホームという言葉がこれほどしっくりくる家に住んだことはかつてない。アッパー・イースト・サイドにある母親所有のアパートメント・ハウスも、ジーンにはよそよそしく感じられて居心地のいい住み処ではなかった。

西根のことを考えながらシャワーを浴びていると次第に体が熱を帯びてきた。

後孔に指を差し入れて中を洗いつつ、空いている手を胸板に這わせる。

手のひらを滑らせ、両胸の突起をそっと弄る。指先を掠めさせただけで、敏感な乳首は硬くなって凝る。摘んで指の腹で磨り潰すようにすると、ビリリッと電気を流したような刺激がそこから広がった。

思わず艶めかしい声を洩らしてしまう。

股間に手をやって勃起した性器を握り込む。

ゆっくり上下に扱いて快感を享受《きょうじゅ》した。

ここも、乳首も、昨夜西根にさんざん吸ってもらって歔欷《きょき》したところだ。そのときの悦楽を思い出し、辿るように指を動かす。

「……あ、あっ……！」

ぬるめにしたシャワーの飛沫を浴びながら、白濁を放つ。達《い》くとき後孔をぎゅっと引き絞る癖がついていて、何も穿たれていなくてもそうしてしまう。

壁に腕を突いて弾む息を整える。

昂り火照った肌を水滴に打たれるだけでビクビクと感じ、射精の余韻に浸った。

瞼を開ければ姿見に映った自分の淫蕩《いんとう》に崩れた顔を見るはめになる。

欲情して潤んだ瞳や、上気した頰、緩く開きっぱなしになって荒い息をつく唇などが目に入り、我ながら羞恥を覚える。

いつもこんな顔を西根に晒しているのだ。

昨晩の乱れぶりを反芻すると、いたたまれない。

ジーンはシャワーの水圧を上げて滝に打たれるような勢いで全身に浴び、頭をすっきりさせた。

薄いワッフル地のバスローブを羽織ってキッチンに行き、ポトフを温め直す。

家事全般不得意なジーンはいつも食べる専門で、ジャガイモの皮剝きすらしない。下手に手伝おうとすると指を切るか食材をめちゃくちゃにしてしまうかなので、西根にもまったく期待されていないようだ。料理ができないならせめて後片付けでもと、ときどき殊勝な気持ちになるのだが、何も壊さずにすむことのほうが稀なため、頼むからテレビでも観ていてくれと言われる。

不器用だという自覚はなかったのだが、それは今まで誰かのために何かしたいと思ったことがなく、人からしてもらう一方だったため、気づかなかっただけらしい。

野菜の味がしっかり出たポトフは美味しかった。朝からよくこんなものを作る気になると感心する。野菜を切ってベーコンと一緒に煮るだけだ、と西根はきっと言うだろうが、自分なら面倒くさくて朝はパンとコーヒーで充分ではないかと思ってしまう。一人暮らしをしていたときはずっとそうだった。

食事を終えて、食器を割らないように注意深く洗い、コーヒーメーカーをセットする。

西根は夕方まで帰ってこない。

一人で過ごす休日ほどつまらないものはないとジーンは溜息をついた。

＊

ボストンには夕刻着いた。

空港から宿泊先のホテルに行き、チェックインしたところでジーンはブラウンに「それでは明朝十時にロビーで」と告げ、夕食の誘いを断った。興味のない相手に無理をして付き合うほどジーンは人がよくない。ブラウンもジーンの性格は知っていて、別行動を承知した。

部屋で二時間ほど仮眠したあと、ジーンは空腹を覚えて起き、食事をとりに出た。

ホテルの一階にバーカウンター付きのパブがあった。

外で店を探す気にはならなかったので、そこで適当にすますことにする。

テーブル席はすべて埋まっていた。

カウンターに案内されて、中ほどに一つ空いていた椅子に座る。

左隣はカップルの男性客で、ひたすら隣に座った女性を口説いている。右隣はスーツの似合う一人客で、ジーンと目が合うと感じのいい笑顔を向けてきた。

ジーンは彼をちらりと見て、悪くないなとすぐ思った。

自分でも自覚しているのだがジーンはスーツの似合う男に弱い。胸板が厚く、肩幅の広い、均整のとれた体つきの男がスーツを着ているのを見ると惹きつけられる。糊《のり》の利いたワイシャツに、趣味のいいネクタイなどしていたら、言うことなしだ。

プライドが高いので自分から話しかけはしないが、笑いかけられたらこちらも好感を抱いているのを隠さない態度で応えるし、酒を勧められたらお礼を言ってスマートに受ける。

都筑《つづき》や西根と付き合う前はよくこうした出会い方をしていた。ジーンの美貌や佇まいに惹かれて声をかけてくる男たちは、たいていゲイかバイだ。名誉なのか不名誉なのか、ジーンは女性からのアプローチは一度も受けたことがない。

綺麗すぎるんですよ。それに、なんかいかにも冷たくあしらわれそうだし――とは、なんでも遠慮なく口にする同僚の女性の弁だ。

ビールとチョリソーをオーダーし、ジョッキを傾けていると、右隣の男性客が気さくな調子で話しかけてきた。

「こちらのホテルにお泊まりですか？」

「ええ。あなたも？」

「いいえ、僕は仕事帰りにバーに寄っただけです。この街の法律事務所に勤めています」

ダニー・チェイスと名乗った彼は弁護士とのことで、勤め先はニューヨーク在住のジーンですら知っているボストンで一、二を争う大手事務所だった。なるほど、だから日曜なのにスーツ姿なのかと納得する。

はきはきした喋り方に押し出しの強さが出ているのもいかにも弁護士という感じだ。おそらくそれなりに遣り手なのだろう。一分《いちぶ》の隙もない着こなしや、お洒落《しゃれ》なネクタイの選び方からして想像に難くない。自信に溢れて堂々としている。

ジーンも簡単に自己紹介した。出張でニューヨークから来ていると言うと、ダニーは納得したように頷いた。

「どうりで洗練された雰囲気をお持ちのはずだ」

照れたふうもなく褒め、下心を感じさせる眼差しでジーンを見つめる。

昔はこうした駆け引きめいた会話を、行きずりの相手とよくしていたな、とジーンは思い出す。

西根と付き合いだしてからは一人でバーの止まり木に座ることもなくなった。今夜久しぶりにこうした場所に来て、以前と変わらずその気のありそうな男に声をかけられると、悪い気はしなかった。ちやほやされること自体は嫌いではない。突っ張ってはいるが、もともと自分に確たる自信がないのだ。見ず知らずの人からであっても、声をかけられると自分もまんざら捨てたものではないと思えて気分がいい。美貌を褒められるのもジーンの自尊心を満たした。

ジーンはグラスに添えられたダニーの左手に視線を走らせた。骨太のがっちりした指に結婚指輪が嵌っている。

妻帯者のくせに同性に声をかけてその気のありそうな素振りを見せるなど、この男もたいがい遊び人だ。冷めた気持ちで考える。

話は上手く、初対面の人間を相手にしてもテンポのいい会話を繰り広げ、飽きさせない。頭の回転が速いのがわかる。話題も豊富だ。

オペラやミュージカルを観にちょくちょくニューヨークに行くそうで、あちらの店や施設にも詳しい。出不精のジーンよりよほどいろいろ知っていた。

「今年の独立記念日の花火はハドソン川で打ち上げられるそうですね」

ダニーに言われ、ジーンは「そうなんですか」と気のない返事をする。

七月四日には毎年アメリカ各地で花火大会が催されるが、ニューヨークのそれは最大規模で、三百万人近い人々が訪れるという。ジーンも以前一度だけ会場に出向いて見物したが、道を歩く人で近隣は大渋滞、思うように進むこともできず、人混みに揉まれて疲労困憊し、花火を愉しむどころではなかった。以来、誘われても断っている。西根にもいつだったか話を振られたことがあったが、「暑いし人酔いしそうだし足は棒のようになるし」と不平を並べ立てたら、西根は「まぁ、確かになぁ」と苦笑いしていた。

「ジーンさんは四日の夜はニューヨークにいらっしゃるんですか？」

「今のところは特に予定は入っていませんので、きっとそうなるでしょうね。でも、花火を観に行くつもりはありません」

ジーンはそっけなく返した。

ダニーに言われるまで忘れていたくらいだ。

「それは残念です。今年は僕も行こうと思っているんですよ。できればまたそのときにでもお目にかかれたらと思ったのですが」

「人の多いところは苦手なので」

答えつつ、これも一種のデートの誘いだろうか、とダニーの積極さに呆れる。

思えば西根は不器用だった。

不器用だが結構強引で、気取らず常に自然体だった。

二人で何度も会いながら色めいた雰囲気になることはなく、ジーンは屈辱すら感じたものだ。そんなに自分には魅力がないのか、と。

それまで付き合ったのが、隙さえあれば襲いかかろうと狙っているような男たちばかりだったので、何度会っても手を出してこない西根が信じられなかった。ある意味とても新鮮で、この男はいったい何がしたいのか、何を考えているのか、と悩まされた。

今にして思えば、自分のような難だらけの扱いにくい人間に、よくもあれほど辛抱強く、優しく、誠実に向き合ってくれたと感謝の気持ちでいっぱいだ。西根以外の男にはとうていできないだろう。

それに比べるとダニーはジーンに近づいてきたほかの男たちと同類の、お洒落でスマートだが軽くて遊び人の域を出ない気がする。

明日は午前中から大事な仕事が入っているので、アルコールは控えめにしようと思っていたのだが、話し上手なダニーに付き合ううちに切り上げるタイミングを逸し、気がつけば二時間近くカウンターで飲み続けていた。

不覚にもジーンは、「そろそろ……」とスツールを下りようとしてふらついてしまった。

完全に酔いが回っている。

さすがにそこまで飲んだつもりはなかったので、愕然とした。

「大丈夫ですか」

すかさず支えてくれたダニーの腕を払いのけかけたが、反対にバランスを崩して凭れかかってしまった。

「部屋までお送りしましょう」

「結構です。一人で歩けます」

ジーンは今度こそ自分の足で立ってダニーから離れようとしたのだが、一歩踏みだした途端、膝が粘土のようにくにゃりと崩れ、またもやダニーに「おっと！」と抱き留めてもらって転倒せずにすむという体《てい》たらくだった。

バーテンダーまでもが心配する声が聞こえ、ここは意地を張っている段ではないと観念した。

仕方なくダニーに肩を借りて歩く。実際は半ば引きずられるようにしてパブを後にした。

体を動かせば意識もはっきりしてくるかと思ったが、自覚する以上に酔っているらしく、逆に朦朧としてきた。

強い眠気に襲われる。

それでも鎮静剤を打たれたときのような感じで、自分ではまったく覚えていないが質問されたことにはしっかり答えていたらしく、途中でフッとまた意識を取り戻したときには、客室フロアの廊下を歩いていた。

ゆさゆさと上体が不自然に揺れていて、どうなっているのかと重たい瞼を無理に開けてみると、いつの間にかダニーにほとんど背負われた状態になっている。

こんな醜態《しゅうたい》を晒すのは初めてだ。

ジーンは動揺し、狼狽えたが、頭も上手く働かなければ体も思いどおりに動かせず、再び睡魔に負けていた。

意識を手放す寸前、この男を部屋に入れたりしたらまずいだろう、と危険信号が点滅したが、もはや口を開くこともできなかった。

＊

翌朝、ジーンは裸でベッドにいる自分を発見し、猛烈な後悔に苛《さいな》まれた。

せめてもの救いは隣に誰もいなかったことだが、実際にはそれは救いでもなんでもなく、むしろジーンに昨晩ここで何があったのか懐疑心だけを抱かせて、答えを求められないという最悪の状況でもあった。

ガンガンと痛む頭のせいで気が散り、落ち着いて思い出すことができない。

かろうじて覚えているのは、ダニーにベッドまで連れていってもらって、シーツの上に降ろされたことだ。

つまり、ダニーは昨晩部屋の中まで入ってきたのである。その後の記憶はまったくない。

何事もなかったのなら、一糸纏わぬ姿で寝ていたりしないだろう。いや、それともいつもの習慣で、自分で脱ぎ捨ててしまったのか。

床にも肘掛け椅子にも衣類は放置されていない。

おそるおそるクローゼットを開けてみると、スラックスとシャツはハンガーに掛けてきちんと仕舞われていた。誰がしたのかはわからない。下着類は纏めて旅行鞄《かばん》に放り込んであった。いくらなんでもこれは自分でしたのだと思いたかったが、定かでない。

はっきりしないことだらけで眩暈がしてきた。

昨晩あのままダニーと寝てしまったのだろうか。

かなり酔っていたので、理性が完全に麻痺し、肉欲に突き動かされて体を開いた可能性は否定できない。そうした過去が何度もあるのだ。アルコールが入ると性欲が高まり、淫乱になることもわかっている。

相手があの遊び慣れたふうに見えたダニーなら、ジーンをベッドまで連れてきただけで何もせず引き揚げたと考えるほうが難しい。

ジーンは溜息も洩らす余裕がないほど動揺し、居ても立ってもいられない心地がした。

西根には絶対に知られたくない。

知れば、いかに西根が理解のある懐の深い男でも、不愉快になるだろう。惚れてくれている分、失望は強く、最悪の場合、修復不可能な事態にまで陥《おちい》りかねない。

怖い。ジーンはバスルームで裸のまま便座に座り込み、頭を抱えて項垂《うなだ》れた。

体にはなんの痕跡も見当たらないし、奥に何か突っ込まれたような違和感もないが、そのくらいでは不安は拭い去れない。ジーンはそれこそハイスクール時代から男同士のセックスで受け身をしてきたので、体が挿入されることに慣れている。普通に抱かれた程度では翌日までダメージが残ることはまずないだろう。

ダニーは連絡先なども何も残していなかった。

既婚者だから当然だ。

勤め先は聞いているが、ジーンのほうからそこまでして連絡する気にはなれない。自分がダニーの立場だったとしても、プライベートを職場に持ち込まれるなど迷惑千万な話だ。完全な被害者ならまだしも、どう考えてももし寝たのだとすれば合意だったのは間違いない。抵抗した痕跡がいっさいないし、無理やりされた感じもないからだ。

ここはもう、何もなかったことにして忘れ去るのが一番いい。ジーンは罪悪感に苛まれつつも、心を決めた。

どうせダニーとは二度と会うことはない。おそらく向こうも一夜限りの遊びと割り切っているはずだ。

　それは疑わなかった。

＊

ボストン出張から戻った月曜の夜は西根のほうが生け込みの関係で帰宅が遅れ、胸中疚《やま》しさでいっぱいだったジーンは、顔を合わせるのを翌朝まで持ち越せて、ホッとした。

　何事もなく帰ってきたのであれば、夜のうちに西根と会って話がしたいと思ったに違いないが、今回に限ってはそうした気持ちより、気まずさが先に立った。西根を裏切ったかもしれないという思いを抱えていては、西根の顔をまともに見られない。それを西根に変だと思われないようにするには、心の準備が必要だった。ジーンは決して嘘やごまかしが得意なほうではないので、すぐに西根に出張先で何かあったのでは、と勘づかれかねなかった。

　西根は十一時前には帰ってきたが、ジーンは寝たふりをして起きなかった。日頃は宵《よい》っ張りのはずのジーンがこんな時間にもう寝ていると知った西根は、具合でも悪いのかと心配して遠慮がちに声をかけてきた。

　ドキリとして心臓が荒々しく打ち震えたが、耐えて目を瞑ったままじっとしていると、西根はやがて静かに寝室を出て行った。特に寝苦しそうにもしておらず、早寝しただけだと納得したらしい。

　一人になって、ジーンは助かったと思うのと同時に、なぜこんな避け方をするはめになったのかと己の軽率さが恨めしくてならなかった。

これから先のことを考えると憂鬱《ゆううつ》だ。

ジーン自身がボストンの夜のことを頭から追い払ってしまわなければ、どこまでも辛い思いを味わうことになる。

常に西根の前で平静を装い、ばれていないだろうか、勘づかれていないだろうか、と緊張しっぱなしでいるのは想像しただけで苦痛だ。

かといって、過《あやま》ちを犯したかもしれないと告白する勇気はない。そんなことを口にしようものなら、愛想を尽かされ去っていかれそうで、怖かった。

その晩は悶々とするうちに眠ってしまい、あとから隣に潜り込んできた西根に気づかないまま朝を迎えた。

結局西根と顔を合わせたのは朝食のテーブルでだった。朝はいつも西根のほうが先に起き、朝食の支度をしてくれるのだ。

「よう。ちゃんと起きられたな」

西根はジーンを見て安心した顔になる。

「昨夜はお前にしては珍しく早寝してたから、何かあったかと思ったぞ」

「べつに……ちょっと疲れていただけです」

やはりちゃんと西根の目を見る勇気が出せず、俯きがちになってダイニングチェアを引きながらぶっきらぼうに答えた。

「もう大丈夫なのか？」

ジーンの態度に西根は再び心配し始める。

「あんまり体がきついようなら今日は休んだほうがいいんじゃないか」

「そこまでではありません」

ジーンは慌てて言い直す。

これ以上変に思われてはまずいと思い、顔を上げて西根を見返した。

西根は思いやり深い表情で、慈愛に満ちたまなざしをジーンに向けてくる。相変わらず無精髭を生やし、ワークパンツにTシャツを着て、赤いデニム地のエプロンをつけていた。

いつもの西根だ。

思った途端、ジーンは感情が昂ってしまって、涙腺が緩みそうになった。

何も疚しくさえなかったら、もっと早く堂々と西根と顔を合わせ、甘えられたのにと思うと、悔しくてならない。どうして自分はいつもトラブルメーカーになってしまうのか。これでは基《もとい》のほうがよほどしっかりしていて要領もいい気がする。あんなお坊ちゃんにさえ負けるとは許し難い屈辱だ。

ジーンは何があっても素知らぬ振りをしとおすことをあらためて決意し、いつもの調子を出そうと努めた。

しかし、我が儘放題に振る舞って西根を弱らせたり呆れさせたりできていたのは、自分の潔白さに自信があったからで、今のジーンにはどうしても一歩退いた接し方しかできなかった。

ツンと澄ました態度も、遠慮会釈のない物言いもどこか精彩を欠いていて、取り繕おうとすればするほどぎこちなくなってしまう。

西根は何も言わなかったが、内心やはりおかしいと感じていたに違いない。なんとも微妙な顔つきをしていた。あまり詮索するとジーンを怒らせるとわかっているからあえて触れない、といった様子だった。

先に出勤するジーンを玄関先まで見送りにきた西根がふと思い出したように聞いてくる。

「次の週末は月曜の祝日と合わせて三連休取れるのか？」

予想だにしない質問にジーンは一瞬面食らった。

「たぶん。それが何か？」

今からどこかに旅行に行こうとでも提案するつもりだろうか。訝しげに眉根を寄せる。

西根はニッと小気味よさげに唇の端を上げて笑っただけで、答えようとはしなかった。

＊

仕事に追われていられるウイークデイは、よけいなことを考えて思い煩《わずら》う暇もなく、精神的に楽だった。

最初のうちこそ西根の顔を見て話すのがどうにもばつが悪くて落ち着かなかったものの、二日もすると普段とさして変わらない態度で接することができるようになった。

問題はベッドでの行為をどうするかだったが、それもこのところはジーンが翌日ゆっくり休んでいられる週末中心になっていたため、平日は「しません」と断っても違和感はなかった。

なんとなく、週末までは自分自身への罰のつもりで、セックスしたくなかった。ジーンは西根とすることの行為が大好きで、いくらでも貪婪になれるのだが、罪作りなことをしてきたかもしれないのに、それを棚に上げて気持ちよくしてもらうばかりでは、西根に甘えすぎのような気がしたのだ。

金曜日の夜になって、仕事から遅くに帰ってきた西根が、あらたまった様子で「ちょっと話がある」と言い出したときには、ジーンは頭のてっぺんに雷が落ちたかのごとく緊張した。

「な、なんですか？」

口調こそいつものごとく威張っていたが、心臓は飛び出しそうなくらい高鳴っていて、息苦しいほどだった。動悸で胸が痛い。声が上擦らなかったのが奇跡のようだ。

「あー、えーっとな……」

西根は西根で後頭部を意味もなく掻いたりしてそわそわと落ち着きがない。言いにくいことを言おうとしているふうだった。

どう考えてもダニーのことを西根が知るはずがない。

頭ではわかっていても、もしかしてという気持ちが拭い去れず、ジーンは兢々とした。

急《せ》かそうなどとは思いもよらず、食い入るように西根の顔を凝視する。今ここで視線を逸らせば、あることないこと想像されて疑われそうで、それもできなくなっていた。

「独立記念日のことなんだが」

さんざん言い淀んでもったいをつけた挙げ句、西根はジーンの怖れていたこととはまったく違う話を始めた。

「え……？」

ジーンは拍子抜けしてしまい、間の抜けた相槌を打つ。

「ほら、花火を上げるだろう。お前はあんまり興味なさそうだけど、今年、仕事先のホテルがちょうどハドソン川の会場付近にあって、前から部屋を予約しておいたんだ」

花火？　ジーンはまじまじと西根を見つめ、いっそう目を瞠る。

よくよく考えてみれば、西根の面映ゆげな顔は、いかにもこういうロマンチックなことを思いついて準備万端調えていた自分自身への気恥ずかしさだったのだと納得するが、嫌みの一つも出てこないくらいジーンはあっけにとられ、毒気を抜かれていた。

ばれたのかと思ったが、そもそも西根はジーンが浮気をするなど考えもしないのではないか。澄んだ黒い瞳を見ているうちにジーンは西根の大きさを見くびっていた気がしてきて、恥ずかしくなった。

「……そのホテルにはな、屋上庭園があって、毎年七月四日は宿泊客と招待客にだけ開放してくれるんだ。夏の間ビアホールとして営業しているところで、ビールを飲みながらゆっくり花火が見られる。そういうのならお前もくたびれずに愉しめるんじゃないかと思ってな」

「わたしと花火を見るために予約を？」

「ああ」

鼻の脇を人差し指ですっと撫で、西根は目を瞬かせる。

「花火にはそれほど興味を引かれないのですが」

ジーンはわざと意地悪を言って、西根の顔に落胆が浮かぶ前に「でも」と続けた。

「あなたがどうしてもと頼むのなら、行ってあげてもいいですよ。どうせ暇ですから」

今にも暗く沈みそうだった西根の顔が打って変わってぱっと明るく晴れる。

「本当か、ジーン」

たかがこのくらいのことで西根は弾んだ声を上げ、心の底から嬉しそうにする。いつもどうしたらジーンを喜ばせられるか、幸せを感じさせられるか、飽きずにマメに考えているのが察せられ、ありがたさと申し訳なさで胸が詰まりそうになる。

いっそ正直に打ち明けて謝ってしまおうか。

ジーンはダニーとの一件を西根に黙っていることに耐えられなくなって、ついに口を開いた。

「その前に、一つ話しておきたいことが……」

ピリリ、ピリリ、ピリリ、と耳障りな電子音がジーンの言葉を遮った。

タイミングの悪さにジーンは舌打ちする。

着信音をカテゴリで何通りか使い分けているジーンは、この音が未登録の相手からかかってきたときのものだと知らせていたため、いっそ無視しようかと思った。

しかし、西根のほうが気にして「出ないのか？」と聞いてきたので、やむなく応答した。

「もしもし？」

不機嫌丸出しの声で応じると、かけてきた相手は一瞬たじろいだように黙り込んだ。

やがて、気を取り直した様子で名乗る。

『突然お電話差し上げてすみません。ジーン・ローレンスさんの携帯電話で間違いありませんか。こちらはボストンでお目にかかった、弁護士のダニー・チェイスです。覚えておいでですでしょうか』

ジーンはあやうく携帯電話を取り落とすところだった。タイミングが悪いどころの騒ぎではない。

「な、なんのご用ですか、こんな時間に」

今度は取り繕いようもなく動顛し、声が裏返った。

ようやく鎮まっていた心臓がまたもや鼓動を速める。

いったいいつの間に携帯電話の番号まで教えたのか。酔って記憶が曖昧な部分が多く、恐ろしいことにそれもまた覚えていない。

ちらりと横目で西根を流し見ると、西根はジーンにかかってきた電話に聞き耳を立てるような不作法なまねはしておらず、キッチンに向かって歩いていっていた。コーヒーでも淹れるつもりだろう。

『いや、すみません。独立記念日の花火のことなんです。やっぱり今年は三連休という恵まれた日程ですから妻を連れてニューヨークに行くことにしたので、もしお時間あるようでしたら、前日の夜か当日の昼に食事でもご一緒できないかと思いまして。妻にあなたのことを話したら、ぜひ会いたいと言いましてね』

「わたしのことを、どんなふうに言ったんですか」

もしやスワッピングが趣味の夫婦ではあるまいな、とおよそありそうもない想像を膨らませ、ジーンは不機嫌に尖った声で確かめた。

『モデルでもやっていそうな綺麗な男性に会った、と教えただけなんですが。妻は無類の美形好きでして』

「言っておきますが、わたしにはちゃんと同棲までしているパートナーがいるんですよ」

つい声が大きくなる。

美形好きの妻という説明に何やら不穏な響きを感じ取り、牽制しておかずにはいられなくなった。

カウンター越しにキッチンに立つ西根の姿が見えるのだが、西根はジーンの言葉を聞いて、ピクッと頬を引き攣らせた。西根の様子を気にかけていたので、ジーンは見逃さなかった。

西根はジーンが他人にこうした物言いをしたことが意外だったらしい。確かに、ジーンは誰彼かまわずプライベートを吹聴するタイプではない。信頼の置けるごく一部の人たち以外には秘密主義を通すほうだ。

驚いた顔をした直後、西根は口元を綻ばせてうっすらと微笑んだ。

パートナーという言葉がやはり嬉しかったらしい。

思わず口を衝いて出て、しまったと後悔したところだったのだが、西根の顔を見たあとでは逆に言ってよかったと思った。

『もちろん知っていますよ』

ダニーは冷やかすでもなく真面目に返す。

さらに続けられた言葉にジーンはギョッとした。

『部屋でジーンさんの口から何度もお名前を聞きました。西根恭平《きょうへい》さんとおっしゃるんでしょう。僕まで覚えてしまいましたよ』

「な、な……どうして……?」

衝撃的な事実を知らされ、ジーンは真っ赤になって狼狽えた。

『あのときはジーンさん酔っていらっしゃったので、ご記憶にないんでしょうね。お部屋までお送りしたあと僕はすぐ失礼しようとしたんですが、ジーンさんが水を飲んでいけとおっしゃったので、ミニバーの冷蔵庫からガス入りのミネラルウォーターを一本いただいたんです』

「覚えてない。……それから?」

ジーンはドキドキしながら先を促した。

『ええ、まぁ、なんと言いましょうか……僕がそうして椅子に座って水を飲んでいる間に、ジーンさんはひっきりなしに喋り続けていらっしゃいました。熊がどうとか、髭がどうとか。いきなり僕にこの番号を教えてくださって、今すぐ登録しろとおっしゃったりもしましたね。でも、ほとんどは西根さんの話ばかりでした』

「そ、それから……？」

要するに絡み上戸《じょうご》というやつか。聞けば聞くほど消え入りたい心地になっていく。それでも、聞かずにはいられなかった。

西根は神妙な顔つきでコーヒー豆をミルで挽《ひ》いている。ガリガリガリという音が耳に心地いい。西根がコーヒーを淹れる姿を見るのはジーンにとって幸せの一つだ。

『それから……それから、ですか……』

恐ろしいことにダニーはどんどん歯切れが悪くなる。

ジーンは息を詰め、ダニーが真実を打ち明けるのを待った。

『えーっと、ですね。先にお断りしておきますが、これはジーンさんが進んでなさったことであって、僕は本当にただ見ていただけだと誓わせていただきます。十五分間ほどのべつ幕なしに喋り続けたかと思ったら、ジーンさん、急に服を脱ぎだしたんですよ』

「嘘だ！」

否定しながら、頭の片隅で、そうだったのかもしれない、と認める気持ちが働いていた。以前にも西根に絡んで「服を脱がせろ」と大胆な要求をしたそうなのだ。

絡み上戸で脱衣癖があるなど――最低だ。恥ずかしすぎる。ジーンは顔を覆いたくなった。

『寝るときは裸で寝るのだとおっしゃって、本当に全部脱いでベッドに入ってしまわれたんですよ。ですから、僕もたいして見ていません。横になったらあっという間に寝息を立てられだしたので、僕は失礼しました』

それがあの晩二人の間であった出来事のすべてだとダニーは断言した。

「そうですか。どうもありがとう。気まずいものをお見せしてしまったようで、申し訳なかったですね」

ジーンも認めるほかなく、力なく謝っておく。

『いえいえ、どういたしまして。お綺麗でしたよ』

「やっぱり見ることとは見たんですね……！」

ムッとしたが、文句を言えた筋合いではないのは明らかだ。

「それで、前日の夜と当日の昼、どちらが奥様はお望みなんですか？」

半ば自棄を起こして訊ねる。

しばらく間が空いて、ダニーが傍らにいるらしい妻に確かめる声が途切れ途切れに耳に入ってきた。

『当日の昼がいいそうです』

ジーンはなりゆき上仕方なく了承して通話を切った。

「なんだったんだ？　食事の約束か？」

西根がマグカップを二つ持って近づいてくる。

ジーンは一つを受け取り、ふうっと息を吹きかけて軽く冷ましてから一口飲んだ。

やっと人心地つけた気分だ。

顔から火が出るほど恥ずかしい思いもしたが、ダニーにあの晩のことを全部話してもらって肩の荷が下りた。

ジーンにしてみれば、西根を裏切らなかったとはっきりわかったことが一番の収穫だった。

そのお礼に一緒にランチをとるくらいお安いご用だ。

「ボストンに行ったとき、ホテルのパブで一人客同士ちょっと飲んだんです。今の電話はそのときの方からです。奥様連れで花火大会を見に来るので、前から約束していた食事をどうかと聞かれました。OKしたので、あなたも必ず来てくださいね。四日のお昼です。ホテルにはそれからチェックインすればいいでしょう」

「もちろんだ。楽しい一日になりそうだな」

西根は屈託なく見ず知らずの夫婦との会食を歓迎する。誰と会っても物怖じせず、人当たりのいい西根がジーンには羨ましい。西根が一緒なら、ジーンもどんな席に連れだされても大船に乗った気分でいられる。

「翌日はわたしはいつものように朝から出勤です。ちゃんと会社まで車で送っていってくださいね」

最後に甘えた科白を付け加える。

「もちろん送らせていただきますよ、お姫様」

西根は片方の目を瞑って騎士のように恭《うやうや》しくお辞儀をしてみせた。

＊

パンパンパン、と窓の外に広がる夜空に大輪の華が開いては消えていく。

次から次へと打ち上げられる花火はアメリカ国内最大級の規模であり数であるらしい。

威勢のいい花火の音を聞きながら、ジーンはホテルのベッドで西根と繋がり、上になって盛んに腰を揺すっていた。

屋上庭園には三十分もいただろうか。

ジーンは後孔を抉られる悦楽に浸りつつ、ここに至るまでのことを反芻する。

屋上では、まるで空に咲いた花火が降りかかってくるような臨場感のある光景を堪能できたが、あの場に居合わせた人々とわいわいビールを飲んで騒ぐより、もっと有意義なことがしたくなった。

西根の腕を引いて、目で「部屋に戻りたい」と訴えると、西根は心得たように蠱惑的な笑みを浮かべ、ジーンの耳朶を甘噛みした。

「はい、はい、お姫様」

仰せのままに、と従者めかして言い、二人して屋上を後にした。

今夜ここに宿泊するのは、花火見物が目的の客がほとんどだ。打ち上げが始まったばかりとも言える時間に早々と部屋に引き揚げたのは、おそらくジーンと西根くらいのものだろう。

客室の窓からでは、低い位置に上がった花火がなんとか見える程度だ。

音ばかり派手に聞こえてうるさい。

しかし、ジーンとしては自分の上げる恥ずかしい声が花火の音に紛れるので、いつも以上に大胆になれそうで、それもまぁ悪くないかと思った。

「チェイス夫人は本当におまえの顔ばっかり見ていたなぁ。頭の中を覗いてみたくなるくらいあれこれ妄想していた気がするよ」

西根がふと思い出したように笑いながら言う。

「男同士の恋愛を描いた漫画や小説がお好きらしいですよ。一部で流行《はや》っているって知ってました？」

「いや……知らなかったなぁ」

「べつにわたしは第三者にどんな目で見られようとかまいませんけど」

ジーンは切って捨てるような調子で昼間会ったチェイス夫人の話を終わらせると、西根の服を脱がせ始めた。

西根もジーンの服を剝ぎ取る。

縺れ込むようにして二人一緒にダブルベッドに寝転がり、互いの体に口や手を滑らせ、十分に愛撫し合った。

ジーンはいつにもまして積極的な気分になっており、西根の上に跨《また》がると、先ほど舌で唾液を塗《まぶ》してもらって湿らせた後孔に、猛った雄芯を迎え入れた。

自重をかけて深々と奥まで吞み込んだ熱く太い楔を喘ぎながら引き絞る。

うっ、と西根が堪らなさそうに呻き、無精髭のちらつく顎を反らせる。

「気持ちいいですか？」

「ああ。おまえの中、俺をキュウキュウ締めつけてくる。べたべたした粘膜が絡みついて、離さないってダダ捏ねているみたいだ」

「こういうの、好きでしょう？」

ジーンの自身も感じて瞳を欲情に濡らしながら、煽るようなことを聞く。

「ああ、好きだ」

西根の両手がジーンの腰を摑んだ。

「好きだよ、ジーン、おまえがな」

荒々しく立て続けに下から突き上げられて、ジーンはひっ、と小刻みに悲鳴を放ち、西根の腹の上で淫らなダンスを踊らされた。

尻たぶに腰がぶつかり、パンパンパンと肌を打つ音が響き渡る。

「アアッ、アッアッ、アア……！」

ジーンは慎みをなくして叫んだ。

体が撥《は》ねるように大きく上下する。

突き上げられたかと思うと、腰を摑んで引き戻され、激しく奥を蹂躙される。

西根は乳首や陰茎にかまうのも忘れなかった。

捏ね回され、摘まれ、磨り潰すように刺激される。

硬くなった陰茎は握り込んで扱かれ、あっけなく吐精した。先走りでべとべとに濡れていた先端の隘路《あいろ》を爪の先で擽られ、亀頭の括れを親指の腹で擦り立てられるとひとたまりもなかった。

嬌声を上げて胴震いし、啜り泣きしながら西根の体の上に突っ伏したジーンを、西根は体勢を変えて自分の腹の下に敷き入れ、両足を抱えた。

はしたない形に押さえ込まれて足を開かされ、柔らかく綻びたままの窄まりを正常位で貫き直される。

「ひーっ、あ、あぁぁっ」

受け入れ慣れているとはいえ、西根の昂りを一気に穿たれては堪らない。

のたうつ体を西根に抱き竦めて押さえつけられ、舌の根が千切れるほど激しくくちづけられる。

パンパンパン、ドドン、ドン、と花火の音がまたしても盛大に奏でられだした。

「ああ……っ、いい、いい！」

花火が上がるたびにジーンも昂揚し、悦楽に揉まれてあられもなく身悶えた。

西根はそんなジーンの姿を見てよりいっそう興奮するようだ。

抽挿のスピードが上がり、抜き差しする勢いが激しくなる。

「あぁ、あっ、あ！」

ジーンも腰を揺すって西根に動きを合わせた。

頭の中でも花火が打ち上げられたような気がした。

強烈な爆発に見舞われたかのごとく真っ白になる。

「……っ、ジーン」

ズンと最奥まで突き入れたところで西根が動きを止めた。顎が小刻みに震え、無精髭に絡まっていた汗の粒がジーンの頬に一つ落ちてきた。

濡れた感触にゾクリと身が震える。

濡らされたのは頬だけではなかった。ジーンの奥も西根の放った熱い迸《ほとばし》りでしとどに濡れそぼつ。

「ジーン」

西根の逞しい腕がジーンをきつく抱擁してきた。

二人とも汗まみれで、肌がしっとり湿っている。

西根はジーンの顔中にいくつもキスを散らしていきながら、愛の言葉を囁いた。

「おまえと一緒にいられて俺は毎日幸せを噛み締めている」

それはまさしくジーンから西根にいつか告げたい言葉でもあった。

「……なに、言ってるんですか」

この場は照れくさかったので、ジーンはついそんな言葉でごまかしてしまう。

いつになったら素直になれるのか、自分でも皆目《かいもく》見当がつかない。

それでも西根がジーンをこうして愛してくれる限り、二人の関係に終わりはないと思えるのだった。

Summer Garden

SHUNKASHUTO
JONETSU TO MATENRO

一度日本の打ち上げ花火を鑑賞してみたい——一月半ほど前、セックスのあとのピロートークで何気なく口にしたのはジーンだが、西根《にしね》が本気で段取りをつけるとは予想外だった。

「八月の八日から三泊五日でまた東京に行かないか」

二人で囲んだ夕食のテーブルで西根に切り出されたとき、ジーンは一瞬虚を衝かれてしまった。

「ずいぶん急な話ですね」

眉を顰《ひそ》め、憮然として返すと、西根自身も自覚はあるのか、驚かせて悪いというように苦笑する。

「つい先々月、お互い出張で東京に行ったばかりだからタイミング的におまえを誘うのはどうかと俺もためらったんだが、せっかくの機会だし、休みの都合がつくなら一緒に来てほしいと思ってな」

「それって、あなたにとっては仕事絡みの訪日という意味ですか？」

「半分仕事で半分趣味ってところだな。クライアントがいるわけじゃないから日本滞在中は終日フリーだ。実は、前からぜひ見てみたいと思っていた庭があって、知人を通して先方に訪問の許可をもらえないかと聞いてもらっていたんだ。その返事がつい三時間ほど前、日本からメールで届いた。いつでも好きなときにお越しください、という願ってもない内容だ」

西根の表情は生き生きとし、誠実そうな黒い瞳は喜びに輝いている。よほど嬉しいらしいとジーンは感じ、自分まで心が浮き立ってきた。表面的にはいつものごとくツンと取り澄まし、馬鹿じゃないんですかとでも言いたげに冷ややかな眼差しを西根にくれていたが、本心はまるで違っていた。

「その庭というのは一般公開されていない特別なものなんですか？」

「ああ。個人宅の庭だからな。おまえも見ればきっと感動するよ、ジーン。本場英国に勝るとも劣らない立派なイングリッシュガーデンなんだ。俺も噂には聞くものの実際に見たことはない。薔薇愛好家の間では憧憬の的になっている、知る人ぞ知る名園だ」

フラワーアーティストの西根をもってしてそこまで言わしめるとは、よほどのものなのだろう。正直、ジーンは花にも庭にもほとんど興味をそそられないのだが、西根がほぼプライベートに近い形で東京に行くとなれば、当然ついていきたい。どうせどこかで夏休みを取るつもりでいたし、ボスである都筑《つづき》からも、遠慮せずバカンスにでも出掛けてこいと言ってもらっている。否やはなかった。なかったのだが、素直に私もご一緒します、と気持ちのいい返事ができないのがジーン・ローレンスという人間で、我ながら面倒くさい性格だと思う。

「あなたがそんなに力を込めて勧めるのなら、わたしも行かないわけにはいきませんね。夏の盛りにあんな湿度が高くて肌が不快に汗ばむ国に行くなんて、できれば遠慮したいところですが、仕方ありません。付き合ってあげますよ」

「きっとそう言ってくれると思った」

西根はジーンの高飛車で鼻持ちならない言い方にも気を悪くした様子はなく、よかった、と屈託のない笑顔を見せる。

こんなときジーンはいつもばつの悪い心地になるのだが、根っからの意地っ張りで、どうしようもない天《あま》の邪鬼《じゃく》のため、毎度似たり寄ったりのことを繰り返す。

進歩のないジーンと比べ、西根は付き合いが長くなればなるほど我が儘な恋人に対する忍耐力が増し、いっそう度量の大きい、頼り甲斐のある男になっていくようだ。

「し、宿泊先はまた基《もとい》さんのところが経営している新宿《しんじゅく》のホテルにするんですか」

気まずさを紛らわせるために急いで言葉を継いだが、そんなときほどスムーズに喋れず、ますますぎこちなくなる。だが、西根はこういう場合、絶対にジーンをからかわない。ジーンのプライドの高さをよく心得ていて、恥を掻かせるような言動は一切しないのだ。だからジーンはますますつけ上がり、西根の懐の深さに甘えてしまう。

「おまえが泊まりたいところがほかにあるなら、そこでもいいぞ。旅館とか？」

西根と二人で温泉旅行というシチュエーションにも心惹かれたが、それはどうせなら冬がいいと思い、「結構です」とすげなく断る。できればまた別の機会に連れていってほしい。西根にもそれとなく伝わったらしく、目が優しく笑っていた。

結局、慣れたホテルがいいだろうという話になり、基の兄、水無瀬功《みなせいさお》が総支配人を務める新宿のグラン・マジェスティに連泊することに落ち着いた。都会的で洗練された落ち着きのあるホテルで、室内には和のテイストが用いられており、外国人客にも評判がいい。ジーンもあのホテルのスタイリッシュさと、痒いところに手が届くようなホスピタリティのよさが好きだった。

そんなわけで、八月八日、ジーンは西根と日本に向けて旅立った。十四時間のフライトを経て成田《なりた》に着くと、日本は翌九日の午後四時半である。

この日はホテルにチェックインしたら、ホテル内のレストランで食事をとり、早めに休むことにした。

到着後、しばらく部屋で寛いでいると、わざわざ総支配人が挨拶に来てくれた。

功は相変わらずスマートで、真夏の日本であってもきっちりとスーツを着こなしてなお涼感溢れる佇まいで、向き合うとこちらまで自然に背筋が伸びた。

「茅島《かやしま》邸のお庭を拝見しに行くそうだな。羨ましい話だ」

「いやぁ、たまたま伝手《つて》があることがわかってですね。それならどうにか間に立ってもらえないかと、無理をお願いしたんですよ」

「おまえも顔が広いな。またとない機会だろうからせいぜい堪能してこいよ。明日がそれで、明後日は東京湾の花火大会か。そしてもう次の日には帰国の途《と》に就くとは、慌ただしいな」

「俺ももっとゆっくりしたかったんですが、月曜日にあっちで大きな仕事を一つ引き受けているもので」

西根は短く刈り込んだ硬い髪をザリザリと掻きながら残念そうにする。功は主に西根と話をしながらもたびたびジーンとも視線を合わせ、ジーンに疎外感を与えないよう気を配る。高校の先輩後輩関係にある功と西根の会話は、黙って聞いているだけで興味深く、ジーンは少しも退屈していないのだが、功の心遣いでさらに居心地がよくなった。

二人の会話を聞いていると、明日訪ねる家は、単なる富豪の邸宅ではなさそうだ。三・六ヘクタールもの広大な庭に、英国の古き良き時代を彷彿《ほうふつ》とさせるマナーハウスのような館、四人の庭師をはじめとする十数人の使用人がいるという、現代日本の一般家庭としては破格の規模だ。

「最寄り駅からは車がないと不便だと聞いているが、足は確保しているのか？　田舎なのでタクシーも常に待機しているかどうかわからないぞ」

「それが、わざわざ駅に迎えの車を寄越してもらえることになっているんですよ」

西根が恐縮しながら答えると、功は深く頷き、さすがは茅島家だと感心した様子で言った。

そんな田舎に行くのか、とジーンは少し面倒くさくなったが、何より西根のたっての希望だし、ジーン自身、庭や館には興味をそそられなくても、どういう人物が住んでいるかにはなんとなく関心が出てきたので、まぁいいかという気持ちだった。

惚れている相手の喜ぶ顔が見たいのはジーンも世間の数多の人間と同じだ。特に西根は日頃ほとんど欲を見せないので、今回のようにこれがやりたいと主張することは珍しく、めったにない機会だからできるだけ好きにさせてあげたいと思う。

元来が我が儘で、プライベートともなれば自分のことしか考えないのが常のジーンだが、西根と出会ってからというもの、他人の喜ぶ姿を見て自分も嬉しさを感じる場面が増えた。

「夕食は本当にうちのメインダイニングでいいのか？　せっかく東京に来たんだから日本橋《にほんばし》辺りに鰻《うなぎ》でも食べに行ったらどうだ。席を取ってやるぞ」

「ああ、それもいいっすね。じゃあ、明後日そうしますよ。今夜はここでゆっくりワインでも飲みながら、ニューヨークがテーマだという創作料理を堪能させてもらいます。な、ジーン？」

「ええ」

実はジーンは鰻を食べたことがない。食べる機会は幾度となくあったが、なんとなく実際に泳いでいるときの姿を想像すると食欲が湧かず、避けてきた。とはいえ、それを今ここで言うのも大人げなかったので、穏やかに微笑んでやり過ごした。いつの間にかこんな配慮もできるようになっている。以前は、この程度の思いやりすら持たずに、気分次第に振る舞ってきたのだ。

それならば、と総支配人自らレストランに電話を入れて、窓際の良席を確保してくれた。

カリフォルニアワインを飲みながら、ホテルが入った高層ビルの最上階から大都会の夜景を眺めつつ、二人でディナーを愉しむ。

「最近、あなたちょっと痩せたんじゃないですか」

「そうか？　ここは照明が暗くて顔に影ができるからそう思うだけじゃないか」

西根は心外そうに言うと、揶揄するような眼差しでジーンを見つめてくる。

「おまえがそんなふうに心配してくれるのはまんざらでもないが」

「し、心配なんて、べつにしてません……！」

ジーンは慌てて顔を伏せ、止めていたナイフとフォークを再び動かしだす。ミディアムに焼いた米《よね》沢《ざわ》牛《ぎゅう》のサーロインステーキから肉汁がじゅわっと滲み出る。

心配なんかしていないと突っぱねたが、実のところ、最近西根は働きすぎのような気がする。同居を始めた四月から二ヶ月ほどの間は極力仕事を抑え気味にして毎晩早めの時間帯に帰宅し、ジーンとの生活を優先してくれていたが、先月あたりから徐々にまた仕事を増やしだした様子で、泊まりがけの出張や、深夜近くまでかかる作業が結構な頻度で入るようになった。

仕事を減らせとまでは言わないが、猛暑の最中汗みずくになって帰宅する西根を迎えるたび、大変そうだと感じて、なんの手助けもできない自分が焦れったい。一度思い切って見よう見まねで野菜ジュースを作ってみたが、試しに自分で飲んでみたら吐きそうなほど不味《まず》くて、そのまま流しに捨ててしまった。冷蔵庫にある野菜を適当にジューサーに放り込むのでは大雑把すぎたらしい。

フラワーアーティストというのは想像以上に体力を使う職業なのだと、ジーンは西根と知り合って認識をあらためた。なるべく西根に負担をかけないよう、ウイークデーはセックスをねだるのはよそうと、一応心がけてはいるのだが、西根の温もりに触れるともうだめだ。欲しくてたまらなくなって、おやすみ、とキスなどされようものなら、西根の逞しい首に腕を回し、セックスを誘う淫らなキスを自分から仕掛けてしまう。

西根を痩せさせているのはほかでもない自分かもしれない。心当たりがありすぎるだけに、ジーンは西根が否定してくれてホッとする反面、やっぱり気のせいではないのでは、と後ろめたい気持ちになる。

食事のあと、同じ階にあるバーに移動した。

レストランから空席があるかどうか確認してもらったのだが、ここでもまた総支配人の知り合いだという計らいがあったのか、混雑した中、夜景を眺められる窓際の良席に案内されるという恩恵にあずかった。

「皆がおまえを見るな。あちこちから秋波《しゅうは》を送られているぞ。一緒にいる俺はなんだと思われているんだろうな」

西根は冷やかすというよりも自分もまた魅入《みい》られているかのような視線をジーンに向け、オールドファッショングラスを揺らす。カランと氷がグラスにぶつかる涼しげな音がした。言ったあとで西根も少々照れくさくなったのだろう。すぐに視線を外し、大きく取られた窓に顔を向ける。

「最近ますます綺麗になった、くらい気の利いたことをあなたも言ってくださっていいんですよ」

わざと厚かましく返すと、そっぽを向いた西根の耳朶がじわじわと赤らんできた。

「……言ってるだろ、毎晩のように」

ジーンを抱いて、体の奥深くまで己を埋め込むたび、確かに西根はジーンに「綺麗だ」と熱っぽく囁く。ジーンはそれをいつも気持ちよさに悶えながら、夢心地で耳にする。

「じゃあ、今晩も言ってくれます？」

つい今し方、西根に無理を頼むのはやめようと殊勝なことを考えたばかりだというのに、その甲斐もなく旅先でまで我が儘を言ってしまう。

西根がこちらに向き直り、フッと色香の滲む笑顔を浮かべる。

「仰せのままに」

その一言がジーンの体の芯に火をつけた。

やっぱりいいですと翻《ひるがえ》しかけた言葉を呑み込む。

結局、東京に着いた最初の夜から、二人は遅くまでベッドのスプリングを揺らして求め合ったのだった。

＊

お抱え運転手付きの黒塗りの車が、壮麗な門扉を潜《くぐ》り抜け、テーマパークか英国にでも来たのかと目を瞠るような趣のある洋館の車寄せに到着したとき、さすがのジーンも息を呑んでいた。

「ようこそおいでくださいました」

折り目正しい挨拶と共に深々と腰を折った初老の男性は、まさかと思ったがそのまさかのとおり、執事だった。波多野《はたの》です、と自己紹介される。

西根に続いてジーンも被っていた帽子を取って、お世話になりますと頭を下げ、礼を尽くした。

「日本に執事なんて職業が残っていたんですね」

若者向けカルチャーに見られる執事カフェの従業員はべつとして、とジーンが早口の英語で西根に話しかけると、あろうことかそれが波多野にも聞き取れたらしく、波多野は上品に口元を緩ませた。

てっきりネイティブの話す英語ならわからないだろうと侮《あなど》っていたジーンは、早くも赤面してばつの悪い心地を味わうはめになった。

「……すみません」

普段なら知らん顔してやり過ごすところだが、その場の高貴で雅《みやび》やかな雰囲気がジーンを謝らせた。

「いえいえ、お気になさいませんように」

クイーンズイングリッシュとはまさしくこれだ、という完璧な発音の英語で返される。

「日本語でわたしも大丈夫です」

今度はジーンが流暢な日本語で返した。そこには張り合おうなどといういつもの負けん気も、くだらない見栄もなく、心から出た素直な言葉だった。

黒地と白地の大理石を市松《いちまつ》模様に敷き詰めた玄関ホールはさながら公共の施設に紛れ込んだような広さで、訪れた客を最初に感嘆させるであろう壮麗な大階段に目を奪われる。

いくつもの部屋を通り抜け、案内されたのは落ち着いた雰囲気の居間だった。フランス式の窓からテラスに出られるようになっており、その先には綺麗に刈り込まれた緑の芝生が広がっている。

「あいにく主《あるじ》は昨晩急に微熱を出しまして、ただ今、かかりつけの医師に診《み》てもらっているところでございます。顔を出せない不調法をくれぐれもお詫びするようにと言いつかっております。本当に申し訳ありません」

「いや、無理をお願いしたのはこちらですから。それより、お体の具合が心配ですね」

「ありがとうございます。おそらく夏風邪ではないかと思われますので、大事には至らずにすみそうです」

波多野と西根の会話を聞きながら、主とはどういう人物なのかとジーンは想像を巡らせた。最寄り駅までの電車の中で西根に説明してもらったところによると、当主の名は茅島澄人《すみと》、歳は二十七か八で独身、無職の優雅な有閑人だという。

俺も正確には知らないが、と断った上で、西根はさらに、皇室とも無関係ではない血筋の御方らしいと付け加えた。アメリカ人のジーンには王侯貴族も皇室も元華族もまったくピンとこないものの、茅島家というのが非常に由緒のある家なのだということは理解できた。田舎の小さな駅で電車を降り、改札を出てすぐ、黒塗りの高級車と傍らに佇むお仕着せを着た運転手の姿を目にしたとき、そのことは言葉のアヤでもなんでもなく紛う方なき現実としてジーンの頭にするりと入ってきた。

茅島氏という人は風変わりな人物らしく、実際に会って話をする機会のある人間はごく限られているそうだ。今日にしても、たとえ急病を患っていなかったとしても来訪者の前に姿を現さない可能性のほうが高いと西根はあらかじめジーンに断りを入れてきた。

「だけど、悪気があるわけじゃないそうだから、無礼だと目くじら立てないでくれ。こんなふうにして庭を見に来る訪問客が年に五組いたとすると、その全員がご尊顔を拝《はい》せぬまま庭だけ堪能して帰るんだ」

ジーンの目当ては庭でも館でもなく当主と会うことだったので少し残念だったが、文句を言っても始まらない。そうですか、とどうでもよさそうに返しておいた。

「先にお茶になさいますか。それともすぐにお庭に出られますか？」

波多野に聞かれ、西根は答える前にジーンに伺いを立てる眼差しをくれた。ジーンは黙って肩を竦めてみせる。あなたのお好きにどうぞ、と西根に任せる。

「それでは、さっそくですが、お庭を拝見させていただこうと思います」

「畏まりました。今時分の時間帯は日差しが大変きつうございますから、くれぐれもご無理はなさらずに、木陰等で休憩をとりつつ散策なされますようお願い申し上げます。あと、もしご希望がございましたら、案内人をお付けしますが、いかがなさいますか」

「ああ……そうですね……」

西根は少し迷っていたが、チラッとまたジーンを見て、丁重に断った。ジーンは意外と人見知りするほうだ。初対面の人間とはぎくしゃくしてしまって、なにかと突っ張った言動をしてしまうことがままある。西根はそれを慮《おもんぱか》り、お互いよけいな気を遣うよりは、のんびり二人で見て回ろうと考えたようだ。

「べつに、わたしに気兼ねしなくてもよかったのに」

波多野に見送られて庭に下りてから、ジーンは西根にチクリと言った。本当は西根の心遣いが嬉しかったにもかかわらず、実際口を衝いて出るのは可愛げのかけらもない言葉ばかりだ。

「そんなんじゃない。俺はただ、この素晴らしい庭をおまえと二人で歩きたかったんだ。それだけだ」

西根の言葉はいつも率直で、ジーンの胸にすとんと落ちてくる。

「手、繋ごうか」

「だめ、ここではだめです。あそこに人がいます」

ジーンは狼狽えて西根の体を少し押しのけた。

テラスの石段を下りたところから真っ直ぐ伸びた石畳の遊歩道は邸内から丸見えだろう。それだけでなく、小さな噴水の向こうに見えるイチイのヘッジの陰に西根と同じ年頃と思しき男性がいた。

近づいていくと庭師だとわかった。余分な枝を刈り取って形を整える作業をしている。長袖の作業着越しにも逞しい体つきが見てとれた。

「こんにちは。お庭を拝見させていただいています」

西根が礼儀正しく立ち止まって挨拶すると、庭師の男もわざわざ手を止め、帽子を取って会釈してくれた。

日に焼けた精悍な顔つきの男で、思慮深そうな眼差しがひどく印象的だった。ただ落ち着き払っているだけではなく、一目置かざるを得ないような貫禄《かんろく》があり、只者ではない感じがする。

「ああいう雰囲気の庭師には初めて会ったな。……かといって、場違いというわけでもないし」

西根も気になったのか、ヘッジを離れてずいぶん経ってからボソリと呟いた。

「彼はインテリですね」

ジーンはすまして断言すると、ここまで来ればもう誰の目もなさそうなのを確かめて、西根の腕に自分の腕を絡ませた。

「きっとわたし同様、何ヶ国語かを平気で喋りますよ。そんな目をしていました」

少し西根と似たところがあるかもしれない、とも思ったが、それは口に出さなかった。

「確かにえらく理知的な感じだった。庭師以外にも様々な資格を持っていると聞いても驚かないな」

「浮気、しないでくださいよね」

「はぁ?」

冗談です、とツンとしてあしらったが、自然と西根と組んだ腕に力が入り、さっきは押しのけた体に反対に身をすり寄せていた。

ポンポン、と西根が安心させるようにジーンの腕を軽く叩いて、額に額をくっつけてくる。

「俺がおまえしか眼中にないってわかっててそんなこと言うんだろう。いい加減、俺を試すのはやめろよ」

昨夜もちゃんと証明してやっただろう、と耳朶に唇を寄せて囁かれ、ジーンはたちまちカアッと赤くなった。

西根の手や指、唇や舌が、ジーンの恥ずかしい部分を抉じ開け、まさぐり、啄んだり舐《ねぶ》ったりしてさんざんに喘がされた記憶が甦《よみがえ》る。それればかりでなく、下腹部がじゅんと熱くなって、奥にまだ太くて硬いものを穿たれているような錯覚すら覚え、思わず足を縺れさせそうになる。

「大丈夫か」

西根は余裕を持ってジーンの体を支えると、つるが絡んだアーチの手前で立ち止まり、目を細めた。

館の正面の整然と形成されたフォーマルガーデンを外れ、左手に進んだところで目の前に開けたのは、連続するつる薔薇のアーチが作る夢のような小道だった。

「これが噂のローズウォークか」

感嘆の溜息をつきながら西根がしみじみと言う。

「五月か六月にここを訪れたら、この七本のアーチに様々な濃淡のピンクのつる薔薇が咲き乱れる様が見られるらしい。いや、花の咲く時期を外していても、これは見事だ。さすがは四人も庭師を抱えているだけある」

想像できるか、と聞かれ、ジーンはムッとして「もちろんです」と返事をする。とは言え、想像力が貧困なイメージではあったが、ここまで西根を感動させるものがまったくわからないというのも悔しくて、精一杯なけなしの知識を掻き集めた。

「ここは日陰が多くてホッとするな」

「ええ。今日は三十二度か三度まで気温が上昇するそうですから、休み休み歩かないとバテそうです」

「そのときは俺がおぶって連れて帰ってやるよ」

「わたしは、あなたを心配しているんです」

思わず素直に心配などという言葉を使ってしまったのは、先ほど額を合わせたとき、西根のほうがずいぶん熱いと思ってギョッとしたからだ。ほんの僅かの間くっつけ合っていただけだったので勘違いかもしれないが、無理をさせてはいけないとあらためて自戒した。ここで西根に倒れられたら、ジーンはどうしていいかわからない。

手つかずの自然な雰囲気を持たせて周囲を演出し、ワイルドさの中に繊細なレースをふわりと広げたかのような幻想的とも言える薔薇の小道を、腕を組んだままゆっくりと歩く。

日本の夏はこの肌にじっとりと纏わりつくような湿度の高さがきつい。風があればまだ過ごしやすいが、ないときはムッとする熱気とべたつく湿気のダブルパンチで、炎天下に立っているだけで疲弊《ひへい》する。

なるべく日陰を通って歩いていたが、ローズウォークが終わると視界が開け、大きな池のある芝地に出た。そこでは遠目に見える四阿《あずまや》まで日差しを遮るものがなく、ジーンはあそこまで歩くのかと内心うんざりした。

「しかし、本当に見事に手入れが行き届いているなぁ」

西根はこの庭に興味が尽きない様子で、疲れなど微塵も感じさせない。

持参したペットボトル入りのスポーツ飲料でこまめに水分を補給しながら、帽子を目深に被り直して池の周囲をぐるっと一巡りした。

ときどき西根はジーンの顔を見て、大丈夫か、と気にかけてくれた。

「平気ですから、そんなに何度も聞かないでください」

むしろジーンには西根のほうが顔色が悪くなってきている気がして、心中穏やかでなかった。人のことより自分の身を案じてください、と喉まで出かけては押し黙った。なんとなく気恥ずかしさが先に立ってしまい、言葉にしづらかったのだ。

四阿にはベンチとテーブルが据えてあり、少し土を盛った高めの場所に位置するようで、見晴らしのよさと相俟《あいま》って風を感じることができた。

ベンチに腰を下ろして人心地つく。顔や首筋の汗をタオル地のハンカチで拭き、喉を鳴らして飲料水を飲んだ。それでようやく生き返った心地になる。

「この暑さは殺人的です」

ジーンは文句を言いつつ傍らに座った西根を振り向いて、いつの間にか西根がテーブルに突っ伏しているいることに気がつき、驚きに目を見開いた。

「恭平《きょうへい》さん！」

呼んで、肩を揺さぶっても、反応がない。

すうっと血の気が引き、ジーンは激しく動揺してしまった。

「恭平さんっ、恭平さんっ」

そんな、まさか、と頭の中は錯乱したようにぐちゃぐちゃだった。

自分が病気で寝込むことはあっても、頑丈で風邪もひかない西根が倒れたところは見たことがない。

体調が今一つよくなさそうだという感触は先ほどから受けていたが、本当に、まさか、という感じだった。

西根はぐったりしたまま動かない。

ただし、意識はあるようで、呼ぶとピクリと睫毛を揺らしたり頬肉を引き攣らせたりする。

いわゆる熱中症を起こしたのだろうか。一番に頭に浮かんだのはそれだった。

熱中症なら、とにかく体を冷やしてやるのが先決だ。

日陰のある四阿まで自力で歩いてきてくれたのは不幸中の幸いだった。途中で倒れられていたら、ジーン一人の力ではとうてい西根をここまで運べなかった。

ジーンは西根のシャツのボタンを外し、少しでも風通しをよくして呼吸を楽にしてやった。それから、ペットボトルの口を西根の口元にあてがって、

「飲んで、恭平さん。飲んでください」

と声を張り上げて促す。

西根にもジーンの声は届いているようだったが、指一本持ち上げられない状態らしく、どこにも力が入らない様子だ。ボトルを傾けても、大部分を飲まずに零してしまう。

ジーンはすぐにこれでは無理だと悟り、自分の口にいったん含んで、西根に口移しで飲ませた。

それを何度か繰り返すうち、恥ずかしい話、ジーンは目に涙を溜めていた。

バタバタと駆けつけてくる足音に気づいて顔を上げたときには、情けなさの極みのような歪んだ表情をしていたに違いない。

「どうしました？」

尋常でない事態だと察して様子を見に来てくれたのであろう男は、先ほどイチイのヘッジの剪定をしていたクールな印象の庭師だ。遅れてもう一人、もっと若い青年もこちらに走ってきている。

「連れが、急に倒れて」

ジーンはそれだけ言うのがやっとだった。咄嗟のことだったので英語が出てしまう。しかし、庭師の男はあたかも日本語で聞いたかのごとく違和感のない調子で頷いた。少しもたじろがない。

ジーンは濡れた唇を手の甲で乱暴に拭い、ついでの振りをして頬を伝う涙も払った。

「熱中症かな。歩いている間、水分は補給していましたよね。熱失神か……」

庭師の男はそれとなく二人を気にかけてくれていたのか、ジーンの返事を待たずに思案顔で呟く。予想に違《たが》わず彼の英語はネイティブ並みにナチュラルだった。

「先輩」

そこに後から駆けてきていた青年が到着した。

「工藤《くどう》、悪いが、波多野さんに知らせて、高倉《たかくら》先生にこちらに来ていただくようにお願いしてもらってきてくれないか」

「はいっ」

若い庭師はすぐさま踵を返すと、再び走って館に戻っていく。

ああ、そうだ、茅島氏の診察にたまたま医師が往診しているのだったと思い出す。それでなくとも、ジーンは庭師が来てくれたおかげでずいぶん心強い気持ちになっていた。一人ではこれ以上どうすればいいのかわからず、動揺するばかりだったに違いない。

「すみません。あの、本当に……ありがとうございます」

たどたどしく、今度は日本語で礼を言う。言語の問題ではなく、単に口がうまく回らなかっただけなのだが、もうこの際、片言程度にしか日本語を話せない外国人だと思われたとしても、かまわない気持ちだった。プライドの塊のような自分らしくもなかったが、つまらないことにいちいち頓着している場合ではないと思えた。

「いや、べつに」

庭師の男は当然のことをしたまでだと言わんばかりに目を眇める。

「お連れの方は寝不足ですか。もしかして、昨日日本に着かれた？」

「え、ええ、そのとおりです」

今日どんな客が訪れるのか従業員一同に周知徹底されているのか、はたまた推測で当てたのか。彼の鋭そうな眼差しを見ていると、どちらでもあり得そうだった。

「意識はちゃんとあるようだから、大事には至らないと思いますよ。呼吸を楽にして水分を摂らせたのがよかったですね。おまけに、この四阿はこの辺りで一番涼をとれる場所です」

西根はきっと大丈夫だと庭師の男に言ってもらえたことで、ジーンはさらに気持ちに余裕ができ、冷静になれた。医師でもない男の言葉だが、医師に言われる以上の説得力があった。

「お仕事中、すみません」

ジーンはもう一度彼に頭を下げて感謝した。

「お気になさらずに。ああ、工藤が先生を連れてきてくれました」

見れば、遠くから白衣姿のほっそりとした人と、先ほどの庭師の後輩らしき青年が、急ぎ足でこちらに近づいてくるのが目に入る。

白衣の医師は、最初女医かと思ったが、近づくにつれ、ちょっと信じがたいほどの美貌の男性だとわかり、ジーンは軽く息を呑んだ。

庭師の男は高倉医師が診察を終えて適切な処置を施すのを、四阿の隅に立って見守っていた。

「もう大丈夫ですよ」

「……ありがとうございます」

西根も意識ははっきりしてきており、まだ弱々しいながら、自分で高倉医師に礼を言えるまでに回復していた。ジーンはひとまず安堵する。

「では、あとはよろしくお願いします」

高倉医師は庭師の男に向かって声をかけた。

庭師の男が無言で近づいてきて、テーブルに突っ伏したままの西根に話しかける。

「しばらく邸内でお休みください。お連れします」

「ああ、大丈夫、自分で歩きます」

「そうしていただけると助かります。どうぞ、肩にお摑まりください」

どうやら庭師の男は西根を介助して館に連れ戻すために残ってくれていたようだ。

西根は意地を張らずに庭師の男に支えてもらって立ち上がった。ここから館までは相当な距離がある。それを自力で歩いて戻ろうとすれば、まだしばらくここで休んで体力をもっと回復させてからでなければ難しかっただろう。庭師の男のおかげで助かった。

テラスを上がってフランス窓から邸内に戻ると、波多野が準備万端整えて待ち構えてくれていた。客間の一角にソファベッドが搬入されており、ほかの部屋に移動することなくすぐさま西根が体を横にできるよう配慮してくれていた。室内の空調も寒すぎない程度に調節されている。

波多野は西根の体に薄地の毛布を掛けてくれ、そのまま静かに退出していった。

居間に二人で残される。

「すまんな」

ソファに横たわった西根が面目なさそうに、ジーンに向かって腕を伸ばしてくる。

指で髪に触れ、続けて頬を手のひらで包むように撫でられる。どれほどジーンが心配し、気を揉んだのか、薄れていたはずの意識の中でも承知していたらしい。おまけにジーンがひっそり泣いたことまで知られているようで、面映ゆくて仕方ない。

「おまえの言うとおり、俺のほうがまったく大丈夫じゃなかった。腑甲斐《ふがい》なさにこうしておまえと顔を突き合わせているのもばつが悪い」

「何ばかなことを言ってるんですか」

ジーンは怒ったように尖った口調で突っぱねると、西根の手を両手で挟み、強く握り締めた。一方の手は西根としっかり指を絡ませ、もう一方の手で組み合わせた手を覆うようにする。

「わたしはもともと庭にも館にもあなたほどには関心がないんです。だから、せっかくの機会をフイにしたと謝るつもりなら、そんなよけいなことになけなしのエネルギーを費《つい》やさないでください」

一度口火を切ると、言葉は後から後から溢れてきた。我ながらびっくりするほどの饒舌さで一気に捲し立てる。止めようにも止まらなかった。

「旅行も花火もどうでもいい。あなたとこうして二人で過ごせるなら、場所も時間も二の次でいいんです。ねぇ、いったいどうしてくれるんです。あなたがわたしをこんなに情けなく頼りない人間にしたんですよ。甘やかすだけ甘やかして……なにかというと自分よりもわたしを優先して、無理をして！」

「ジーン。ジーン」

そして、「姫」と最後に顔を歪ませながら西根は呼んで、ぎゅっと目を瞑る。

西根の目の際に小さな水滴が浮いたかと思うと、あっという間に頬を滑って転がり落ちた。西根が泣いたのを初めて見た。

ジーンはたまらなくなり、西根に顔を寄せ、唇を塞いだ。乾いた唇に何度も吸いつき、それでも情動が治まらず、舌を差し入れる。西根の口の中は燃えるように熱かった。ジーンは一瞬怯みかけたが、反対に西根のほうから舌を搦め捕られて、あえかな声を立ててしまう。

初めて訪れた他人の家で、許されがたい大胆な行為に及んでいる。頭では理解し、警鐘が鳴っていたが、昂りきった気持ちが理性を凌駕《りょうが》した。

ぴちゃぴちゃと淫らな水音をさせ、舌と舌を絡め合う。互いの唾液を啜り、口の中を舐め回し、指と指とを愛撫し合うかのごとく握っては離し、握っては離しする。

「ジーン。おまえは本当に優しくていいやつだ。その上、おれにはもったいないほど綺麗ときている」

西根の言葉からは、言わされているのではなく言いたくて言いたくてたまらないのだという強い気持ちが感じとれた。

照れくさくてたまらなかったが、ジーンは茶々を入れずに聞いた。

「俺にはおまえが一番だ」

我が儘でも不遜でもいい。扱いにくさも魅力のうちだ、と西根は心《しん》から嬉しそうに続ける。

「どうせわたしは、恋人としては厄介な人間ですよ。わかっています。でも、わたしにはあなたしかいないんです」

「おまえの口からそんな素直なセリフが聞けるとはな」

「……二度と言いませんから」

最後はやはり憎まれ口を叩いてしまう。

それでも西根は笑みを絶やさずにいた。

名残惜しかったが、いい加減にしなければと少し冷静になって、ジーンは西根から身を離す。

そこへタイミングを見計らったかのごとく、扉をノックする音が聞こえ、波多野が真鍮製《しんちゅう》のアンティークと思しきワゴンを押して恭しく入ってきた。

ジーンは慌てて西根の手を離して立ち上がり、ついいつもの癖で髪を直してしまった。西根と濃厚なキスをしたあとは、乱れが気になって、無意識に指が動く。

これでは今の今まで不埒なまねをしていたと白状したも同然だと気づき、ジーンはきまりの悪さに波多野の顔をまともに見られない。

炯眼《けいがん》であろう執事の目をごまかせたとはとうてい考えられなかったが、波多野は感じのいい笑顔を湛えたまま何事もなかったかのごとく香り高い紅茶をサーヴしてくれた。西根にはほどほどに冷えた麦茶が用意されており、まさに至れり尽くせりだ。

「本当に大事に至らずよろしゅうございました。ごゆっくり体調を回復させてください、と主からの伝言です。茅島はやはり風邪で、お二方にうつすようなことになっては大変ですので、このままお目にかからずにいるご無礼をお許しください、と申しておりました」

「いろいろとお気遣いいただきまして、ありがとうございます」

肘掛けにクッションを置いて、それに頭を預ける形で少し起き上がった西根が、あらためて礼を言う。

「どういたしまして」

波多野は情の籠った返事をすると、ワゴンを押して出ていった。

ジーンは西根の傍らに屈み込み、額と額をくっつけて熱がどの程度まで下がっているか確かめた。

「まだ引かないですね。さっき先生からもらった熱冷ましジェル、貼ってあげましょうか」

「……ああ。ちょっと恥ずかしいが、そんなこと言ってる場合じゃないな」

「いいんですよ、わたしは。今日一日くらい、あなたの看病をしてあげても。あとでうんと恩に着せますから」

「珍しいな。何か俺にねだってくれるのか」

「そうですね。じゃあ、ペアウォッチ。カルティエの」

「カルティエ？　そりゃまたずいぶん大きく出たな」

西根が目を白黒させる。その様子はもうすっかりいつもの彼だった。ジーンもようやく肩の力が抜けた。

「どうせ俗っぽいと思ってるんでしょう」

「いや、おまえの腕にはきっと似合うに違いないよ。だけど俺の柄じゃないだろ」

「だったら、指輪にしますか。ハリー・ウィンストンの」

「おまえ、わざと俺をからかって愉しんでいるだろう」

今度は西根も気がついて、苦笑いしながらジーンの鼻を摘み上げる。

「ちょっと、やめてください」

ジーンも笑いながら西根の手を払いのける。

「あなたがそれほど甲斐性があるわけじゃないのは知ってます。時計も指輪もいりませんよ」

「なんか傷つく言い方だなぁ。確かにおまえのところのボスみたいには稼ぎがよくないが」

「それを言うなら、わたしだってあなたと同じくらいは稼いでますよ。だから、買いたいものがあれば自分で買えるので、そういうものは必要ありません」

「まぁ、そう言うなよ。時計、おまえにだけ買ってやるよ。俺がそうしたいんだ」

「だったら、その分、体でわたしを満足させてくださいよ。そのほうがずっとありがたいし、スマートです」

「……ここで？」

「まさか」

ジーンは呆れて、白い目で西根を見る。

「とりあえずあなたに今必要なのはこの不粋《ぶすい》な熱冷ましジェルですよ」

ピシャッと西根の額に叩きつけるようにして貼る。

大の大人が額に青いジェルを貼りつけた様は、お世辞にも格好のいいものではなかったが、ジーンは倒れたときよりずっと顔色がよくなった西根を見て、ブランドものの高価な腕時計を十個もらうより嬉しかった。

「おまえは、自分で思っているより本当はずっと謙虚で情の深い、いい男だよ。おまえに振り回されっぱなしの俺が保証する」

西根は真面目な顔で言い、ジーンの耳朶に甘く歯を立てながら、

「愛してる」

とはっきり言葉にした。

なんですか、そのむかつく褒め方、と切り返してやってもよかったのだが、ここは病人の身を案じ、ジーンは小さく喉を鳴らしただけで不平を言うのは控えた。

＊

居間で二時間ほど休ませてもらって、その後少し日が陰ってきたことに後押しされ、もう一度庭に出た。今度は茅島氏の秘書兼話し相手だという青年が一緒に来て、庭の案内と説明をしてくれた。そうしてくれるよう、西根が頼んだのだ。ここでもう一度倒れるようなことにでもなれば、面目ないどころの騒ぎではなくなる。

その秘書兼話し相手の小泉《こいずみ》もまた綺麗な青年で、茅島氏は美しいものを傍に置いておくのが好きだという噂はあながち間違ってはいないようだ、と西根がこっそりジーンに耳打ちしてきた。確かに、

庭師の男もお抱え医師も、タイプは違えど皆並以上の顔立ちだ。そこに初老の波多野まで加えても、問題はない。

西根がはるばるニューヨークから訪ねてでも見たがっただけあって、茅島邸の庭は素晴らしいの一言に尽きた。

惜しむらくは、当主の澄人氏のご尊顔を拝見できなかったことだ。おそらく次の機会はないだろうと思われるだけに、ジーンはそれだけが心残りだった。

波多野と小泉に見送られて茅島邸をあとにし、ホテルに帰ってきたのは夕方だった。

帰りの電車に揺られつつ、ジーンはひそかに明日の花火見物はやめにして、部屋でゆっくり過ごしたほうがいいのではないかと考えていた。人出の多い、蒸し暑い場所に西根を行かせるのが不安だった。また倒れたら。そう思うと、花火なんかどうでもいいと思ってしまう。せっかく日にちを合わせて来たのだから惜しい気持ちがなくはないが、西根の体調が本調子でないのに、無理はさせられない。

いつそれを切り出そうかと悩むうち、部屋に辿り着いていた。

クリーンサービスが一分の隙もなく施された室内に入ると、二台あるベッドのそれぞれに、リボンのかかった平たい箱が置いてあった。

「んん？　功さんからだな」

西根もなんだろうと首を傾げている。

開けてみると、浴衣《ゆかた》だった。帯や草履《ぞうり》も一式揃っている。二人の分はそれぞれ柄はまったく違うが色合いが同じで、さりげない一体感を持たせた趣味のいい選択だった。

「メッセージが添えてある」

西根のほうには白い横長の封筒も添えられており、そこに、明日の花火大会の関係者観覧席券が二枚と、メッセージカードが入っていた。

「人込みがすごいと思われるので、気をつけて行かれたし……だそうだ。最寄り駅から十五分は歩くようだな」

「この関係者席はどうやって手に入れたんでしょう」

「顔が広くてあらゆる方面に知人友人のいる先輩のことだから、誰かに一声かけたんだろう。水無瀬功に頼まれたら断れない、という人間は大勢いるんだ。かくいう俺もその一人だが」

「まぁ、でも、あなたに功さんが頼み事をしてくることは、そうそうなさそうですけどね」

「言ったな、こら。おまえはいつも一言多いんだよ」

西根はすっかり元気を取り戻している。

ジーンは勢いよくベッドに押し倒されたかと思うと、問答無用の荒々しさで唇を奪われた。

「あ、……やっ……」

痛いほど舌を吸われる一方、せっかちな指にシャツのボタンを外され、胸板をはだけられる。

西根の指が、そこだけが目的だと言わんばかりの性急さでジーンの感じやすい乳首を摘み上げ、くにくにと容赦なく捏ねたり引っ張り上げたりして弄り回す。

「やめて……いやっ、あっ」

感じて喘ぐたび、口から飲み込みきれずにいた唾液が滴《したた》り落ちる。

「さっきまで倒れていたくせに……！」

「もうよくなった」

西根はジーンの抗議の声をキスで塞いで遮ると、凝って尖った乳首をツンツンと指の腹で突き、

「いやらしく勃たせておいて、嫌だなんてどの口が言うのかね」

と、わざとジーンを辱《はずかし》める。

「……っ」

ジーンは悔しさと羞恥に頬を火照らせた。

「もしかして、やめてほしいのか？」

「そんなこと、普通、この期に及んで聞きますか」

西根の意地悪にジーンはますます赤くなる。

「じゃあ、欲しいってねだれよ。そしたら、うんといいことをしてやる」

いいこと、と聞いた途端、ジーンの体は狂おしいほどに疼きだした。

ジーンはもともとセックスが好きだ。毎晩でも抱かれたいと思うほうである。たぶん、寂しがり屋なのだろう。西根とこうなる前は長い間人肌から遠ざかっていて、何度も自分を見失いかけた。幸い、行きずりの男と関係を持つようなまねだけはする気にはならなかったので、肉体的には汚れずにすんだが、精神的にはかなり切羽詰まった状態になりかけた。あそこでもし西根が告白してくれなければ、今頃どうなっていたことか、想像するのも恐ろしい。

「熊のくせに」

恥ずかしさをごまかすためにジーンは悪態をついてプイとそっぽを向いた。

「その熊が好きなんだろう？　俺のことを泣くほど心配してくれたおまえを、今度はいやってほど感じさせて泣かせてやるよ。それでおあいこだ」

「何がおあいこなんですか。意味がわかりません」

「いいんだよ、意味なんかなくて」

それこそが恋人同士の戯れ言だ。ジーンはじわっと顔を赤らめた。

「明日は浴衣を着て花火を見て、鰻を食べて精をつけ、それからまたおまえを抱いてやる」

「ばか……もう喋らないでくださいっ」

恥ずかしさに居たたまれなくなりそうで、ジーンは西根の頑丈な体を押しのけ、敷き込まれた状態から逃れようとした。

しかし、乳首を嚙まれて激しく吸引され、それどころではなくなった。

「ああっ」

顎を仰け反らせて身悶え、西根の逞しい二の腕に縋る。

西根はジーンのスラックスを下着ごと剝ぎ取ると、湿らせた指で後孔をまさぐりだした。

「相変わらず狭いな、おまえのここ」

「あ、あっ」

「毎晩していてもこれだから、引き絞られてすぐ達かされるはずだ」

ズズッと人差し指が根元まで挿《はい》り込んでくる。

弱みを的確に捉える指に内側から射精を促され、ジーンは嬌声を上げながら白濁を迸らせ、腰をビクビクと余韻にのたうたせた。

そこを間髪容《かんはつい》れずに西根に挑まれる。

足を大きく開かされ、太く硬い肉棒を突き立てられ、歓喜の混ざった悲鳴が口を衝いて出る。

「ジーン、いいか？」

よすぎてどうにかなりそうです。そう言いたかったが、喘ぐばかりで言葉にならない。

「あ、あっ。うう……っ。いい。いいっ」

明日打ち上げられるであろう一万二千発の花火がいっきにジーンの脳裡《のうり》で華開いた気分だった。

「ああぁっ、恭平さんっ」

ジーンはあられもなく叫んで西根にしがみつき、深々と挿り込んできた太い剛直を引き絞り、西根にもよさそうな声を出させた。

「ジーン……！」

切羽詰まった色香の滲む声で西根がジーンを呼ぶ。

最後は二人して悦楽の底に堕ちていた。

秋の夜長に猫再訪

夏の盛りに黒澤《くろさわ》家の庭に入り込んできていた猫と再び会ったのは、十一月も半ばに差しかかる頃だった。

週末の夜、遥《はるか》と共に社用車に乗って帰宅した佳人《よしと》は、常夜灯に照らし出されたアプローチを家屋に向かって進む途中、足元にドスンとぶつかって走り過ぎていった柔らかい物体に驚き、「わっ」と声を立てた。

先を歩いていた遥は玄関ポーチに上がったところで振り返り、どうした、と眇めた目で聞いてくる。

佳人にも何がなんだかわかっておらず、ガサッと茂みが音をさせたので、そちらに歩いていってみた。

葉陰から丸っとした毛むくじゃらの体が覗いている。

もしかして、という予感はあった。

「また来てくれたみたいですよ、遥さん」

佳人の声は少し弾んでいたかもしれない。

半日とはいえ懐いてくれて膝の上にも乗ってきた迷い猫を、佳人は心の片隅でずっと気にかけていた。おそらく野良猫だと思ったので、遥が「うちで飼うか」と言いだしたときには、すっかりその気になったのだ。

目つきは悪いし、模様の入り方がちょっと個性的で、いわゆる綺麗とか可愛いという感じではないのだが、人懐っこくて妙に愛嬌があって無遠慮なところさえ憎めず、しばらく一緒にいただけで佳人は好きになった。

そんなふうだったので、朝方姿が見当たらなくなっていることに気がついたときには、心底がっかりした。

あれから三ヶ月以上経ち、その間に一度も姿を現すことがなかったから、これはもう諦めるべきなんだろうと思い始めていた。

「ああ、あのときの猫か」

遥もすぐに察して、わざとのようにぶっきらぼうに言う。いかにもどうでもよさそうな口調だが、猫の再訪を迷惑がっていないことはしっかり表れていた。

あのとき猫に餌を振る舞ったのはほかでもない遥だ。

猫が佳人の膝で丸くなると、遥はどうやらやきもちを焼いたらしく、その晩ベッドで熱の籠った行為に及んできた。そして翌朝、猫にもたまにならおまえの膝を貸してやっていい、と言ったのが面映ゆくも嬉しかった。遥も迷い猫を結構気に入っていたのだ。

茂みの中でくるりと反転して顔を覗かせた猫は間違いなくあのときの猫だった。

「ご無沙汰だったね」

腰を屈めて話しかけると、猫はのそのそと茂みから出てきた。この鈍そうな動きと丸っとした体つきに味があり、笑いを誘う。野良猫にしては太めなのも、行く先々でちやほやされているからかもしれない。

物怖じしない猫は佳人の足に身をすり寄せ、ミャアと小さく鳴いた。

抱け、とねだられた気がして、よいしょと重たい体を両腕でしっかりと抱き上げる。これはきっと五キロ近いな、とびっくりした。

「太りすぎじゃない？」

思わず猫を見下ろして口に出してしまう。

猫はどこ吹く風でそっぽを向いている。

全然聞いていないふうなところがまた微笑みを誘い、今度は佳人が遥にムッとした面持ちをさせてしまった。

こういう遥のちょっと大人げない感情の見せ方も、佳人は好きだ。深く想われているのがひしひしと伝わってきて、照れくささを覚えるのと同時に胸がじゅんと熱くなる。

「うちに入れてもいいですか？」

「もう入れる気満々じゃないか」

ぶすっとしたまま遥は言い返し、玄関の鍵を開けてからりと引き戸を横に滑らせた。

二人の住む家は常に整然と、居心地よく調えられている。通いの家政婦さんが二人を出迎えるように揃えてくれているスリッパに足を入れると、帰ってきたなと毎日ほっと一息つける。

猫は上がり框《かまち》で佳人の腕を擦り抜け、一足先に勝手知ったるといった堂々とした足取りで、右手の応接室に入っていく。そのずっと先に、主庭に向かって張り出した月見台があることをちゃんとわかっているようだ。

佳人はいったん自室に上がって普段着に着替えてくると、家政婦さんが作り置きしていったおかずを温め直し、ご飯をよそってダイニングテーブルに用意した。

すぐに遥も二階から下りてきて、お茶を淹れている佳人に「あいつは？」と聞く。

「月見台がお気に入りみたいで、あっちの方に行きました」

「図々しい」

あそこは俺のお気に入りだ、と遥の仏頂面に書いてある気がして、佳人はまたもや口元が緩むのを抑えきれなかった。

いちいち猫と張り合おうとする遥が可愛い。本人の前では口が裂けても言えないが、可愛くて抱き締めたくなって困った。

迷い猫の厚かましさにぶつぶつ文句を垂れながらも、遥はまんざらでもなさそうな手際のよさで猫用のご飯を作り、皿を手に月見台に向かった。

皿を置いてくるだけにしてはちょっと時間がかかりすぎるな、と思って様子を見に行くと、遥は月見台で猫と並んで月を見ていた。

すっと背筋の伸びた遥の美しい立ち姿と、ぼてっとした猫の後ろ姿がそれはもう仲睦まじく感じられ、佳人はつい言わずにはいられなくなった。

「妬《や》きますよ、おれ」

遥が体ごと向きを変えて佳人を見る。

精悍な美貌にフッと揶揄するような笑みが浮かぶ。艶っぽくて、佳人は体の芯がジィンと痺れ、脳髄がクラリとした。

「どっちに？」

今夜の遥はいつにも増して意地悪だ。

佳人は気恥ずかしさに俯いて、

「わかっているくせに……」

と小声で拗ねた。我ながら、遥に対してよくここまで感情を解放し、甘えられるようになったものだと驚く。

きっと、再訪を待っていた猫と、少し欠けた月のさやかな光が、佳人を素直に、大胆にするのだ。

佳人はすぐさま気を取り直し、顔を上げて遥と目を合わせた。

「食事、こっちに運びましょうか？」

「いや、いい。さっさと食べて、ここで晩酌する。今夜は客もいるしな」

遥につられて佳人も猫に視線を移した。

妬けるほど遥と見事なツーショットを決めていた猫は、我関せずといった態度で、夢中になって皿に顔を突っ込んでいる。ガツガツした食べ方を見ていると、こちらまで食欲が湧いてきた。

「オスらしい気持ちのいい食べっぷりで、ご飯の出し甲斐がありますね」

ダイニングに戻る途中言った佳人に、遥は呆れたような一瞥を寄越した。

「あれはメスだ」

えっ、と佳人は二の句が継げなくなる。

抱き上げまでしたのに気づかなかった。長毛種でふさふさだったので、てっきり隠れて見えないだけだと思っていた。もっとも、オスだと思い込んだ原因は、あのでんとした貫禄のある面構えのせいだ。

「あとであいつに謝っておけ」

そうすればこれからもちょくちょく遊びに来てくれるかもしれないぞ。

遥の言葉どおり、この愛嬌たっぷりの野良猫は、ときどき気まぐれを起こしたように黒澤邸に遊びに来た。そして、そのたびに月見台で二人と一緒にまったりと寛ぐのだった。

恋人たちの
秋夜

SHUNKASHUTO
JONETSU TO MATENRO

1

歌舞伎座《かぶきざ》の正面玄関前には、黒山の人集《ひとだか》りができていた。昼夜の演目の主要登場人物による名場面が肉筆で描かれた絵看板は、『南総里見八犬伝《なんそうさとみはっけんでん》』『与話情浮名横櫛《よわなさけうきなのよこぐし》』『蜘蛛絲梓弦《くものいとあずさのゆみはり》』の三枚が昼の部として掲げられている。

俺が茅島《かやしま》氏を歌舞伎に誘ったのは、十月に入ってすぐのことだ。

「久しぶりに銀座《ぎんざ》で歌舞伎を観ないか」

そう言うと、茅島氏は一瞬目を瞠《みは》り、それからすぐに澄んだ瞳を輝かせて「ああ」と短く答えた。

「来週の水曜日、昼の部のチケットを取った」

以前は、茅島氏の予定はそのつど本人か執事の波多野《はたの》氏に聞かなければわからなかったが、いつの頃からか茅島氏は俺にも予定が決まり次第前もって知らせるようになった。

茅島氏はこういう面ではおそろしく記憶力がよく、自分の予定はすべて頭に入れている。新しい予定が入ると俺にも口頭で教えてくれるのだが、さすがに俺はそのすべてを覚えていられる自信がなく、後からスケジュール帳に書き込んでいる。

おかげでチケットを取るときいちいち茅島氏の予定を聞かずにすんだ。

茅島氏との歌舞伎鑑賞には、特別な思い入れがある。

初めて一緒に過ごしたクリスマス、それは俺の誕生日でもあったのだが、茅島氏からそのとき受け取った贈りものが、歌舞伎公演のチケットだった。さらにはヘリコプターでの遊覧飛行。誕生日など意識していなかった俺はとても驚いた。そして、とても嬉しかった。

当時の俺は傲岸《ごうがん》で、愛されているのを笠に着て茅島氏を振り回し、悩ませてばかりいた。恋人同士として最初のクリスマスを迎えたときには、俺もそれまでの態度をあらため、己の気持ちに素直になる決意をしていたが、今度は、どうすれば茅島氏の気持ちに報いられるだろうかと考えあぐねていた。クリスマスのお祝いに何か贈ろうと思っても、何を選べばいいのかさっぱり考えつけず、困った。なにしろ茅島氏は、一生かけても使い切れないほどの資産を有する富豪だ。お金で手に入るもので買えないものはほぼなく、欲しいものはたいてい持っている。そういう相手に何を贈ればいいのか。今にして思えば、俺も相当気負っていたのだ。

結局、俺は茅島氏に指輪を贈った。そんなに高価なものではなかったが、気持ちだけは真実だったし、これからずっと茅島氏を大事にするという俺の決意を込めた誓いの品でもあった。それを受け取ったときの茅島氏の顔――俺は今でもはっきりと頭に浮かべられる。きっと一生忘れない。

そして、俺の指輪に対して、茅島氏が用意していた贈り物が形に残るものではなく、二人で作る思い出だったと知ったとき、俺が受けた衝撃の強さ。それこそ忘れようにも忘れられない。胸が震えるほど感情を揺さぶられた。この人には敵《かな》わない、と思った。

大切なのは物自体ではなく、どんな気持ちでそれを選んだか、心の持ちように尽きるのだ。

十月大歌舞伎に茅島氏を誘おうと思ったのは、先々月茅島氏がラジオから流れる古い歌謡曲を聴いて、『切《き》られ与三《よさ》』だ、と呟くのを耳にしたからだ。その少し前に俺はたまたま歌舞伎興行のホームページを見ていて、十月の演目に『与話情浮名横櫛』があったのを覚えていた。茅島氏も興味があるようなので、じゃあ久々に行ってみるか、という気になったのだ。

茅島氏は喜怒哀楽を表情にも態度にもほとんど表さないが、俺には些末な目の動きや、指の使い方などから気持ちを窺い知ることができる。

隣県の丘陵地帯に広大な敷地面積を有して建てられた茅島邸を、お抱え運転手が運転する車に乗って出たときから、茅島氏が上機嫌でいることがわかり、嬉しかった。

俺の幸せと安寧は、茅島氏が退屈せずにいてくれることだ。欺瞞《ぎまん》に聞こえるかもしれないので人前では言わないが、それさえ叶えば他に望むことはない。俺もまた、茅島氏と一緒にいることですこぶる幸せなのだ。

上質のウールで仕立てたスーツを着こなした茅島氏をエスコートして劇場内に入る。筋書きを一冊求め、まだ少し早かったが席に着く。

席は十列目の下手寄りという、まずまずの位置だった。花道も舞台も観やすい。

お客の七割は女性客で、和装している人もちらほら見受けられる。年齢層はやはり高めのようだ。三十代以上と思《おぼ》しき客が多い。

外国人の姿も結構あった。

茅島氏は席に着いてもきょろきょろすることなく、静かに筋書きに目を通していたが、俺が「ほう」と思わず感嘆の声を洩らすと、何事かと気になったらしく、顔を上げて俺の視線の先を追う。

俺がつい見惚れたのは、今し方席に座った外国人カップルだった。長身で均整の取れた見栄えのする体軀の黒髪の男性が、淡い栗色の髪を長めに伸ばした細身の女性を守るように通路を歩いてきて、椅子に座らせるときには手を取っていた。

彼らの席はセンターブロック七列目の通路側二席で、俺たちのいる席のほんの目と鼻の先だった。何気なく首を回して背後を見たとき、偶然彼らが歩いてくるのが目に入り、あまりにも印象的な二人連れだったので視線を逸《そ》らすことができなかった。

男のほうはおそらく中東系だろう。きりりと引き締まった彫りの深い顔立ちをしており、涼やかな目元に理知的な印象がある。優しく温かみを感じさせる人柄が全身から滲《にじ》み出ているようで、全然知らない人なのに好感が持てた。一緒にいる女性に対する気の遣い方が、当てられそうなほど愛情深く細やかで、まさに理想のカップルという感じがする。

その女性がまたとにかく美しい。どこの国の人とすぐには浮かんでこないのだが、白い肌は陶器の人形のように滑らかで艶があり、長い睫毛に縁《ふち》取《ど》られた瞳は金茶色だった。女性にしては割合背が高く、相手の男性との釣り合いが絶妙に取れている。ほっそりとした体型にフェミニンなデザインのパンツスーツがとても似合っていて、一挙手一投足《いっきょしゅいっとうそく》に清楚さと気品があった。

映画でも観ているような気になる、完璧な美男美女カップルだ。

「ああ……なるほど」

茅島氏はいつもどおり淡々とした調子で納得したように言う。

「言っておくが、彼女に見惚れていたわけじゃないぞ」

変に誤解されては面倒だと気を回し、べつにおかしな気持ちになったわけではないと、聞かれもしないのに下手な言い訳をした。ときどき茅島氏は、俺には想像もつかない理由で不機嫌になったり不安に駆られたりすることがあるので、誤解されそうな要素は先に潰しておくに限るのだ。

だが、茅島氏は訝《いぶか》しげな眼差しで俺をちらと見ただけで、俺とは全然違うことを考えていたようだった。

　ひょっとして、あの二人と面識があるのかもしれないと気がつく。

　茅島氏はいわゆる上流社会に通じた正真正銘の紳士なので、日本国内にとどまらず、世界中のセレブと顔を合わせる機会があるらしい。本人は出不精だが、ときの総理大臣もわざわざ茅島邸まで年始の挨拶《あいさつ》に訪れることがあるというくらいだから、誰と知り合いでも驚くに値しない。一介の庭師でしかない俺とは、そもそも住む世界の違う人なのだ。

　知り合いなら挨拶してきたほうがいいんじゃないか、と茅島氏に勧めようと口を開きかけたとき、開演五分前を知らせるブザーが鳴り響いた。

　斜め前に座ったカップルの横に、秘書のような佇まいをした青年が通路に腰を屈めて侍《はべ》っており、筋書きと英語の音声ガイダンスを差し出し、恭《うやうや》しい口調で説明しているらしき声が微《かす》かに聞こえてきた。やはりアラビア語のようだ。あいにく俺はさっぱりだが、アラビア語だということだけは言葉の響きからかろうじてわかった。

　カップルに説明を終えた青年は、他の客の邪魔にならないよう、足早に後方に引き返していく。青年の席は二等の最前列で、サッと着席するのを見届けた。

　俺は彼らが気になってたまらなくなっていた。普段はそれほど他人に興味を覚えるほうではないのだが、彼らはあまりにも特別すぎた。

　二等の最前列は、意外と、後方や端の一等席より見やすい良席だと思う。幅広の通路を隔てるため、視界を他の客の後頭部などで遮られることがない。知っている人は狙って取る席だ。

　俺が秘書っぽいと感じた青年は日本人のようだった。二人が日本に滞在している間、観光ガイドや通訳などを兼ねて世話をしているのだろう。目立ちすぎない色味だが、一目で質のよさがわかるスーツといい、周囲への目の配り方といい、そつのなさが窺える。こうした仕事に慣れているようだ。

いったい、どこの誰なのか、と想像を巡らせているうちに、柝《き》が打たれ、幕が開いた。

曲亭馬琴《きょくていばきん》の名作『南総里見八犬伝』が始まる。

俺は傍《かたわ》らに座る茅島氏をそっと見た。

すっと背筋の伸びた美しい姿勢を保ち、微動《びどう》だにせず舞台に顔を向けている。

茅島氏を見るたびに俺自身も心が洗われるような清々しさを覚え、俗っぽくなりがちな己に恥じ入る。昔はこのあまりにも泰然《たいぜん》とした、感情のなさそうな態度が理解できず、苛立ち、わざと気持ちを乱させるような意地悪なまねを山ほどしたが、今はただ感心し、敵わないと兜《かぶと》を脱ぐばかりだ。深く知れば知るほど、茅島氏は情緒が豊かで、人とは一風変わったものの見方ができるのだということにちょくちょく気づかされ、新たな一面を発見しては惚れ直している。

茅島氏は惜しみなく俺に「好きだ」と言うが、本来なら俺のほうがその倍も三倍も茅島氏に「好きだ」と言わなくてはいけない。しかし、俺は好きな人に対するときほど見栄や意地を張ってしまって素直になれない性分なので、茅島氏のようには言葉にしてなかなか伝えられない。こうして茅島氏を誘って出掛けるのは、せめて態度でだけは愛していることを伝えたいと思うからだ。きっと茅島氏にも俺の気持ちは通じている気がする。

互いを八犬士《はっけんし》と知らない犬塚信乃《いぬづかしの》と犬飼現八《いぬかいげんぱち》が芳流閣《ほうりゅうかく》の大屋根で死闘を繰り広げる場のあと、行方の知れなかった名刀村雨丸《むらさめまる》が犬山道節《いぬやまどうせつ》の手に渡り、それに引き寄せられるかのように姿を現した八犬士たちが、暗がりの中で右往左往するだんまりを見せる円塚山《まるつかやま》の場で舞台は幕引きとなった。

休憩時間の表示が出る。

茅島氏はすっくと席を立つ。

斜め前方の席にいたアラブの紳士も立ち上がっており、隣に座った女性に何事か話しかけていた。女性も席を立つ。紳士はすかさず女性の手を取った。流れるような動きだ。日頃からそうすることが当たり前になっているのだろう。

「来ないのか」

茅島氏に声をかけられ、俺も席を立つ。一緒に行くのは遠慮するつもりでいたのだが、茅島氏の目が、そんな気遣いは必要ないとはっきり告げていた。

たまたま俺たちの席も通路側の二席だったので、茅島氏は他の客の迷惑にならないよう配慮しながら二人がこちらに来るのを待って声をかけるつもりらしかった。人の流れに逆らって向こうに行っても、通路を塞ぐ形で立ち話することになりかねず、こんな場合どうするのが最もスマートか考えた上での行動のようだ。

二人はすぐに茅島氏の目の前にやって来た。

「お久しぶりです、殿下」

茅島氏が見惚れるほど美しいお辞儀をして、アラブの紳士に流暢《りゅうちょう》な英語で声をかける。俺は茅島氏がお辞儀をするところを初めて見た。会釈程度であれば何度か見た気がするが、たぶん、お辞儀はなかったと思う。

「おお」

アラブの紳士も茅島氏を一目見た途端、相好《そうごう》を崩した。本当に嬉しそうにぱあっと表情を明るくする。

「奇遇ですね。まさか、こちらであなたにお目にかかれるとは」

アラブの紳士はそう言って、傍らに立つ俺にもにっこり微笑みかけてきた。

「これから喫茶室でお茶でも飲もうとしていたところです。よかったら一緒にいかがですか」

茅島氏が俺を振り返り、意向を確かめる眼差しを向けてくる。

俺が頷くと、茅島氏はアラブの紳士に「ぜひ」と了承の意を伝えた。

そのまま四人でロビーに出て、一階にある喫茶室に席を取る。

近くで見れば見るほどアラブの紳士とその連れの女性は美しかった。何もつけていなかったとしても芳《かぐわ》しい香りがふわりと漂ってきそうな、﨟長《ろうた》けた清廉な美貌だ。性格も控え目で、少しも己を誇示するところがなく、こちらが恐縮するほど腰が低かった。

先ほど茅島氏がアラブの紳士を殿下と呼んだので、どこかの国の王族なのだろうと察してはいたが、あらためて自己紹介をし合ったところ、アラブの紳士の名は、イズディハール・ビン・ハマド・アル・ハスィーブだとわかった。トルコの南方に位置するシャティーラという国の王子だと言う。

「これは私の伴侶です。公式名はエリスと言いますが、私は通称のほうで秋成《あきなり》と呼んでおります」

「秋成……さん、とおっしゃいますと、もともとは日本の方ですか？」

それ以上に俺は王子の伴侶の名前が日本人的にはどう考えても男性名であることが意外だったが、いろいろと事情がありそうだったのであまり立ち入ってはいけないと遠慮し、驚いた素振りも見せなかった。男同士で付き合っているのはこちらも同じだ。さすがに今のままで結婚までは考えていないし、茅島氏ともそういう話をしたことはなかったが、彼らはきちんとしたのだろう。

俺の質問には、秋成が自分で答えた。

「父が日本人でした。母は東欧のとある国出身だったのですが、二人とも私が小学生のときに亡くなりまして」

秋成のほうは初対面の俺と茅島氏の前で幾分緊張しているようだった。それでも声音や受け答えはしっかりしている。ときどき、これは話していいことですか、とイズディハールの顔を見て問うような目をするのが、なんともけなげで初々《ういうい》しかった。今年二十六とのことで、茅島氏よりさらに年下になる。

イズディハールも秋成と顔を合わせるたびに幸せそのものといった表情になる。まだ結婚して一年にならないと聞き、さもありなんと納得する。

「しかし、さすがは茅島氏のご友人だ。私がさらっと秋成を紹介しても、顔色一つ変えない」

イズディハールが感心したように俺と茅島氏を交互に見て言う。

「信用していただいてかまいません。保証します」

茅島氏が俺のことを請け合う発言をする。これには胸が熱くなった。茅島氏を裏切るまねは絶対にしないと、あらためて誓いを立てる。

「秋成は、自国では女性ということになっています。それも嘘ではありません」

ああ、と俺はイズディハールの言わんとするところを察し、頷いた。だから結婚という明確な形を取ったのだろう。秋成のどこか人間離れした美しさがちょっと腑《ふ》に落ちもした。奇跡の結晶のような麗《うるわ》しいカップルだ。

「お知り合いになれて光栄です」

「我々もこうしてお二方とお話しできて嬉しい。なにより、茅島氏にあなたのような方がついておられることにも安心しました」

ブーッ、と次の幕が開く五分前を知らせるブザーが鳴る。まだまだ話し足りない心地だったが、もう席に着かなくてはいけなかった。

「次の幕間は、我々は地下の食堂で食事をすることになっているのでお目にかかれないのですが、終演後お時間があるようでしたら、近くで一杯やりませんか。せっかく日本に来ているので、滞在中は禁酒もお休みです」

イズディハールは茶目っ気たっぷりに言う。

そのとき、アラビア語が堪能そうだった日本人の青年が「失礼いたします」と会釈してイズディハールに近づいてきた。スッと腰を落とし、礼を尽くす。

「二幕が始まりますので、どうぞお席にお戻りください」

「ああ。すまない。すぐに行く」

青年は伝票入れに差してあったレシートを取ると、レジへと向かった。

「あ、すみません。我々の分まで……」

「誘ったのはこちらですから」

イズディハールは王子殿下とは思えないほど気さくで、非常に接しやすい好人物だった。話すと本当に屈託がなくて感じがいいのだが、そこにいるだけで存在感があり、高貴さを肌で感じて身が引き締まる思いがする。茅島氏にもそれに近いものを感じはするので、俺などはまだ少しは免疫がついているほうかもしれない。

イズディハールは先に立ち上がると、秋成のために椅子を引き、手を取って喫茶室を出る。

「彼は千羽敦彦《ちばあつひこ》と言って、日本にいる間、通訳とガイドをお願いしている青年です」

ゆったりとした足取りで人気の少なくなったロビーを横切りつつ、先ほどの青年についても教えてくれた。

「母方の親戚にあたる知り合いから以前紹介されていた男で、すこぶる有能なので、今回は滞在中のすべての段取りを任せることにしたんですよ。差し支えなければ、ここを出たあとの店も彼に探してもらいます」

俺は茅島氏の顔を見て、茅島氏もそれで支障はないと賛成していることを確かめると、

「では、よろしくお願いいたします」

と頭を下げた。

「終演後、ロビーでお待ちしています」

イズディハールは俺と茅島氏が誘いに乗ったことを喜び、笑顔で秋成と共に席に戻っていった。茅島氏はともかく、俺のようなごく普通の一般人に対しても終始丁寧な言葉遣いを崩さず、人間性の高さを感じる。

「自国ではとても人気のある第一王子だ」

茅島氏が珍しくイズディハールについて知っていることを言い添える。

「ならば未来の国王か」

「違う。双子の弟に王位継承権を譲《ゆず》った。異教徒と結婚するために、降りたそうだ」

茅島氏は相変わらずゆっくりと喋《しゃべ》る。俺ももうすっかりこのテンポに慣れた。口数自体は付き合い

だした頃に比べると格段に増えている。ぶっきらぼうさも昔ほどひどくはない気がする。

「あんたは、秋成さんのこと、知っていたのか？」

「知らなかった。結婚したとは聞いていたが、会ったのは今日が初めてだ」

「綺麗な人だな」

「ああ」

茅島氏は美しいものが大好きなので、もっと反応があるかと思ったが、予想外に冷静だった。

「どうした？　ああいう美人はあんたの好みじゃないのか。それとも、あれだけ旦那さんに愛されているところを見せられたら、綺麗だと思って見つめるのも悪い気になるか」

「そうかもしれない」

茅島氏は曖昧《あいまい》に答える。

「おまえの横顔ばかり見ていたから、よくわからなかった」

「……っ」

またしても、茅島氏にやられた気分だった。

茅島氏は言うだけ言って、すぐそっけなく取り澄ました表情に戻り、正面を向いている。

「狡《ずる》いぞ」

俺が押し殺した声で茅島氏に一言返したのと同時に幕が開き、二つめの演目が始まった。茅島氏を今日ここに誘うきっかけになった『与話情浮名横櫛』、通称『切られ与三』、もしくは『お富《とみ》与《よ》三郎《さぶろう》』だ。今回は木更津《きさらづ》の浜見物《はまけんぶつ》での見染《みそめ》の場と、三年後の再会を描いた源氏店《げんじだな》の場が上演される。当代きっての名女形と、人気の若手色男役者が演じるとあって、観客の期待も大きいようだ。

茅島氏もじっと舞台を観ている。花道の出のときには首を捻《ひね》って観る。

ときどき口元が綻んだり、睫毛が揺れるのを見るたび、舞台を楽しんでいるのが察せられ、俺まで嬉しくなる。

二幕目が終わったら、さっき茅島氏が俺にくれた言葉を、今度はそっくり茅島氏に返してやろう。

舞台よりも茅島氏を見ている時間のほうが長くなりそうな予感がして、俺はそんなことを思っていた。

＊

二幕終了後の幕間に、秋成はイズディハールと共に、地下の食堂で用意してもらった幕の内弁当を食べた。

こうした手配もすべて千羽敦彦がしてくれた。

千羽は痒いところに手が届くツアーコンダクターぶりを発揮し、ときに秘書的な役割、ときに通訳、ときにガイドと、昨日から縦横無尽《じゅうおうむじん》の活躍ぶりだ。性格は少々きつめのようだが、イズディハールの前では常に礼儀正しく、敬意を表した態度で、文句のつけどころがない。アラビア語を含む数ヶ国語が話せて、東京都のツアーガイド資格を有し、以前はイズディハールの従兄《いとこ》の、アラブの大富豪の秘書だったという。その縁で、昨日と今日の二日間、秋成たちと行動を共にしてもらっている。

イズディハールは千羽にも自分たちと同じテーブルに着いて食事をするよう勧めたが、千羽は「とんでもありません」と固辞し、わざわざ隣のテーブルに一人で着いた。秋成たちに遠慮したらしい。

イズディハールは幕の内弁当を十分で綺麗に食べてしまうと、秋成にはゆっくり食べるように言い、隣のテーブルにいる千羽とアラビア語で遣《や》り取りしだした。

「さっき頼んでおいたバーの手配はつきそうか」

「お酒を提供する店ということでよろしければ、ホテルのラウンジなどが雰囲気もよくてお勧めです。昼の部が跳ねるのが三時半ですので、いわゆるバーとなりますと、時間的にも少々微妙です」

「なるほど。ならばきみの言うとおり、ホテルのラウンジにしよう」

イズディハールも千羽を信頼しているようで、あっさりと同意する。

「今回は急な依頼だったにもかかわらず、仕事を休んでまで我々に付き合ってくれて感謝している。ありがとう」

「いえ。とんでもありません。殿下にそのようなお言葉をいただくとは畏《おそ》れ多いです」

イズディハールに頭を下げられると、さすがに千羽も恐縮するようだ。

「職場の上司は融通の利く人情家な上に、用事があって休むことに関して文句を言うような狭量《きょうりょう》な人物ではありませんので、ご心配には及びません。イスマーイール氏には、以前上司自身が世話になったことがあるので、なおさらでしょう」

「ああ、それがきっかけで今の仕事に就いたと言っていたな。しかし、私としては正直驚いた。イスマーイールがきみを手放すとはね」

「仕方がありません」

千羽の表情が僅かに曇る。

しかし、すぐに気を取り直したらしく、いつもの澄ました顔に戻ると、感情を抑えた声でついでのようにイズディハールに聞く。

「彼はいつ結婚式を挙げるのでしょう。殿下はご存知でいらっしゃいますか」

「来春と言っていたから、おそらく三月頃ではないかと思うが。明確な日時が知りたいのなら調べてやろうか？」

「いえ。いえ、結構です。とんでもありません。殿下のお手を煩《わずら》わせるなど、不敬だと叱責されます」

千羽は慌てて辞退する。平静を装っていても、実際は胸中複雑らしく、突かれると平常心を保ちづらくなるようだ。イスマーイールとの関係が、単なる元雇用主と秘書というだけではなかったことが窺える。

二人がそうした会話をしている間にようやく弁当を食べ終えた秋成は、湯飲みを手に取り、お茶で喉を潤した。

「それでは、私は先に失礼いたします。あと四、五分でまたあのブザーが鳴りますので、お席のほうへお願いいたします」

「わかった」

千羽がテーブルを離れるのを見送ったイズディハールは、秋成にふわりと笑顔を向けてきた。

「なんでも俺が勝手に決めてしまって悪いな。きみも意見があれば遠慮せずに言ってくれ」

「そのようなお気遣いは無用です。私もとても楽しませていただいております」

「一週間はあっという間だったな。箱根《はこね》の温泉も、トレッキングも、都内観光も、全部いい思い出になった。天気にも恵まれたしな。きっと、きみの日頃の行いがいいせいだ」

「そんなことは」

秋成ははにかんで目を伏せる。

イズディハールはいつでも秋成を褒めそやし、甘やかす。大きな翼で包み込み、風にも晒さぬように大事にしてくれる。秋成はイズディハールの大きすぎる愛情にきちんと応《こた》えられているかどうか自信がなく、ありがたすぎて困るくらいだ。

「茅島澄人《すみと》は変わった男だろう？　だが、あれほど興味深い男もなかなかいない。ぼうっとして何も考えていないようでいて、突然ポツリと真理を抉《えぐ》り出す、実は怖い男だ。俺は大好きだ」

「はい。なんとなく、わかります。ご一緒の方も、一を聞いて十を知るような聡明さを感じました」

「頭の切れそうな男だ。しかも庭師とは素晴らしい。さすが茅島氏は見る目がある。趣味もいい」

イズディハールは茅島氏と連れの男性を手放しで褒める。連れの男性を相当気に入ったようだ。信頼に値すると直感的に悟ったからこそ、秋成の秘密も隠さず話したのだろう。秋成としては、男であり女である自分自身を偽らず、自然体で接することができて助かった。秋成の秘密を知っても二人がまったく動じなかったことが嬉しい。敬愛できる人たちだと思う。

「茅島氏と言えば知る人ぞ知る高貴な血筋の男だが、昔はまったく社交に不熱心だった。海外に出ることもなかったのだが、ここ一、二年はそれが改善されて、俺も去年初めてパリで顔を合わせた。いったいどんな心境の変化があったのかともっぱらの噂だったが、ようやく事情が飲み込めた。あの連れの男の影響なのだろう。初対面のときはもっと取っつきにくかったが、今日は向こうから声をかけてくれたほど付き合いやすくなっている。正直驚いた」

「ずいぶん変わられたのですね」

「いいことだと思う」

イズディハールは秋成の顔をじっと見つめ、秋成に対しても同様に感じていることを匂わせる。

「殻《から》に閉じこもっているのはもったいない。外の世界には辛いことや苦しいことも多いが、素晴らしいこともあるし、理解者もいる」

「はい。私もそう思います」

イズディハールの視線の熱っぽさに面映ゆくなりながら、秋成もイズディハールの黒い瞳を見つめ返した。

「行こうか」

イズディハールが秋成の手を取って立ち上がる。

席に戻って、最後の演目を鑑賞した。

『蜘蛛絲梓弦』は変化舞踊《へんげぶよう》で、大変楽しかった。女郎蜘蛛の精が様々な人に化けて源頼光《みなもとのよりみつ》を取り殺そうと計るのだが、ことごとく阻まれ、最後は退治されてしまうという舞踏劇だ。手から放たれる蜘蛛の糸が美しく圧巻で華やかだった。

終演後、約束通りロビーで茅島氏たちと落ち合った。

千羽が手配したタクシーが劇場前に二台待機しており、分乗して外資系の超高級ホテルに移動する。

ホテルのラウンジに予約が入れてあり、到着するとすぐに奥まった席に案内された。

茅島氏はエントランスの壁に掲げられている本日開催の予定表をしばらく微動だにせずに見ていて、連れ合いから「どうした？」と訝しがられていた。何か気になることでもあるのかと思ったが、茅島氏の返事は「べつに」の一言だった。やっぱりちょっと面白い方だと、秋成は失礼ながら口元を綻ばせてしまった。

ラウンジで各人好みの飲み物を飲みつつ話に興じていると、あっという間に二時間以上経っていた。

茅島氏の連れの男性が大変な話し上手で、庭師になろうと決意するに至ったきっかけや、英国式庭園に関する豊富な知識と深い造詣に触れられて興味深かった。秋成が、結婚する前は軍人だったと言うと、とても驚かれ、今度は聞き上手ぶりを発揮する。本当に頭のいい人だと感心した。

六時を過ぎてもまだ別れがたく、この後また場所を変えて食事でも、という空気になっていた。

「二階に行こう」

唐突に茅島氏が言い出した。

二階は確か、宴会などに使われるボールルームがある階だ。

そんなところになんの用事があるのかと、茅島氏以外の皆が首を傾げた。

茅島氏はかまわず、すっと優雅な所作で椅子を立ち、さっさとラウンジを出ていく。

「澄人さん！」

連れの男性が慌てて声をかけ、秋成たちに「すみません」と謝った。

「ついて行ってみよう」

イズディハールは完全に面白がっていた。

ラウンジの外で四人が出てくるまで待機していた千羽が、今度は何事ですかと言わんばかりの渋面で近づいてくる。茅島氏の意味不明な行動に迷惑しているようだ。

「きみも一緒に来たまえ」

イズディハールに言われ、仕方なさそうに千羽もついてくる。

茅島氏が向かったのは、『葵の間《あおいま》』というボールルームで、開催されているのは社交ダンスクラブの懇親会だった。すでに催しは始まっているようで、ボールルームの扉は閉められている。ホワイエには客の姿は見当たらなかった。

茅島氏は躊躇うことなく受付に歩み寄ると、そこにいた黒いスーツ姿の女性に何事か話しかけた。はじめは、遅れてきた客に普通に対応している感じで、女性の態度に特別なところはなかった。横にいた男性が女性に耳打ちされて、ボールルームに入っていく。

再び扉が開いて、明らかに上のほうの人間と思しき恰幅のいい中年の男性が、慌てふためいた様子で茅島氏の傍に駆け寄る。受付の女性はあっけにとられた顔をしていた。

「どうやら、茅島氏はここのお偉いさんと知り合いのようだな」

イズディハールの言葉通り、タキシードを着た恰幅のいい男性を連れた茅島氏が四人の許へ戻ってきて、

「入っていいそうだ」

と短く言う。

「これから競技会入賞者によるエキシビションダンスなども行われますので、よろしければご覧ください。その後はフリータイムになりまして、どなたでもご自由に踊っていただけます。社交ダンスを広く知っていただくための催しで、ダンスをされていないお客様もたくさんおいでですので、どうぞご遠慮なく」

男性は平身低頭し、社交ダンスクラブの懇親会に千羽を含む五人を招いてくれた。

「せっかくだ。拝見しよう」

イズディハールはすっかり乗り気になっている。

千羽はイズディハールの意向に従うのが仕事と割り切っているらしく、異は唱えない。茅島氏の連れ合いも、予定外の行動に慣れているのか、ふっと苦笑しただけだった。

広々としたボールルームには、ざっと見て三百人程度の人がいた。エキシビションダンスを披露すると思しき人々は燕尾服やダンス用のドレスを着用しているので一目でわかる。それ以外の客はタキシードだったり、スーツだったりと様々だ。

広間の中央はダンススペースとして空けてあり、二十人程度で構成された楽団がメヌエットを奏でている。まだ誰も踊ってはいなかった。

タキシード姿の男性に案内されて五人纏《まと》めて遅れて会場に入ってきた一行は目立ったようで、あちこちから視線を浴びた。

そんな中、二人連れの青年が千羽に声をかけに来た。

「千羽さん」

二人とも普通のスーツを着ており、千羽と同年輩に見える。いずれ劣らぬ知的で清涼感のある美貌の持ち主たちだった。

「えっ。なぜあなた方がここにいるんです？」

千羽は本気で驚いていた。

「おやおや。また知り合いの輪が広がりそうだな」

イズディハールが愉しげに言う。こういう状況が嫌いではないらしい。

秋成も、多少は緊張するが、イズディハールと一緒のときは人と会うのもそう苦痛ではなかった。

あからさまに好奇の目で見られても、守ってもらっている気がして心強い。

しばらく二人と遣り取りしていた千羽が、ちらりとこちらを窺う。

すかさずイズディハールが千羽を手招いた。二人を紹介するよう手振りで示す。

千羽が二人を伴い、四人の許へやってきた。

茅島氏と連れの男性も新たな二人が気になっていたようだ。茅島氏はほとんど表情を変えないので何を考えているのか定かでないが、庭師の彼のほうはイズディハールと同様に、ここでまた思いがけず知り合いが増えることを歓迎しているようだった。

「はじめまして。執行貴史《しぎょうたかふみ》と申します。弁護士をしております」

「こんばんは。ご歓談中のところにお邪魔して申し訳ありません。久保佳人《くぼよしと》と申します。事業をしております」

二人は順に名乗った。

感じのいい、爽やかな人たちだ。澄んだ瞳に誠実さと思慮深さが表れている。

秋成は初対面の二人に好感を持っていた。

2

貴史が千羽から「来週の火曜日と水曜日の二日間、所用があって休みます」と言われたのは、週末の退社時だった。

貴史の事務所に千羽が勤めるようになってからそろそろ十一ヶ月が経とうとしているが、その間に千羽が休業日以外に休んだことはなく、珍しいと思った。休みを取るのは当然の権利だし、千羽は元より貴史の許可など求めておらず、単に休みますと告げただけだったので、いつもであれば「わかりました」と返事をすれば終わりだったのだが、つい好奇心が目に出てしまっていたようだ。

「中東の知り合いがご夫妻で日本にお見えになるので、都内の案内を頼まれたんですよ」

どういう風の吹き回しか、千羽は言葉を足して説明した。中東と聞いて、すぐにイスマーイールのことが頭を過《よぎ》る。いわゆる千羽の元カレで、自国の国王に再婚を勧められたのを機に別れた相手だ。たぶんまだ結婚自体はしていないはずだが、破談になったとも聞かないので、今秋か来春あたりには結婚するのだろう。千羽は今でもときどきふとした拍子に憂鬱《ゆううつ》そうな顔をして、心ここにあらずといった様相を示す。吹っ切れていないのだなと薄々感じていただけに、イスマーイール絡みの案件にかかわる気になったのは意外だった。千羽は気が強くて鼻持ちならないところのある男だが、大丈夫なのかと心配にもなった。

「殿下から直接ご連絡いただいたので、お断りするのも憚《はばか》られまして」

貴史の危ぶむ気持ちを察し、迷惑だとか心外だとでも思ったのか、千羽は突《つ》っ慳貪《けんどん》に言う。

どうやらイスマーイール氏と直接話したわけではなさそうだったが、それ以上に貴史は馴染みのない単語を聞いて耳を疑った。

「殿下？」

「ええ。某国の王子殿下と妃殿下です。お忍びとのことですので詳しくは言えません」

千羽は澄ました顔つきでさらりと続ける。王族とも交流があることは千羽の自負心を満たし、誇らしさを覚えるのだろう。イスマーイール氏自身が高貴な血筋の出だと聞いているので、今さらではあったが、確かにすごい話だと貴史は感心した。きっと千羽なら怖じけることなく見事に大役を果たすに違いない。

月曜は普通に出勤すると言い置いて千羽が帰ったあと、貴史も帰り支度を始めた。

週末なので自宅に仕事をいくつか持ち帰ろうと鞄《かばん》を開けて書類の詰め替えをしているうちに、ポケットに入れたままになっていた封筒に気がついた。

なんだっただろうかと訝しみつつ中身を確かめる。

社交ダンス愛好家の集まりで、年一回盛大に行われているという懇親会の招待券だった。先月クライアントから「よかったらどうぞ」と差し出されたのを鞄に仕舞ったまま、すっかり忘れていた。

日時を見れば次の水曜日だ。

佳人は興味があるだろうか。こうした場に貴史が誘える相手は他にいなかったので、ダメ元で佳人に電話をかけてみた。

『わぁ。面白そうじゃないですか』

なんにでも積極的な佳人の反応はよかった。自分で事業を始めてからは特にその傾向が強くなったようだ。貴史は、どんどん逞しくなっていく佳人を目の当たりにするたびに、自分も負けていられないと発憤《はっぷん》する。佳人といるといい意味で刺激を受けて、自分自身を高められる気がしてありがたい。得がたい友人だった。

「競技会に出て入賞しているような方々もいらっしゃるらしいです。その方たちによるエキシビションダンスが一番の見所だと言われました」

『ぜひ見たいです』

　佳人に率直に喜んでもらって、貴史も気持ちがよかった。こういうところも佳人の美点の一つだ。そんなに喜んでくれるのなら、次も、そのまた次も何かしてあげたくなる。佳人が事業を軌道に乗せ、成功させていくのを見るにつけ、皆がこんな気持ちで佳人を助け、協力したくなるのだろう、それもきっと成功の一因に違いないと感じていた。

　千羽は月曜日に二時間ほど残業し、二日分の仕事をできる限り前倒しで進めてくれていた。自口を開くと辛辣《しんらつ》で高飛車で、よけいな一言の多い男だが、仕事はすこぶる速いし、ミスがない。自意識過剰のきらいがあって鼻持ちならない自信家だと辟易《へきえき》するときもあるが、有能さについては疑う余地がなかった。なんのかんのと憎まれ口を叩きながら、千羽も案外貴史と貴史の事務所を気に入ってくれているらしい。

　夏に久々に電話で話した山岡物産《やまおかぶっさん》三代目社長からも、『彼、今の仕事が相当好きみたいだね』と言われ、じわじわと胸に来た。『ちょっと話しただけでできる男だとわかったから、うちの会社に来ないかと厚遇をちらつかせて誘ってみたんだが、けんもほろろに断られたよ』と悪びれもせずに言っていた。貴史には決して見せない千羽の心の内を垣間見られたようで嬉しかった。

　おかげで千羽のいない二日間も特に困ることなく仕事を進めることができ、水曜日は少し早めに事務所を閉めて、五時半に佳人とホテルのロビーで落ち合った。

　貴史の知人や友人には甲乙つけがたい美形が多いが、中でも佳人の凜《りん》とした佇まいと清廉な美貌は格別だ。貴史は会うたびに魅せられ、惹かれる。

今夜の佳人は体にぴったりと合ったスーツをノーネクタイで粋《いき》に着こなしており、ますます事業家然としてきたなと貴史を感嘆させた。

「そういう襟や前立てに縁取りのあるシャツも佳人さん似合いますよね。僕は年中似たり寄ったりの格好しかしないけど、佳人さんは最近ますます遊び心のある着こなしをするようになって、今日はどんな格好をしているかなと楽しみにしています」

「最近ちょっと若い人たちとの付き合いが増えたんですよね。その影響かな」

佳人はにっこり笑って貴史の褒め言葉を素直に受けとめる。昔ならこんな場合、恥ずかしそうにして「そんなことないですよ」と謙遜していた気がする。余裕が出てきたというのか、貫禄がついてきたというのか、これはさぞかし遥《はるか》は気を揉むのではないだろうか。もっとも、佳人は遥にべた惚れしていて、貴史になんでもあからさまに話して惚気《のろけ》るので、まさによけいな心配ではあった。

「おれも貴史さんのスーツ姿、端正ですごく好きですよ。禁欲的でゾクゾクする。隙あらば押し倒して脱がせたいなって。東原《ひがしはら》さんの気持ちがめちゃめちゃわかります」

「最近の佳人さんがそれを言うと、なんというか、洒落《しゃれ》にならない迫力と色気があってドギマギするからやめてください」

まんざら冗談でもなく言って、貴史は佳人と共に二階のボールルームへ向かった。

開宴は六時だったが、すでに大勢の人々が受付周辺に屯《たむろ》しており、広い会場内も賑わっていた。

「燕尾服の人がいますね。かっこいいなぁ」

「佳人さんも社交ダンス習ったらどうですか。きっと似合いますよ」

「いや、おれはそういうのはからきしです。茶道だけで手一杯だし。貴史さんこそ、どうなんです？」


佳人はいったんは貴史に聞いておきながら、貴史の返事も待たずに、「あ、でもやっぱりやめておいたほうがいいな」と言った端から取り消す。

「貴史さんが女性と踊っているところを東原さんが見たら、絶対機嫌を悪くしそう」

「そこまで狭量じゃないと思いますけど」

貴史は苦笑いする。

招待してくれたクライアントの男性が、会場の奥で司会進行役の男女と談笑しているのが目に留まり、貴史は佳人に断りを入れて挨拶に行った。恰幅のいい中老の紳士で、今日はタキシードを着用していた。

招待券の礼を言い、エキシビションの見所などを聞いて佳人の傍に戻る。

六時ちょうどに開宴の辞が述べられ、エキシビションが始まるまで歓談しながらブッフェ形式で食事をする流れだった。

「社交ダンスを習っている方は年齢層高めですね。ここに来ている人を見る限り、断然女性のほうが多いし」

「先ほど僕が挨拶した方も、リーダー不足だと嘆いておられましたよ。あ、男性の方をリーダーと言うそうです」

空いているテーブルを見つけて料理を取ってきた皿を置き、ワインを飲みつつ食事をしていると、出入り口付近で静かなざわめきが起きた。ほうっと感嘆の溜息があちこちで洩らされる。

「なんでしょう？」

佳人が興味深げに首を伸ばしてそちらを見る。

「行ってみます？」

貴史も気になったので、テーブルを離れて人集りのしているほうへ近づいた。

貴史の知り合いの男性が案内してきたらしい客人が数名いる。揃いも揃って存在感のある、只者でない感じのグループだったので、すぐ目についた。二人は明らかに外国人だ。

ぱっと見たとき全員男性かと思ったが、一人は女性のようだ。淡い栗色の髪を肩まで伸ばした、驚くほど美しい人で、見ようによっては男とも女とも取れる不思議な魅力と雰囲気を持っている。傍らに背の高い堂々とした体躯の紳士がいて、腕を組んでエスコートしているので、女性である可能性が高そうだ。

「あっ。ねぇ、貴史さん。あそこにいるのは千羽さんじゃないですか」

佳人に腕を突かれる。

ほとんど同時に貴史も、立派な体躯をした紳士の斜め後ろにいる千羽に気づき、「えっ」と声を発したところだった。

「間違いないですね」

千羽が一緒にいるということは、外国人二人は中東某国の王子殿下夫妻だろう。

そう耳打ちすると、佳人は目を丸くしながらも、神妙に頷いた。こういうとき冷静な反応をするのがいかにも佳人らしかった。

「あとの二人も普通の人ではなさそうですね」

「なさそうですね」

貴史も同意する。

とりあえず千羽に声をかけようということになった。

よもやこんな場所で千羽とばったり出会《でくわ》すとは、奇遇もいいところだ。

きっと千羽は嫌な顔をするだろうなと思いつつ近づいていく。

「千羽さん」

たまたまこちらに背中を向けていた千羽に、貴史がまず声をかけた。

声で誰かわかったのか、バッと勢いよく振り返った千羽は案の定驚愕していた。

「えっ。なぜあなた方がここにいるんです？」

貴史が招待券をもらったと話すと、千羽は次第に眉間の皺を緩ませた。それでも口を開くと辛辣で、
貴史は苦笑するしかない。

「今日は予定が狂いっぱなしですが、とどめにあなた方とここでご一緒するはめになるとはね」

「相変わらず微妙に失礼な物言いをされますね」

穏やかな微笑を浮かべたまま佳人が千羽に言う。見かけによらず佳人もたいがい気が強いほうなので、負けていない。

「あなたこそ、なんとなく棘《とげ》のある言い方をするじゃないですか。私に対してだけ」

貴史は慌てて二人の間に割って入った。

「佳人さん、我々はもう失礼しましょう。千羽さんはお仕事中ですから、邪魔になってはいけないですし」

千羽がチラリと殿下に視線を向ける。

すると、あちらも貴史たちと千羽の遣り取りを気にかけていたらしく、すぐにこちらへ来るよう手招きされた。

ふっ、と仕方なさそうに溜息を洩らし、千羽は貴史と佳人に「ご一緒にどうぞ」と言った。

佳人は物怖じする様子もなく千羽について行く。

貴史も気持ちを落ち着け、殿下たち四人と対面した。

＊

社交ダンスの競技会は、大会の模様がテレビで中継されているのを見たことがある程度で、佳人は全然詳しくないが、生で見られるのならぜひ見てみたかった。誘ってくれた貴史に感謝する。

ホテルの大広間の中央に設《もう》けられたダンススペースには専用の床が造られており、一方に楽団が陣取っていた。残りの三方には椅子が二列並べてあり、エキシビションダンスが始まる十分ほど前から慣れた客が席取りをし、あっという間に埋まっていた。椅子に座った人々の背後にも、ずらっと立ち見の列ができている。

佳人の横には、今日ここで初めて会った茅島澄人氏がいて、佳人は先ほどからこの独特の雰囲気とテンポと話し方の紳士とどう接すればいいのか、戸惑い気味だった。

中東某国の王子殿下と妃殿下に、隣県に住んでいるという無職のこの茅島氏、そして彼の連れである庭師の青年の四人と挨拶を交わしたあと、七人は適当にばらけた。せっかくこうして交流する機会ができたのだから、いつでも話ができる馴染みの相手とではなく、ここを出たら二度と会うこともなさそうな人たちと話しておこう、という雰囲気になったのだ。半分仕事で同行している千羽は、遠慮したのか、いつの間にか消えていた。おそらくどこかでイズディハールと秋成を見守っていて、何かあればすぐ駆けつけられるようにしているのだろう。

貴史はイズディハールと、庭師の彼は秋成と、それぞれ歓談している。

秋成の事情をさらっと聞いたときには、少なからず驚いたが、皆と同様に佳人も「秋成さん」と呼びかけ、自然に接するようにした。一国の妃殿下に対して気易すぎないかと最初は緊張したが、イズディハールも秋成もそのほうが気楽でいいと屈託がない。一枚の絵画のように麗しいカップルで、二人が目と目を合わせただけで見ているほうが照れくさくなるような仲睦まじさを感じさせられ、幸せオーラに当てられた。

佳人は人見知りはあまりしないほうなのだが、茅島氏とは何をどう話せばいいのか皆目《かいもく》見当がつかず、先ほどからぎくしゃくとしがちだった。

とにかく最初会話のテンポが摑めなくて、返事があるまでの間の長さに驚いた。無視されたかなと気を取り直して別の話題を口にしかけると、ぽつりと一言二言唐突に返されて諦めかけた話題が続くので、調子が狂いっぱなしだ。しかし、大変興味深い人物であることは否めず、たまたま茅島氏の相手を務めることになったのを不運とは思わなかった。

姿形から受ける印象は明治大正期の富裕な華族の御曹司といったところで、立ち居振る舞いの雅《みやび》やかさには、公家《くげ》の方々とはこんなふうだったのかと想像を掻き立てられる。立ち方から普通の人とは違う気がして、こうして並んでいると否応もなく意識してしまう。ただ背筋がピンと伸びているという姿勢の差だけではない、持って生まれた独自の雰囲気がそう感じさせるようだ。佳人にはまねのできない典雅《てんが》さが茅島氏には備わっている。

「茅島さんは、こうしたダンスはされるのですか」

「機会があれば」

茅島氏の返事は佳人には気が遠くなりそうなほどゆっくりしているが、はぐらかしたり無視されたりはしないことに気がついてからは、耐えられるようになってきた。だんだん慣れつつあって、なんとか話ができるまでになった感触がある。そうなってくると、この風変わりな御方を攻略する楽しみが失礼ながら湧いてきて、俄然《がぜん》楽しくなった。佳人は張り合いのあることが大好きで、燃える質らしい。最近自覚した。

「ワルツとかルンバとかいろいろあるようですが、何がお得意ですか」

「得手不得手はない」

茅島氏は当たり前のように言う。一通りそつなくこなすのだろう。どちらかといえば不器用そうに見えるので、あまり突っ込んで聞いてはいけないのかもしれない。佳人は気を回して、それ以上聞かなかったのだが、それからまたしばらく間を置いて、茅島氏のほうから言葉を足してきた。

「踊る機会が多いのはワルツだ」

「ワルツは素敵ですね」

競技を見ていても佳人はワルツが一番好きなので、感情の籠った相槌《あいづち》を打った。

茅島氏が、ちら、と佳人の顔を見る。

ちらとでも視線を向けられると、なんとも言いがたい畏れ多さを感じて身が引き締まる思いがするのだが、このときは何か言いたげな眼差しだったので、緊張するより先にドキッとした。

口数は少ないものの、茅島氏はときどき言葉の代わりに眼差しに感情を覗かせる。付き合いが長いらしい庭師の彼とは、目と目で会話しているとしか思えないときがあった。

あいにく佳人には茅島氏の眼差しの意味するところは読めなかったが、そのことを茅島氏に聞く前に会場が暗くなり、それまで奏でられていた静かな音楽がやんだ。色とりどりの照明がダンスフロアを照らし、司会進行役の男女がマイクを通してエキシビションダンスの始まりを告げる。

フロアを囲む人垣の中に、秋成と庭師の彼、イズディハール、貴史が固まっているのが見えた。ほぼ対面にいる。佳人と茅島氏以外の四人はいつの間にか合流していたらしい。向こうもこちらに気づいていて、目が合った貴史が軽く手を振ってきた。茅島氏はべつに気にした様子もなく、庭師の彼が佳人に会釈して、茅島氏をよろしくお願いしますと言うように微笑みかけてきた。佳人も軽く頭を下げて返した。

ダンスフロアに本日エキシビションダンスを披露してくれるペア六組が登場し、一組ずつ紹介されていく。

スタンダードナンバーを踊るペアが三組、ラテンナンバーを踊るペアが三組だ。衣装が全然違うので一目で区別がつく。

競技会で行われる種目を順に踊って見せてくれるとのことで、燕尾服とドレスのペア三組を残して、ラテン組はいったんフロアを退いた。

「ワルツからだ」

茅島氏が教えてくれる。

三組が間隔を開けて配置につき、構えを取った。

佳人もよく知る音楽が奏でられ、優雅な舞が始まった。

「競技用のワルツは各ペアそれぞれ振付が決まっているので即興であんなふうに踊るのは無理だが、このあとフロアが開放されて誰でも自由に踊れるようになったら、基本のステップとターンを三つか四つ覚えれば、踊れる」

佳人がワルツに関心を示したからか、茅島氏は先ほどまでと比べるとずいぶん饒舌だ。

「この音楽は、サティの『ジムノ・ペディ』をダンス用に演奏している」

「はい」

佳人はフロアを反時計回りに移動しながら踊る三組のペアをしっかりと目で追いつつ返事をする。

「カウントはワン、ツー、スリー」

確かにそのとおりだった。

「ボックスステップ、ジグザグ、チェックドナチュラルターン」

こういうときの説明は流れるようだった。

見て聞いただけではとても覚えられないが、佳人は茅島氏がこんなふうに熱っぽく語る姿に親近感を覚え、変わっているけれどいい人のようだとあらためて思った。

「あんなふうに複雑に振り付けられたダンスでは、何がどうなっているのか初心者にはわからないかもしれないが、さっき言った四つを組み合わせるだけでもれっきとしたワルツになる」

「ダンス、お好きみたいですね」

微笑ましくなって聞くと、茅島氏はじわっと項《うなじ》を薄桃色に染めた。表情は変えないのに、そこだけほんのり赤らめるのがいかにも茅島氏らしい。会話は辿々しくなりがちでも、しぐさや眼差しを注意深く見ていれば気持ちが伝わってくる。裏表のない素直な人に違いない、素敵だと思った。

ワルツのあとは、タンゴ、スローフォックストロット、クイックステップ、ヴェニーズワルツと続き、ラテンの三組と交替した。

ラテンは、チャチャチャ、サンバ、ルンバ、パソドブレ、ジャイブの五種目だ。

一つの種目が終わるたび、場内に拍手が鳴り響く。

最後に再び六ペア全員揃って拍手に応え、エキシビションダンスは終了した。

司会進行役から、ここからはご来場の皆様もお気軽にご参加ください、とアナウンスがあり、さっそく何組かの男女がフロアに出てきた。平服の客が多く、中には未経験者もいるようだ。本当に誰が参加してもよさそうだった。

楽団が演奏を再開する。大戦後に進駐軍が広めたことで流行ったジルバなど、競技ダンスにはない種目も踊れて、皆が気易く楽しめるダンスホールのような雰囲気になる。

茅島氏は微動だにせず踊る人々を見つめていた。

「佳人さん」

後ろから貴史に軽く肩を叩かれる。

振り向くと、庭師の彼もいた。エキシビションダンスが終わってすぐこちらに移動してきたらしい。

人垣はかなり崩れていた。ブッフェコーナーにデザートが追加されたらしく、ダンスフロアから離れた客も多かった。

「踊ってくるのか」

庭師の彼が佳人と茅島氏を交互に見て、茅島氏に聞く。含み笑いした顔を見ると、茅島氏がダンスをしたがっているのがわかるらしい。

「あとでおまえとも踊りたい」

「俺のことは気にするな」

庭師の彼は茅島氏に優しく言って、佳人に向き直る。

「男性同士はマナー違反と言われますが、めったにない機会だと思いますので、澄人さんのリードで踊ってこられたらいいですよ。澄人さんがリーダーなら、ここにいる人たちはたぶん誰も文句は言いません」

「そ、そう……ですか」

「そろそろワルツを演奏するだろう」

たじろぐ佳人にかまわず茅島氏が呟く。

「あんたがフロアに出たら、指揮者が気を利かせてワルツをやるさ」

庭師の彼はなんだかすごいことをさらっと言い、佳人に朗《ほが》らかに笑いかけてきた。

「澄人さんに任せれば大丈夫ですよ」

いいのだろうかと佳人は尻込みしかけたが、茅島氏があまりにも堂々としているので、この際、腹を括《くく》ることにした。

「佳人さん、がんばって」

貴史からもエールをもらい、いよいよ引けなくなった。

茅島氏と一緒にフロアに足を踏み入れる。

ザワッと周囲がざわめく。男同士だからだろう。

佳人は茅島氏の言うことだけ聞くつもりで、周囲の反応は気にしないことにした。

茅島氏はこうした場に臨《のぞ》むと一段と特別感が増す。佳人以上に細い体つきをしているのに、むしろ大きく見えるのは、尋常でない貫禄と存在感があるからだろう。

それまで真ん中で踊っていたペアが気圧《けお》された様子で端へ避け、場所を譲る。茅島氏は遠慮することなくフロアの中ほどに立ち、佳人の腕を取る。

庭師の彼の言葉通り、楽団はワルツ用の曲を演奏し始めた。先ほどと同じ『ジムノ・ペディ』だ。

「カウントは覚えているか」

「ワン、ツー、スリー、で三拍子ですよね」

茅島氏は姿勢を保ったまま目で頷く。

「最初は右足からだ」

当然佳人が女性役だ。エキシビションダンスのときにじっと動きを見ていたので、イメージはできている。

茅島氏が左足をグッと前に出してきたのに合わせて佳人は右足を後ろに引いた。

その一歩で、佳人は魔法にかかったようだ。あとはもう頭では考えず、茅島氏の動きについていくことにだけ専念していた。

わあぁ、とまたもや歓声が沸くのが聞こえたが、何に対するものなのか佳人はわかっていなかった。気にすることも忘れていたのだ。

まるで大きな翼に抱かれて一緒に空を飛んでいるようだった。

これはきっと茅島氏にリードを取られて踊ってみない限り、理解してもらえない感覚だろう。

茅島氏だけを見つめて体を動かしていたので、周りがどうなっているのか気づきもしなかった。曲が終わって足を止めたと同時に、周囲から沸き起こった拍手で、はっと我に返る。

「えっ、え……？」

どういうことか一瞬わからずたじろいでしまう。

フロアにいるのは茅島氏と佳人、そして、イズディハールと秋成の二組だけになっていた。他にもたくさん踊っていたはずだが、潮が引くように引き揚げてしまったらしい。遅ればせながら佳人は赤面し、次に青ざめた。どんな醜態《しゅうたい》を晒したのか、確かめるのも恐ろしい。

「さすがだな、澄人」

イズディハールは秋成の手を片時も離したくなさそうに握ったまま茅島氏に満悦した顔を見せる。

「この騒ぎは殿下たちへの賛辞では」

茅島氏はそう返しながら、まんざらでもなさそうだった。自分自身、満足のいくワルツを踊れたのだろう。

「初めてにしては、上出来だった」

茅島氏は佳人を真っ直ぐ見つめ、お世辞などかつて口にしたこともないと言わんばかりの真面目な顔で褒めてくれた。実際、茅島氏は思ったことしか言わなそうだ。

「ワルツはマスターするのにだいたい半年かかると言われているのだが、初めてとはとても思えなかった」

イズディハールからもそんなもったいない言葉をもらい、恐縮する。

「ありがとうございました。いい記念になりました」

まさに、庭師の彼が言ったとおりだった。

茅島氏は佳人を最後までパートナーとして扱い、わざわざ貴史たちのところまで連れ戻った上で、今度は庭師の彼に「踊ってくれ」とはにかみながら申し込む。

「久しぶりだから、ステップを覚えているかどうかわからないぞ」

庭師の彼は、聞くだけで体が熱くなりそうな色香の滲む声で、茅島氏に前もって断りを入れる。

「かまわない」

茅島氏は淡々と答えていたが、佳人が感じたのと同じように庭師の彼の声にゾクリときていることが、偶然目にした睫毛の微かな震えから想像できた。

庭師の彼がフッと笑って、茅島氏の手を取る。

イズディハールと秋成はもう一曲踊るようだ。今度は観客として二組のダンスを見られる。佳人は幸運に感謝した。

いつの間にか、ダンスフロアの周囲には、エキシビションダンスのときと同じくらい人垣ができていた。

「眼福《がんぷく》でしたよ、佳人さん」

「自分ではまるっきり何をしたか覚えてないけど、茅島氏がすごかったのは踊っていてわかりました」

「今度は女性役をされるみたいですよ」

「殿下たちは？」

「あ、それはもう、言わずもがなです。三分間、感嘆の溜息が途切れなかったです」

貴史の言葉はすぐに証明された。

指揮者はまたもや気を利かせて、今度はヨハン・シュトラウスの曲を演奏し始めた。ヴェニーズワルツだ。

庭師の彼が茅島氏を、イズディハールが秋成を抱いて踊る。

ステップの一つ一つ、ターンの一つ一つに、あなたのことが世界中で一番好きだという想いが込められているような愛情深い動きを見せられ、胸がいっぱいになる。

千羽も、佳人たちから少し離れた場所で、二組のダンスを見ていた。じっと、食い入るように見つめている。

「今夜、東原さんと会わずにいられます？」

佳人自身、遥に今すぐ会いたくてたまらなくなって、貴史に聞かずにはいられなかった。

「……いえ、無理ですね。でも、あの人いつも忙しいから、急に会ってくれるかどうか」

「会える気がするな。おれの勘、今夜は当たりますよ」

「じゃあ、電話してみます」

貴史が照れくさそうにしながら言ったとき、夢のように優雅で美しかったダンスが終わった。

足を止めた二組は、ほぼ同時に抱き合ってキスをした。

それがあまりにも自然だったので、見ているほうも一組は男同士だという違和感をまったく感じなかったようだ。

歓声と拍手が会場中から起きる。

はにかむ秋成が、面映ゆそうにちょっと顔を背ける茅島氏が、佳人には最高に羨ましかった。

自分もあんなふうに遥に抱き締められたい。

携帯電話を手に佳人の傍らを離れていた貴史が、三分と経たずに戻ってきた。

微かに紅潮した顔を見れば、東原の返事がどうだったのかは聞くまでもなかった。

3

「日本での最後の一日は、予定外尽くしで盛りだくさんだったな」

タクシーで逗留先のホテルへ帰る道すがら、イズディハールは寄り添い合って座った秋成の顔を見て言った。

「はい。とても楽しかったです」

休憩も含めて四時間半にも及んだ歌舞伎鑑賞に始まり最後はパーティーに飛び入り参加してダンスを踊るなどして、すっかり秋成を疲れさせたのではないかと心配だったが、秋成はふわりと微笑んでイズディハールに気遣わせないよう振る舞う。無理をしているふうではなく、本当に楽しんでくれたようだったのでイズディハールは安堵した。

結局、社交ダンスクラブの懇親会に閉会までいた。

つい先ほどホテルのロビーで茅島氏たちや佳人たちと別れ、タクシー乗り場まで同行してくれた千羽にも二日間世話になった礼を言った。

明日の午後には帰国の途《と》に就く。

「久しぶりにきみを抱いて踊ったら、結婚披露宴でやはりワルツを踊ったときのことを思い出した」

「私もです」

暗い車内でも、イズディハールには秋成が白い頰をほんのり色づかせたのがわかった。

イズディハールは秋成のほっそりした手を取り、ぎゅっと握り締めた。左手の薬指に常に嵌めてくれている結婚指輪に触れ、しみじみと喜びを嚙み締める。

「結婚してくれて、本当にありがとう」

「……そんな。私こそ……」

秋成は困ったように顔を伏せ、睫毛を瞬かせる。

ふつふつと愛情が込み上げてきて、イズディハールは秋成の耳朶に顔を寄せ、大胆に囁いた。

「今夜、寝かさなくてもいいか。疲れているところ悪いが、もう少し付き合ってくれ」

同じセリフを初夜の前にも秋成に言った。秋成も覚えているようで、ますます頰を赤くする。

「すまない」

イズディハールは秋成の手の甲にくちづけし、低めた声で謝った。

「聞く必要、なかったな」

秋成からの返事は「はい」だった。

＊

予定が変わって帰りの時間が大幅にずれそうです、と懇親会の途中で波多野氏に連絡を入れたところ、都内に一泊されても明日のスケジュールには差し支えありません、との返事だった。

ちょっと迷ったが、茅島氏も疲れているだろうし、無理に帰宅するよりホテルに部屋を取ったほうがいいと考え、波多野氏の勧めに従うことにした。

懇親会が終わったあと、ロビーで五人と別れたあと、俺は茅島氏を椅子に座らせて待たせ、フロントでチェックインしてきた。

着替えは明日の朝、秘書の小泉《こいずみ》が届けに来ると言う。

よけいな仕事を増やすことになって申し訳なかったが、俺はともかく茅島氏は着替えが必要だろうから、世話になることにした。

部屋は俺の名でダブルベッドのジュニアスイートルームを一つ取った。

ツインを取っても、茅島氏はいつものように俺と一緒のベッドで寝たいと主張するに違いなく、セミダブルに二人で寝るよりは最初から素直にダブルにしておくほうがいいに決まっていた。

「こんなに人と出会う日もあるんだな」

部屋で茅島氏のために紅茶を淹《い》れてやりながら、俺はしみじみと言っていた。

「迷惑だったか」

ソファに姿勢を正して腰掛けた茅島氏が、じっと俺を見据えて聞いてくる。

「いや。今日会った人たちは皆それぞれ個性豊かで興味深かったよ。おまけに全員すこぶる付きの美形ばかりだった」

「ほう」

ごく短い相槌から、茅島氏がちょっと卑屈になって拗《す》ねたことを察し、俺は胸の内で苦笑する。

「俺にとってはあんたが一番だ。いちいち言わなくてもわかっていると思うが」

茅島氏は微かに眉間に皺を寄せ、僅かに首を傾ける。本当か、と言いたげな眼差しだった。

何度も好きだと伝えているし、綺麗だと事あるごとに教えてやっているのだが、茅島氏という人は自己評価が呆れるほど低く、話半分にしか聞いていないようだ。

だが、俺は、茅島氏のその不安を最も効果的に和《やわ》らげてやるにはどうすればいいのか知っている。

「ほら。熱いから気をつけろ」

茅島氏にティーカップを渡し、俺も隣に腰掛ける。

目の前の壁には薄型液晶テレビが嵌《は》め込まれているが、俺も茅島氏もテレビを点けようなどとは思いつきもしていなかった。

俺は茅島氏の頭に手を伸ばし、綺麗にセットされた髪を撫でてあやした。

「紅茶を飲んだら、一緒に風呂に入ろう」

「いいのか、一緒で」

「あんたは一人で入りたい？」

俺はわざと茅島氏に意地悪く聞く。

返事はわかっているのだが、茅島氏がいちいち俺の言葉をすんなり受けとめないので、ちょっと苛《いじ》めてやりたくなるのだ。

「おまえと一緒でいい」

「……で、なのか。ふうん」

俺はクスクス笑いながら、性懲《しょうこ》りもなく揚げ足を取る。

茅島氏がムッとして、髪を触る俺の手を払いのけた。

「おまえと一緒でなければ嫌だ」

茅島氏はそんなふうに言い直すと、すっくと立ち上がり、浴室に行ってバタンとドアを閉めた。

すでにバスタブには自動お湯張り装置で張った湯が溜まっているはずだ。

俺は慌てず、五分ほどかけて紅茶を飲み終えてから茅島氏の機嫌を取りに浴室へ行った。

「入っていいか」

俺のかけた言葉への返事はなかったが、ドアを開けて浴室を覗き込んだ俺に、茅島氏は一言「遅い」と呟いた。

「これからたっぷり埋め合わせする」

そう言うと、茅島氏はフイとそっぽを向き、真っ赤になった耳朶をわざわざ俺に見せつけてくれたのだった。

＊

イズディハールと秋成をタクシーに乗せて見送ったあと、千羽敦彦は一人でホテルのメインバーに来た。

カウンターに座り、ハイボールを頼む。

ウイスキーもソーダ水もグラスもあらかじめ冷凍庫や冷蔵庫でキリキリに冷やされた氷なしのハイ

ボールを飲みつつ、これほど人恋しい気分に襲われたことはかつてなかったのではないかと今夜のことを反芻する。

イズディハールを見るたびに、イスマーイールを思い出したが、危惧していたほどには敦彦の胸は痛まなかった。多少の苦しさやせつなさは感じたものの、別れるときに一晩かけて話し合い、納得するまで抱き合ったせいか、思い残すことはもうないとあらためて確認でき、むしろ完全に吹っ切れたくらいだ。

それならば、今のこの憂鬱な気分はどうすれば解消されるのか。真っ直ぐマンションの部屋に帰る気にならず、寂しさに拍車をかけるようなまねをしているのは、何を求めてのことなのか。自分でもよくわからない。

イズディハールと秋成の仲睦まじさは、まだ新婚だということを差し引いてもおつりがくるほどだった。あの二人を見て羨ましいと感じない者はきっといないだろう。お互いに深く愛し合い、想い合っていることが、見つめ合う眼差しからだけでもよくわかる。結婚するまでにはいろいろと解決すべき問題があって大変な苦労をしたようだが、念願叶って愛する人と一緒になれたイズディハールの喜びは想像に難くない。

敦彦は秋成が羨ましかった。

かつては自分もイスマーイールとあんなふうに蜜月を過ごした。だが、今は思い切り愛して我が儘を言って甘える相手はいない。

今夜は本当に不運で、職場の上司である貴史とその親友の佳人には会うは、歌舞伎座では茅島氏というやんごとなき身分の御方と一緒になるわで、ほとほと疲れた。おまけに茅島氏も彼氏連れで、あの風変わりなカップルにも当てられっぱなしだった。特に、男同士で見事なダンスを披露されたときだ。ダンスはもともとペアで踊る愛情表現豊かなものだが、茅島氏とその彼、イズディハールと秋成のペアは、あの場にいた者すべてを惹きつけ、酔わせるほど情感溢れるヴェニーズワルツを見せつけてくれた。あれを見て、今夜はパートナーと愛を確かめ合おうと思ったカップルはたくさんいたに違いない。

かく言う敦彦もまさにそんな気持ちになったのだ。

ただ、今は独り身で相手がいない。だから仕方なく酒を飲んで寂しさを紛らわせようとしている。

もう一度恋がしたい。敦彦は酔いが回るにつれて切実に感じてきた。

思い切り感情を乱して、ぐちゃぐちゃになれる熱い恋がしたかった。

普段は悠然と構えてスマートに振る舞うのが信条だが、恋に関してだけは、敦彦はみっともない自分を許容できるし、好きにもなれる。本物の恋は決してかっこいいものではないことを知っている。

ふと、夏に事務所に来た貴史の知り合いを思い出す。

山岡正俊《やまおかまさとし》――あの後、駅で待ち伏せされて、一度食事を一緒にした。それだけの縁で、以来会っていないが、どういうわけか今このタイミングで突如、山岡の顔や声が鮮明に脳裡に浮かんだ。

スーツのポケットに入れている携帯電話を意識する。電話番号は覚えている。敦彦は記憶力を鍛《きた》えており、特に数字の暗記は得意だ。一度覚えたら忘れない。

山岡は自分を、見かけによらず好きになったら一途《いちず》だとアピールしていたが、信じる気になれなくて適当に聞き流していた。

本気になるとこちらが馬鹿を見そうで警戒心が働くが、割り切った付き合いをするなら、かえって山岡のような男のほうが後腐れも面倒もなくていいかもしれない。だんだんその気になってきた。

とりあえず、電話、してみようか。

かけてみて今夜会えたら、なんらかの縁があったということだ。繋がらなかったり、都合が悪くて会えないと言われたら、二度とコンタクトを取らない。

そう決めて、敦彦は携帯電話を手に取った。

カウンターに座ったまま山岡の番号に電話をかける。

コール音が聞こえだす。

一回、二回、三回……五回までに応答がなければ切るつもりだった。

『もしもし。山岡です』

敦彦は慌ててカウンターを離れ、他の客の迷惑にならないよう、いったんバーを出た。

心臓がドキドキしている。

敦彦は返事をする前に、大きく一つ深呼吸をした。

「もしもし。千羽です」

電話の向こうで山岡が息を呑む気配があった。

そのとき敦彦もまた、何かがストンと胸に落ちてきたのを感じたのだった。

after dance

SHUNKASHUTO

JONETSU TO MATENRO

遥《はるか》と佳人《よしと》

日比谷《ひびや》のホテルを出たところで佳人《よしと》は貴史《たかふみ》と別れ、午後九時頃帰宅した。

今夜は貴史に誘われているので遅くなりそうだと朝方断りを入れたら、遥《はるか》はいつものとおり無愛想な顔つきで頷き、「俺も夕飯は外ですませてくる」と言っていた。なので、ひょっとしたら自分のほうが早く帰り着いたのではないかと思っていたが、嬉しいことに家にはすでに明かりが灯《とも》っていた。

ただいま、と奥に向かって一声かけて靴を脱ぐ。

返事はなかったがままあることなので気にせず、取り次ぎのすぐ傍にある茶の間を覗く。

そこに今し方までお茶を飲んで寛いでいたらしき痕跡を見つけたが、遥の姿はなかった。お風呂かなと見当をつけて浴室に足を向けると、案の定、水音が聞こえた。

「遥さん」

強化ガラスが嵌め込まれたドア越しに呼びかける。

「帰ったのか。すぐ上がるから少し待て」

湯船に浸かっていると思しき遥からくぐもった声で返事がある。

「ゆっくり温まってから出てきてください。遥さん夕食はすませてきたんですよね?」

「ああ。おまえはどうなんだ。ホテルの宴会場で催しがあるとか言っていたが、食事は出たのか」

「ブッフェでしたけど美味しかったですよ。でも、そんなにがっつりと食べたわけじゃないので、小腹が空いてきたかもしれません」

「俺もガード下のおでん屋で軽くすませただけだ。おまえが風呂に入っている間に何か摘《つま》めるものを用意しておくから、これから一杯どうだ」

「わぁ。ぜひ」

佳人は素直に喜ぶと、二階の自室に上がってスウェット上下に着替え、脱衣所に戻った。ちょうど遥が浴室から出てきたところで、肌から湯気を立ち上らせつつバスタオルで体を拭いていた。

惜しげもなく全裸を晒す遥に佳人は見惚れ、逞しい胸板や引き締まった太股、脛《すね》などをしげしげと見つめ、こっそり舌なめずりしてしまう。

佳人が無遠慮な視線を向けても遥は気にしたふうもない。桐《きり》のタンスの一段目に仕舞ってあるボクサーブリーフを取って穿《は》き、濡れた髪をフェイスタオルで無造作に拭う。

「ぼうっとしてないでさっさと入れ」

「あ、はい」

だめだ、つい惚けてしまう、と自分自身に苦笑しながら、佳人は裸になって、遥が出たばかりの風呂場に足を踏み入れた。もうしばらく遥も脱衣所にいる様子だったので、話がしやすいように風呂場のドアは開け放ったままにしておく。

「ボディソープ、なくなりかけていましたけど、新しいボトルを開けたんですね」

「おまえがどこからかもらってきたやつだ」

「いい香りがしますね」

かけ湯をして湯船に身を沈め、洗面台に立った遥と他愛のない遣り取りをする。遥は髪にドライヤーをかけだした。佳人はそれを浴槽の縁に凭《もた》れて見る。湯上がりにトレーナーとチノパンを身に着け、洗い立ての髪を指で梳《す》き上げながら乾かす姿を見ていると、じわじわと幸福感に包まれる。こうしたなんでもないことが嬉しく、平穏な日常がありがたい。

「二十歳前後の若い連中との付き合いがこのところ増えているようだが、もらい物一つとっても洒落たものが多くて感心する」

「今時の子たちって、男でもスキンケアするし、シャンプーやボディソープにも拘《こだわ》る子が結構いるみたいですよ。おれもあちこちで影響受けてるかもしれません。貴史さんからも、最近服の趣味が少し変わったみたいだって言われました」

「あいにく俺はそういったことはよくわからん」

遥はぶっきらぼうに言うと、大雑把に乾かした髪を手櫛で整え、ドライヤーのスイッチを切った。

「何か食べたいものはあるか」

「うーん……そうですねぇ……」

佳人は少し考えて思いつく。

「この前、遥さんが作ってくれた里芋の胡麻味噌和《ごまみそあ》え。あれ美味しかったので、また食べたいな」

遥はニコリともせずに頷くと洗面所を後にする。

口数の少なさと愛想のなさは相変わらずだ。だが、これでも以前に比べたらぐんととっつきやすくなったし、いちいち言葉にされなくても通じ合っている感触が確かにあって、迷ったり悩んだりせずにすむようになった。

浴槽を出た佳人は開けっ放しにしていたドアを閉め、洗い場に座って髪と体を丁寧に洗った。

全身を泡にまみれさせつつ、今日はまた思いがけない出会いがあったなと、つい先ほどまで一緒だった人たちのことを頭に浮かべる。

茅島氏にせよ、お忍びで来日されているという王子殿下と妃殿下にせよ、ほんのひとときでも交流できたのが奇跡だと思われるほど今まで佳人には縁のなかった人々だ。基本的に人見知りしないので新たな出会いは嬉しいし、機会があれば自分から積極的に繋がりを持とうとするほうだが、おそらく今夜起きたような出来事はこの先そうそうないだろう。特に一国の王子夫妻のプライベートな素顔に触れ、気さくに会話することができたのは貴重な経験だった。

綺麗な人だったなぁ、と佳人は秋成《あきなり》の姿を脳裡に描いてほうっと憧憬に満ちた溜息をつく。性別不詳の清廉な美貌がどこか人間離れしていて、目を合わせただけでドギマギしてしまった。「一目惚れして、ぜひにと掻き口説いて結婚してもらった」と屈託なく打ち明けたイズディハール殿下の気持ちがすんなりと理解できる。貴史も「頭の芯がぼうっとしてきそうなくらい﨟長けた方」だと感嘆していた。おまけに性格も穏やかで、言動には謙虚さと相手に対する敬意が常に窺え、人間性にも好感が持てた。なれるものなら秋成のようになりたいと思うが、佳人は割合俗っぽく、気も強いほうだと自覚しているので生半可な努力では難しそうだ。案内役として夫妻に同行していた千羽《ちば》と顔を合わせるやいなや嫌みの応酬をしてしまったくらいだから、謙虚さも遠慮もあったものではない。刺々《とげとげ》しい雰囲気になりかけた千羽と佳人の間に慌てて割って入ってきた貴史を思い出す。さすがに面目なかった。それでも佳人はそんな自分が結構好きだ。こういう性格だからこそ、遥に出会うまで生き延びてこられたのだと思っている。

王子殿下夫妻の特別さは、そもそもの立場や身分が違いすぎるのだから驚くに値しないが、茅島澄《かやしますみ》人《と》という人物の風変わりさはまた独特だった。

なんでも宮家に繋がる高貴な筋の御方だそうだが、時の流れが違う世界の人と相対しているような不思議な感覚に終始付き纏われ、おおいに戸惑った。ぼうっとして何も考えていないかに見えて意外に鋭かったり、妙に押し出しが強くて抗《あらが》いづらかったりして、一筋縄ではいかない人物だった。

殿下たちも含めた四人の中で最も身近な存在だったのは、茅島氏と一緒にいた庭師の彼だ。彼とはごく普通に話せたが、彼自身は茅島氏とも眼差しだけで意思の疎通ができるほど懇意にしているらしく、あそこの関係性もまた興味深かった。

世の中には本当に様々な人がいる。

今夜、印象的な人たちと知り合い、これまで無縁だと思っていた世界に少しだけ触れてみて、あらためて己の居場所はやっぱりここだとひしひし感じた。殿下に秋成がいて、茅島氏に庭師の彼がいるのと同様に、佳人の傍に遥がいてくれる僥倖《ぎょうこう》を噛み締める。きっと貴史も今頃佳人と同じような気持ちになって東原《ひがしはら》と会っているのではないだろうか。

酒とつまみを用意しておく、と言ってくれた遥に甘え、髪と体を洗ったあとも湯船にゆっくり浸かって入浴を楽しんだ。目元まで伸びた前髪を払いのけつつ、そろそろまた切りに行かないといけないな、などと取り留めのないことを考える。

このところ佳人が手がけている事業はおおむね予測通りに進展をしていて、最近ようやく少しゆとりが出てきた。一頃《ひところ》はなかなか思うようにいかず、資金繰りに頭を悩ませるという苦しい時期も経験したが、なんとか自力で立て直すことができて、また一歩遥に近づけた気がしている。事業を手がける楽しさと苦しさを日に日に強く感じるようになった。

遥に、黙ってさりげなく見守られていることが、なにより佳人の気持ちを強くし、不様《ぶざま》な負け方や潰され方はしたくない、そんな姿は遥に見せられないと発奮する。いつか仕事の上でも遥と対等になりたい。今のところそれが佳人の目標であり、野心だ。

しっかりと温まって湯から上がり、部屋着を着て靴下を履き、台所を覗きに行く。

腹の虫を擽《くすぐ》るいい匂いに迎えられ、頬が緩んだ。

「蓮根《れんこん》の甘辛炒めですか」

リクエストした里芋の胡麻味噌和え共々すでに器《うつわ》に盛られているのを見て、嬉しさに弾んだ声が出る。

遥は適当な大きさに切った茄子を油で揚げている最中で、横に並んで立った佳人にちらりと視線をくれた。

「刺身こんにゃくもある。下茹でしてあるから、水気を切って薄く切れ」

「任せてください」

佳人はスウェットの袖をたくし上げ、以前とは見違えるほど上達した包丁捌きでスッスッと刺身こんにゃくを切っていく。

「全部で四品ですか。どれもすごく美味しそう」

摘めるものを用意しておくと気易く言っていたが、遥のことだからきっと一手間かけた品を幾皿か作るだろうと思っていた。案の定だ。

遥は折り紙つきの仕事人間だが、意外と家庭的で、料理や掃除、洗濯なども苦ではないらしい。

「薬味は生姜《しょうが》だ。すり下ろして酢醤油を加えて混ぜたものを添える」

になる。

「はい。あ、お酒は燗《かん》にします？」

「冷やでいいだろう。久保田《くぼた》がある」

「萬寿《まんじゅ》？　あれまだ残っていたんですね」

細々《こまごま》とした遣り取りをしながら二人で台所に立つ時間が佳人にはなにより幸せだ。満ち足りた気分
佳人が薬味を用意している間に、遥のほうは素揚げした茄子を皿に積んで盛りつけ、大根おろしに醤油をかけたものを載せていた。慣れた手つきでさっとこなす。

出来上がった品々を手分けして茶の間に運び、最後に冷蔵庫で冷やしていた日本酒を、ガラス製のとっくりに移して持っていくと、先に座卓に着いていた遥と角を挟んで隣り合う位置に佳人も腰を下ろした。

自分の盃を手酌《てじゃく》で満たしたあと、遥は佳人にも盃を取らせた。

「すみません。ありがとうございます」

カチリと盃の縁を触れ合わせ、口をつける。

よく冷えた喉越しのいい酒を遥は勢いよく呷《あお》った。

尖った喉仏が上下する様を色っぽく感じてひそかに欲情する。まだ飲み始めたばかりだというのに早くも違うことがしたくなり、己の無節操さが恥ずかしい。もともと堪《こら》え性がないほうだと自覚しているが、今夜は特に、すぐにでも遥を押し倒して肌の温もりを感じたい気分だ。

殿下たちや茅島氏たちに仲睦まじいところをさんざん見せられ、一刻も早く自分も遥に抱き締められたくて帰途を急いだのだから、こんなふうにすぐに体が熱くなるのも無理はない。

関係を持ってしばらくは遥から誘ってこない限り欲求をひた隠しにしていたが、付き合いが三年を超えた今では、自分の願望を正直にさらけ出せるようになった。遥がなんでも受けとめてくれるので、ついつい大胆になってしまう。

あまり調子に乗りすぎてはいけないと己を戒《いまし》め、遥の空いた盃に酌をする。

「今日は貴史さんと社交ダンス関係の集まりに参加してきたんですけど、おれもどさくさに紛れてワルツを一曲踊ったんですよ」

「ほう。そんな特技もあったのか」

刺身こんにゃくを綺麗な箸遣いで小皿に取りながら、遥は意外そうな顔をする。

「いえ、初体験でしたよ、もちろん。エキシビションダンスが披露されて、それを見たらとてもじゃないけど素人《しろうと》がいきなり踊れそうな感じじゃなかったんですが、たまたま知り合いになった方がすごくお上手で。一曲ワルツの相手をさせていただいたんです」

「初対面の女と踊ってきたのか」

「じゃなくて、おれより年下の男性なんですけど、その方がリードしてくれて。おれは女役をしたんです」

「……ほう」

遥は一瞬虚を衝かれた様子だったが、すぐに気を取り直したらしく、仏頂面をしたまま短く相槌だけ打った。

「緊張していたし、とにかく夢中だったからどんなふうだったのか自分ではさっぱりわからなかったんですが、貴史さんによかったと褒めてもらったので、少なくとも見苦しい姿を衆目《しゅうもく》に晒しはしなかったみたいです。なんというか、空を舞っているようでした。社交ダンスはリーダーの力量がものをいうそうなんですが、おれの相手をしてくださった方、本当にすごかったです。おれと踊ったあとご同伴者の男性と組んで今度は女性役をなさったんですけど……それがもう」

思い返して佳人は胸を熱くした。

「もう、なんというか、あてられました」

本来はマナー違反だという男同士のダンスに、こうまで魅せられ、幸せな気持ちにしてもらうとは正直想像していなかった。

「あの場にいた人たちは皆惚けたようになっていましたよ。溜息の渦《うず》でした。他にもう一組リアルに高貴な外国人ご夫妻が一緒に踊られたんですけど、ダンスってこんなにも愛情表現に優れたものなのかとしみじみ感じさせられました。羨ましかったです」

「あいにくだが、俺はそんな気の利いた真似はできん」

遥は牽制《けんせい》するように言い、手にした盃を口元に持っていく。

「そういう意味の羨ましいじゃないですよ」

わかっているくせにと佳人は苦笑する。

遥はときどき見当違いなことを言ってむすっとしてみせる。佳人の気持ちは百も承知のくせに、わざとのように絡んでくる。試されているとしか思えないのだが、こんなふうに大人げなく拗《す》ねる遥も佳人は好きだ。かわいいと感じて頬が緩む。

「踊らなくても遥さんとは他にいくらでも確かめ合う方法があるじゃないですか。それとも、そう思っているのはおれだけですか？」

最後にちょっと仕返しのつもりで言い添えると、遥はたちまちムッとする。きっと内心、こいつはだんだん扱いづらくなると舌打ちしているだろう。それでも遥自身むしろ小気味よく感じ、悪くないと思っていることを、佳人は承知していた。

「あんまり俺を煽るな」

「だめですか？」

率直にねだる口調で聞くと、遥は色香の漂う黒い瞳を揺らめかせ、盃に残っていた冷酒をクッと飲み干した。

「据え膳……なんて可愛いものじゃなくなってきたな」

「しおらしくしているほうがいいですか」

「べつに積極的なのも嫌いじゃない」

以前ならばもっとぶっきらぼうで、言葉であれこれ言う代わりにすぐに行為に及んでいた気がするが、最近の遥は佳人の脳髄をクラリとさせる美声で戯《ざ》れ言《ごと》めいた会話に応じるようになった。それが佳人にはたまらなく楽しい。荒っぽくのし掛かられて我が物顔に振る舞われるのも好きだが、駆け引きしながら徐々に濃密な雰囲気に持ち込んでいくのは、互いをよく知り合った恋人同士ならではだ。

その関係性に佳人は燃えた。

「じゃあ押し倒しますね」

にっこり笑って宣言すると、箸をきちんと揃えて箸置きに戻し、ずいと膝を詰めて遥に近づく。

「ここでか」

「二階に上がるまで待てません」

引き締まってはいるが細身の佳人よりずっと体格のいい遥の胸板に身を寄せ、下から掬うようにして形のいい唇を塞ぐ。

熱く濡れた舌を絡ませて吸うと、ほのかに酒の味がした。口腔《こうこう》を蹂躙《じゅうりん》するような濃厚なキスを続けつつ、体重をかけて遥の体を倒す。

遥は抵抗せずに畳に仰向けに押し倒され、覆い被さった佳人の髪を弄《もてあそ》ぶ。佳人は心地よさにほうっと湿った息を洩らした。

「帰り道ずっと、早く遥さんとこうやって抱き合いたいなと思っていました。毎日一緒にいるのに、一週間くらい会えなかったときみたいに遥さんが恋しくて」

トレーナーをたくし上げ、ボディソープの爽やかな香りが残る張りのある肌を手のひらで撫で回す。

遥もじっとしておらず、スウェットの襟首から手を差し入れて、佳人の背中に手を這わす。

「おれには遥さんがいるんだって思ったら、矢も楯もたまらず飛んで帰りたくなったんですよ」

互いの体をまさぐるうちに昂奮が高まり、熱っぽさの増した手で服を脱がせ合っていた。

上半身裸になって肌と肌とを密着させる。

しっとりとしていて張りのある皮膚の感触が心地いい。自分の肌に吸いつくようだ。風呂で充分温まった体は平常より心持ち体温が高く、心臓の鼓動もはっきりと感じられた。

脚を絡めて下腹部を互いに押しつけると、布地越しにもそこが硬く強張って大きくなっているのがわかった。

「もう、きつそうですね」

「……ああ」

吐息に紛れさせて、ほのかに憂いを含んだ声音で低く返事をする遥は身悶《みもだ》えしそうになるほど色っぽい。官能を刺激され、佳人はコクリと喉を鳴らした。

綺麗に筋肉のついた胸板に唇を滑らせ、啄《ついば》みながら、チノクロスのズボンを下着と一緒にずり下ろす。

遥も腰を浮かして協力し、自分で脚を抜く。

佳人はすらりと伸びた脚の間に身を置き、剝き出しの股間に顔を埋めた。屹立した性器の付け根を支え持ち、先端を口に含んで舐めしゃぶる。

ビクン、と遥の腰が跳ね、感じているのがつぶさに伝わってくる。

エラの張った先端を咥《くわ》え、キャンディを口にしたときと同じ要領で舌を使い、吸引する。淫液を滲ませ始めた小穴にも舌先を差し入れ、抉るようにして舐め取った。

頭上で遥が、くっ、と押し殺した声を洩らす。快感を堪える様が色っぽくて、佳人はさらに昂《たかぶ》った。

括《くび》れた部分を舌先でなぞり、擽る。

亀頭だけでなく、竿全体をできるだけ深く喉の奥まで使って迎え入れ、ガチガチに張り詰めた肉棒をしゃぶって唾液にまみれさせた。

感じるたびに遥は引き締まった腹をピクピクと動かし、佳人の髪をぐしゃりと搔き混ぜる。

佳人は遥の陰茎を唇で挟み、顔を上下させて薄皮を扱《しご》き立てた。

遥の息が上がってきて、ときおり押し殺しそこねたように洩らす声にもならない呻きが艶っぽい。

佳人の官能を猛烈に刺激する。

性戯を駆使した口淫で遥を翻弄しながら、佳人自身、股間の疼《うず》きを持て余し始めていた。

「もういい」

明らかに余裕をなくした声音で言って、遥は腹筋を使って上体を起こす。

佳人も遥の股間から口を離し、顔を上げた。

濡れた口元を手の甲で拭い、乱れた髪を煩わしげに梳き上げ、遥と目を合わせる。

佳人の潤んだ瞳は淫蕩《いんとう》な色香を放っているに違いない。そう言われ続けた過去があるので、佳人も自覚していた。遥を煽り、誘うことにためらいは一切感じない。

遥の欲情にも火がついたのが、スッと眇められた目から察せられた。

「おまえの中に、入らせろ」

セクシーな声がズンと下腹部に響き、痺れるような快感が全身に広がっていく。

佳人はふるっと身を震わせ、

「おれも……欲しいです」

と応じた。

期待の強さから声まで上擦りそうになる。

自分でスウェットパンツを下ろそうとウエストのゴムに指をかけたところ、遥に畳に引き倒され、押さえ込まれた。

あっという間に下半身から衣類を剝ぎ取られ、脚を割り開かれる。

「ま、待って、遥さん」

「待たない」

遥はゾクゾクして鳥肌が立つような美声で突っぱね、左手で佳人の猛った陰茎を摑んでゆっくりと擦り上げつつ、右手を尻の下に差し入れる。

切れ込みの奥に息づく秘部を探り当て、乾いた襞《ひだ》を指の腹で撫でて確かめられ、佳人はあえかな声を立てて身動《みじろ》いだ。

待たないと言い放っておきながら、遥は決して性急に事を進めようとはせず、佳人の両脚を抱え上げて腰を僅かに浮かせると、キュッと窄んだ秘孔にためらいもなく濡れた舌を這わせてきた。

「ひ、あ……っ！　あ……だ、めっ」

何度されてもこればかりは佳人も慣れられず、動揺してしまう。羞恥と淫猥さに頭が爆発しそうだ。体は抗わないし、それどころかもっとしてとねだるように腰が勝手に揺れるのが我ながらあさましく、平静でいられない。

「あっ、あ、指……そこ、はっ……」

舐めて湿らせた襞を掻き分けて指を入れられ、弱みを押し上げられる。

「アアアッ、だめ、あっ！」

内側から感じる部位を責められて、腰が淫らに跳ね、嬌声《きょうせい》が口を衝いて出る。

同時に左手で握り込んだ陰茎も絶妙な手つきで擦り立てられて、どうにかなってしまいそうな悦楽が息をつく暇もなく次から次へと押し寄せる。

隘路《あいろ》から零れてきた先走りが遥の指を濡らし、薄皮を扱かれるたびに猥《みだ》りがわしい音が立つ。

「ああっ、あ、ん……んん！」

脚の付け根あたりから痺れるような快感が湧き上がってきて、堪えきれずに身をくねらせ、顎を反らして乱れた声を上げた。

「で、出る……あっ、あっ」

「まだだ。我慢しろ」

遥は佳人が達《い》きそうになると根元をきつく指の輪で絞り、熱い迸《ほとばし》りの噴出を堰《せ》き止める。

ひいいい、と佳人は胸板を弓形に反らして悶え、目に溜まった涙を振り零し、喘ぐように息を弾ませた。

痛いほど凝《しこ》って突き出た乳首を、淫液で濡れた指で摘み上げられ、クニクニと揉みしだきつつ、後孔に入れた指を二本にして穿《うが》ち直される。

「ンン……ッ、あぁ……あ」

「気持ちいいか」

声に歓喜する響きが混ざっているのを隠せず、佳人は小刻みに息をつきながら頷く。

長い指を付け根まで捻り込まれて奥を突かれると、ジンと痺れるような疼きに見舞われ、総毛立つ。

「ああ、いい。もっと……！　遥さん、お願い。もっとください」

「おまえの中、いやらしくうねっている」

遥はわざと佳人の羞恥を煽り、辱《はずかし》めるようなセリフを吐き、お互いの性感をさらに高める。

佳人は遥の腕を摑み、熱っぽい眼差しを向けて求めた。唇をチロッと舌で舐め、口を薄く開いたままにする。

「欲しい。遥さんの」

遥もこれ以上焦《じ》らすつもりはなかったらしく、佳人の脚を抱え上げ、潤みを帯びて寛げられた襞の中心に猛った陰茎の先端を押しつけてきた。

弾力のある硬い切っ先が窄まりを割り広げ、ずぷっと埋め込まれる。

佳人はクウッと呻き、うっすらと汗ばんだ遥の背中に腕を回して抱きついた。

ググッ、と遥の陰茎が佳人の狭い器官を抉り、進められてくる。内壁を擦りながら奥を埋め尽くされる感覚に佳人は身を震わせ、弾力のある筋肉が綺麗に付いた体を引き寄せる。

「はあ……っ、あああ」

「佳人」

ぴったりと下半身をくっつけ合ったまま、喘ぐ唇を塞いで熱っぽく吸われる。

佳人も夢中で応えた。

舌を絡めて濃厚なキスを交わしつつ、止めていた腰の動きを再開されると、頭の中を掻き混ぜられるような悦楽が襲ってきて何も考えられなくなる。

キスの合間に湿った吐息を洩らし、遥の腹の下で身をくねらせて悶える。

深々と貫かれ、繋がり合った下腹部はぐずぐずに蕩《とろ》けてしまいそうに熱く火照《ほて》っていて、抜き差しされるたびに受けとめきれないほどの快感が湧き起こる。

腰を使って荒々しく揺さぶられ、佳人は慎む余裕もなく嬌声を上げ続けた。

太くて硬い肉茎に内壁を擦り立てられ、奥を何度も突き上げられる。

腹の間に挟まれた佳人のものもいきり立ったままで、今にも弾けそうだ。

ズンッと一際激しく陰茎を突き戻され、悲鳴を放つ。

遥の口からも押し殺した声が洩れる。

佳人の中で遥のものがドクンと脈打つ。熱い飛沫を迸らせて遥が果てるのと同時に、佳人も気をやっていた。

「遥さん……っ」

達くとき、夢中で遥の名を呼んでいた。

しっとりと汗ばんだ体を、遥が力強い腕でがっしりと抱き締めてくれる。

昂奮が冷めやらぬ状態で息を奪うようなキスをされ、佳人は幸せを感じつつ深い陶酔《とうすい》に浸った。

「んっ、あ。……ん」

自分からも積極的に舌を使い、遥の唾液を啜り取る。

茶の間でついしてしまったのも今夜が初めてではないが、離れがたくてぴったりと体をくっつけたまま、寒気を感じるまで背中や腕、腰などを触り合っていた。

「いい加減にしないと風邪をひくぞ」

「そうですね。ごめんなさい」

「べつにおまえが謝ることはない」

遥は佳人の前髪を梳き上げ、すっかり汗のひいた額に指で触れてくると、けじめをつけるように起き上がった。

「続きはまた週末だ。家にいるんだろう?」

「ええ。いますよ」

週末は遥を優先させるため、できる限り予定を入れないようにしている。遥も同じ気持ちなのか、最近ちゃんと休むようになった。遥は働き過ぎの傾向があるので、よいことだと思う。佳人と過ごす時間を確保するためにそうしてくれるのだと自惚《うぬぼ》れていいなら、嬉しくて顔が緩んでしまう。

「さっさと服を着ろ」

往生際悪《おうじょうぎわ》くラグに寝転んだままでいると、先に身支度をすませた遥に睨まれた。

筒型のウエットティッシュボックスを手渡され、それで簡単に汚れを拭い去って服を着る。どうせまた明日の朝出掛ける前にシャワーを浴びるので、今夜のところはこれでいい。

遥は何事もなかったかのような顔をして再び座卓に着き、手酌で冷や酒を飲んでいる。

佳人も傍らに座り直した。

盃を手に取ると、遥が自分の手元に置いていたガラスのとっくりを傾け、酒を注ぐ。

「明日は何時だ」

「おれは午前中は家で仕事で、午後から出掛けます。帰りは七時くらいの予定です。遥さんは？」

「会食の予定がある。二軒目は断れる相手だから九時過ぎには帰宅する」

どこの家庭でも交わされているであろう会話を挟みながら、つまみをつつき、酒を飲む。

黒澤《くろさわ》家の夜は平穏無事に更けていった。

東原《ひがしはら》と貴史

佳人たちとホテル本館の宴会ロビーで別れた貴史は、タワー館の裏手にある駐車場へ回り、メタリックグレーの車を探した。車両番号も教えてもらっているので間違う心配はない。

今夜、都合がつくようなら会いたいです――勢いに任せて東原《ひがしはら》に電話をしてしまった。

貴史のほうから東原を誘うのはやはりまだ緊張するが、回数を重ねるごとに、気負わずにさらっと言い出せるようになった。それだけでもたいした進歩だと我ながら感心する。

電話に出た東原も、珍しいな、などと冷やかすことなくおうと応じ、ちょうど近くを走っているから拾ってやると言ってくれた。

広々とした駐車場に足を踏み入れ、東原を乗せた車を探し歩いていると、数メートル先のスペースに駐まっていた車がヘッドライトを点滅させて合図してきた。

足早に近づいていった貴史は、東原の姿が運転席にあるのを見て目を瞠った。

フロントガラス越しに顔を合わせるや、さっさと乗れ、と顎をしゃくられ、助手席のドアを開けて身を入れる。

「今日は自分で運転しているんですか」

「たまには俺も気晴らししたくなる」

「じゃあ、僕はたまたまあなたが一人でドライブを楽しんでいたところに電話したわけですか」

「そういうことだ。実は俺もおまえを呼び出そうかと考えていた」

手間が省けたと茶化すように言い、片手でハンドルを操作して車を発進させる。

「よっぽどおまえとは波長が合うらしい」

本当にすごいタイミングのよさだと貴史も思った。

こうしたことが重なるにつけ、やはり自分は東原と何かしら縁があるのだろうと認めざるを得なくなる。出会ってすぐ無理やり体を奪われたときには、とんでもない男とかかわりあいになってしまったと恐れ、悩みもしたが、結局別れきれずにずるずると関係を持ち続け、今では収まるところに収まった感がある。運命などという言い方は趣味ではないが、東原とのことに関してだけは貴史もそうとしか捉えられなかった。

「それで、これからどこへ行くつもりですか」

首都高速道路に入ったからには、都内中心部に何ヶ所か持っている隠れ家に真っ直ぐ向かう気はなさそうだ。

「せっかくだからちょっと付き合え」

どこへとも何をしにとも告げぬまま、東原はアクセルを踏み込みスピードを上げる。

貴史自身は免許を持たず、タクシー以外は他人が運転する車に乗る機会もめったにないが、東原の腕前がかなりのものであることはわかった。車両自体もいかにも性能がよさそうなラグジュアリーカーで、スピードを出しても振動が少なく、車内は静けさを保ったままだ。

自らステアリングを握る東原の姿は新鮮で、物珍しさからついちらちらと視線を向けてしまう。

「これって、いわゆるドライブですか」

「そういうことだ」

「初めてですね」

さらっとした口調で言いながらも、貴史は内心くすぐったいような嬉しさを感じていた。

ホテルやマンションの部屋で待ち合わせての逢瀬《おうせ》は幾度もしてきたが、二人きりで車に乗ってどこかへ行くのはこれまでなかったケースだ。東原の身辺には側近かボディガードか誰かしらが常に付き従っている。車に乗るときは運転手が必ずいた。

大物やくざと弁護士という互いの立場上、東原も貴史も公の目に晒される場所で接触するのは極力避けている。海外に行ったときですら、往路も復路も別々の便で、現地で落ち合い現地で別れた。東原は貴史に対して、念入りに注意を払ってくれている。ありがたいし、必要なことだと頭では理解しているが、ときどきもどかしさを覚えるのも事実だ。

もっと普通の恋人同士のような付き合いがしてみたい。心の奥底でずっとそう思っていた。とはいえ、それを言葉や態度に出すのは無分別だし、我が儘以外の何ものでもないと承知しているため、そんな素振りはいっさい見せなかったつもりだ。

けれど、聡《さと》い東原はそうした貴史の葛藤《かっとう》まで見抜いているのかもしれない。面映ゆさに頬がじわじわと熱くなってきた。

車は首都高速湾岸線《わんがんせん》を千葉方面へ向かっている。

「今日はどういう集まりに出ていたんだ」

「社交ダンス関係です。関連団体の理事をなさっている方から、毎年開催している懇親会があるのでよかったらと招待券をいただいていたんです」

「おまえにそんな特技があったのか」

「まさか。僕はあまり関心がなくて、実は招待券をいただいたことも忘れていたんですよ。もしかしたら佳人さんは興味あるかなと思って声をかけてみたら、喜んで付き合うと言ってくれたので」

「あいつは何事も積極的に取り込もうとするタイプだからな。最近は二十歳くらいの若い連中とも付き合っているそうじゃねぇか」

東原はなんでもよく知っている。佳人の動向すら摑んでいることに貴史は舌を巻く。

「らしいですね。たぶんまた何か新しいビジネスに繋げようとしているんじゃないですか」

「遊びじゃねぇのは見てりゃわかる。遥に勝るとも劣らぬ貪欲さだ。優男面《やさおとこづら》してるくせに中身は獰猛《どうもう》で、まったくたまげるぜ」

東原の口調には苦々しさと同時に小気味よさが漂う。佳人に対する遠慮会釈のなさは、一目置いているからこそだ。このところの佳人は攻める男の色っぽさを全身から醸《かも》し出しており、油断すると惚れてしまいかねないと冗談ではなく思うことがある。

「今夜も佳人さんはすこぶる魅力的でしたよ。やっぱり綺麗な人だなぁと再認しました」

未経験だと尻込みしながらも、ダンスフロアで堂々としたワルツを披露したときの華麗な姿を思い出し、貴史はほうっと感嘆の溜息を洩らした。

「佳人さん、会場でお知り合いになった方に誘われて一曲踊ったんですが、初めてとは思えないほど優雅で、見惚れてしまいました」

「ほお。相手がよほど達者だったようだな」

「それが、男同士だったんですよ。佳人さんがパートナー役をして、お相手の方がリーダーをされて。まだお若い方なんですが、理事にも一目置かれているようでした」

「ああ？」

東原は片頬をピクリと引き攣《つ》らせ、目を眇めてまさかという表情をする。

「その相手というのは、ひょっとして茅島澄人《かやしますみと》じゃなかろうな？」

今度は貴史が驚く番だった。まさにその人だ。

「えっ。ええ、そうですけど……お知り合いですか？」

「二、三度顔を合わせはしたが、あいにく知り合いってほどじゃねぇな。向こうは知る人ぞ知る男だから、俺が一方的に知っていると言ったほうが正しい」

やはり一部では相当有名な人物らしい。

どうりで存在感が半端なかったはずだとあらためて納得する。ぼうっとしているようでいて、目の前にすると圧倒され、自然と畏《かしこ》まってしまうほどのオーラがあった。

「茅島氏は、某国からお忍びで来日されていた殿下夫妻とご一緒だったので、普通の方ではないんだろうとは思っていましたが。あ、もともと知り合いになったきっかけは千羽《ちば》さんなんです。イスマーイール氏のところにいたとき殿下と面識があったみたいで、昨日今日と事務所を休んでガイド兼通訳として同行していて。会場でばったり会ったときは驚きました」

「なるほどな。だいたい呑み込めた」

東原はくつくつと喉の奥で笑うと、冷やかしを含んだ眼差しで貴史を一瞥する。

「おまえもたいがい特殊な人間と次から次に縁ができる星回りのようだな」

確かにそうかもしれない。その筆頭が、今貴史の横にいる東原だ。

「そうですね。僕も佳人さんも、ちょっと普通じゃない出会いが多い気がします。佳人さんにしてもそんな特別な方と踊るなんてまたとない機会だったでしょうし」

「引き寄せる力があるんだろう」

東原はまことしやかに言う。

貴史としては、こと東原に関しては、自分自身は引き寄せられたほうで、引き寄せる力を持っているのは東原だとずっと思っていたので、当の本人からこんな言葉をもらうのは目から鱗《うろこ》が落ちる感じだった。自分はそんなたいした人間じゃないと恐れ入る一方、もしそれが本当ならもっと自分に自信が持てる気もした。

照れくさくて本人を前にしてはなかなか言えないが、東原と出会えたことに今は心の底から感謝している。引き寄せられたにせよ、自分自身が引き寄せたにせよ、こうした運を持ててよかった。しみじみと幸せを噛み締める。なにぶん特殊な立場の男なので、共にいるだけでも大変なところはあるのだが、どんな最期を迎えることになっても後悔はしないと覚悟して以来、貴史は強くなれた気がする。

不必要に遠慮するのをやめ、東原に呼びつけられるのを待つだけだったのが、今夜のように自分から誘えるまでになったのだから、相当な意識改革だ。

「佳人さんと踊ったあと、茅島氏はご一緒だった方と踊られたんですけど、それがもうなんというか、会場全体を幸せで満たすような気持ちの籠ったダンスで」

自分もあんなふうに恋人の腕に抱かれたいと突き動かされるように思ったことを反芻《はんすう》していたら、言葉が零れていた。

さすがにそこから先は気恥ずかしくて口にしなかったが、東原には充分伝わったようだ。ふっ、と口元を緩め、左腕を伸ばしてきて、膝に載せていた貴史の手をギュッと一握りする。運転しながらこんなことをしてくるとは予想外で、また一つ東原の新たな一面を知った。

「デートのときは意外と普通なんですね」

思い切って大胆に冷やかす。デートなどという言葉を東原相手に使うときが来ようとは、ほんの少し前までは想像もしなかった。開き直ったら思ったよりさらっと言えて、自分でも後から面映ゆさにむず痒くなってきた。

「悪かったな」

もっと突っ慳貪に返してくるかと思いきや、東原の返事はめったに聞けない甘さを含んでいた。貴史はしてやったりのつもりが反対にやられてしまった心地になる。やはり東原のほうが一枚上手《うわて》だ。世間ではやくざの大幹部として恐れられ、組内ではカリスマとして畏怖と敬愛を集める男が、プライベートではただの男になってくれることに感動する。胸の奥がジンと熱くなり、ひたひたと嬉しさが押し寄せる。一握りして離された手に、東原の温もりがまだ残っていた。

車は宮野木《みやのぎ》ジャンクションを右手に進み、京葉《けいよう》道路に入った。

「九十九里浜《くじゅうくりはま》あたりまで行くんですか」

「東浪見《とらみ》海岸、知ってるか。いい波が来るとかで、マリンスポーツをやる連中の間ではよく知られたところだ。昔、兄貴と一緒にサーフィンの大会を見に行ったことがある」

「サーフィン、していたんですね」

「学生の頃ちょっとな。三つ違いの兄貴がやってたから俺も付き合いで始めたが、俺はあまり嵌らなかった」

「兄貴、って……本当のお兄さんのことですか」

東原の口から家族の話を具体的に聞くのは初めてだ。てっきり義兄弟の盃を交わしたほうの兄かと思っていたが、実の兄弟のことを言っているのだとわかり、にわかに身が引き締まる。詮索する気はないが、好きな相手のことはなんであれ知っておきたいものだ。

東原は「ああ」と短く答えただけだった。

表情の硬さに、あまり気易く触れてはいけない話題のようだと察せられる。今そのお兄さんはどこでどうしているのかと聞くのも憚《はばか》られた。東原にもやくざの世界に身を置くきっかけが何かしらあっただろうから、親兄弟とはすでに縁が切れていても不思議はない。それでも兄の話を持ち出したからには、今でも家族の存在を忘れてはいないのだと思われる。

「俺はどっちかっていうとボクシングとか柔道とかのほうが好きだったからな」

しばらくして、東原は再び口を開いた。

「そっちのほうがあなたらしいです」

すんなり想像できて貴史は微笑んだ。お兄さんの話は気になるが、蒸し返そうとは思わなかった。

「おまえはスポーツはからきしか」

「山登りくらいですかね。勤めだしてからは忙しさにかまけてろくに行ってないですけど」

「山か。山もいいな」

「連れていってくれますか」

「おまえがついて来られるならな」

「ついて行きますよ。運動神経はいいほうじゃないですが、持久力はありますから」

貴史もいざとなったら負けん気が強く、簡単には引き下がらない性分だ。

東原は悪くないと言わんばかりに唇の端を上げた。

「そうか。それは楽しみだ」

助手席側に夜の太平洋を見ながら九十九里浜のすぐ近くを通る道を走っていると、浜辺に鳥居《とりい》が立っているのが見えてきた。一キロほど内陸に入った場所にある神洗《かみあらい》神社の鳥居だ。面白い景色だと感じた。

夏場は海水浴客で賑わうのであろう海水浴場も、シーズンオフの十月は閑散としている。しかも今は夜だ。東京からおよそ一時間半かけてドライブしてきたが、第一印象は何もない田舎の海岸というものだった。

東原は車を無料駐車場に駐めると、シートベルトを外してさっさと降りた。

貴史も後に続く。

風に乗って潮の香りがしていた。海はもう、すぐそこだ。周囲には人っ子一人見当たらない。

真っ暗な中、東原の持つペンライト型懐中電灯の明かりを頼りに、草ぼうぼうの藪地《やぶち》に通された狭い道を歩いていく。地面はすでに砂に覆われている。

足元に気を取られていた貴史は、開けた砂浜に出て初めて顔を上げ、見渡す限り遮るもののない天空を見て、思わずわぁと声を出していた。

東京ではまずお目にかかれない数の星が、黒々とした空を背景に散らばっている。星の色の違いすら見分けられるほどくっきりとしていて、まるでプラネタリウムにいる感覚だ。

傍らでは東原も同じように天を振り仰いでいた。

オフだと言うだけあって、ジャケットの下にはカットソーを着ている。こうしたラフなスタイルも似合うのがにくい。あらためて、貴重なはずの休日の夜に自分に会いたいと思ってくれたことを、貴史は神妙に、そして嬉しく受けとめた。

「ここは天体観測にももってこいの場所なんですね」

「海の上にはよけいな明かりがほとんどないから空が暗くて星が綺麗に見える。この近くのペンションに泊まってサーフィンをしたときなんか、夜は望遠鏡を抱えてここに来て、プレセペ星団だのオリオン大星雲なんかを見たもんだ」

「高校生くらいのとき、ですか」

先ほどの話の続きを東原からしてきたので、貴史は遠慮がちに聞いてみた。

「ああ。夏場は海水浴客で混むから、ちょうど今時分だ。兄貴は大学の前期試験明けの休み中、俺はサボリ。自慢じゃないが、毎学年進級させてもらえるかどうかギリギリの出席日数だった」

「ワルかったんですね」

「今の俺からしたら可愛いもんだ。おまえはおおかた絵に描いたような優等生だったんだろうな」

「周囲はそう思っていたかもしれないですね」

波打ち際まで肩を並べてのんびりと歩きながら、東原の高校時代の話を興味深く聞く。今夜はそういうことを語りたい気分のようだ。気の向くままに話しているのが察せられ、貴史は突っ込んだ質問をするのは控えた。東原が話したいことだけ受けとめようと思う。次はいつまたこうした話が聞けるかわからない。

砂を洗う波の音、天空に散らばる星、潮の香りを運ぶ風、二人の他に誰もいない秋の海辺——それらが合わさって作り出す雰囲気が、今まで鍵をかけていた胸の奥底の扉を東原に開かせている気がする。おそらくこれは遥も知らない話だろう。

「なんだかしんみりしてきたな」

自嘲《じちょう》するように言う東原に、貴史は首を横に振る。

「僕はこういう感じ、嫌いじゃないです」

「柄でもないと自分でもわかっている。いつもならとっくにシートを倒してすることをしているはずだからな」

「まぁ、それもいいかなと思いますけど」

貴史は東原と目を合わせ、ふふと笑う。

東原も貴史の顔を瞬きもせずにじっと見つめる。

相変わらず心の奥底まで見透かされそうな恐ろしさを感じる眼差しで、貴史は何一つ東原に知られてまずいことなどないはずなのに、見つめ返すのに多大な気力を要した。疚《やま》しいことのある人間なら、何も言われないうちから足元に平伏し、洗い浚《ざら》い喋って許しを乞いたくなりそうだ。

「おまえはよけいなことは聞かねぇよな。できたやつだ」

東原は薄く笑って言い、暗い海に顔を向ける。

貴史もつられて水平線のあたりに視線を転じた。

海風に吹きさらされて乱れた髪を押さえる。少し体が冷えて、寒気を感じてきた。

僅かに身を縮めたのを東原に目敏く気づかれ、

「寒いか」

と聞かれる。

それほどでもないと強がって答えようとしたが、東原に正面から抱き寄せられ、顎を擡《もた》げられたかと思いきや口を塞がれていた。

温かな唇を押しつけ、貴史の唇を啄み、舌先で合わせ目をなぞる。

貴史が口を緩めると東原はすかさず濡れた舌を差し入れてきた。

口腔を掻き混ぜ、頬の粘膜や口蓋《こうがい》を擽られる。

「ンッ……う」

貴史は感じて顎を震わせ、くぐもった声で喘ぐ。

弾力のある肉厚の舌に口の中を荒々しく犯され、脳髄が痺れるような感覚に襲われた。

奥に溜まった唾液を掬い取られ、舌を搦《から》め捕《と》って吸われる。

次々に淫靡な行為で翻弄されて頭が酩酊《めいてい》したようにぼうっとなり、足元が怪しくなってくる。膝を崩してよろけたところを、東原に逞しい腕でがっちりと支えられ、事なきを得る。

「す、みません……」

「車に戻るか」

性感をまともに刺激する色っぽい声が耳朶《じだ》を打つ。

濃密なキスで昂り、感じやすくなった体にザワッと鳥肌が立ち、貴史は東原の腕の中で小さく身を震わせた。下腹部に突き上げられるような淫らな疼きが生じ、思わずはしたなく喘ぎそうになる。

「狡いです、こんなの」

「何がだ」

東原はしゃあしゃあと言い、貴史の腰を抱いたまま波打ち際を離れ、歩きだす。

砂に足を取られて何度も縺れさせそうになりながら来た道を引き返し、再び助手席に落ち着いた。

「どうする？　この近くで休憩するか、それとも日本橋《にほんばし》の部屋に行ってからにするか。おまえ次第だ、貴史」

東原の中に、いわゆるラブホテルに入るという選択肢があったことに貴史はまず驚いた。そういう経験がないので勝手がわからず、目的があからさまな場所に行くのが照れくさくてためらうが、結局、淫らに疼く体をもてあまし気味だった貴史は欲に負けた。

「待てそうにない……です」

羞恥を払いのけて言うと、東原はしてやったりといったな眼差しで貴史を流し見て、おもむろに車を発進させた。

「今日は特に意見が合うな」

「そうですか」

わざと淡々とした様子を装いながら、貴史の心臓は慌ただしく鼓動していた。シティホテルだろうがラブホテルだろうが、東原と一緒に部屋を取ればすることは同じだというのに、ちょっと名称が変わるだけでまるで違うことをしようとしている気がする。おかしなものだ。

当てがあるのか、東原は迷わずハンドルを切る。路上駐車していたビーチラインから狭い道へと入り込み、果物の販売所などを横目にしながら二、三分走ったところに、ライトアップされたトロピカルな色合いの看板が出ていた。そのすぐ先でさらに道が分かれており、東原は看板に記された矢印に従い、緩くうねった枝道を進む。

人気はもちろん、他に行き交う車もない暗い道をしばらく行くと、二階建ての箱形のホテルがあった。

ぱっと見た感じはリゾートホテルのような外観で、想像したほどファンシーでもなければ、けばけばしくもなかった。一階部分が個別の駐車スペースになっており、そこに取り付けられたビニール製の垂れ幕がラブホテルらしさを感じさせる程度だ。

空いているスペースに車を停め、自動精算機で三時間の休憩料金を払ってカード式の鍵を受け取る。

東原は慣れていた。

慣れていたところで不思議でもなんでもなく、むしろ今まで一度もこういった場所を利用したことがない貴史のほうが珍しいのだろう。東原の過去の色恋沙汰は、貴史の想像を絶する派手さだったに違いない。それに対して具体的な嫉妬心《しっとしん》を湧かせたことはなかったのだが、なぜか今夜に限っては、ラブホテル慣れした東原の態度にちくりと胸が疼いた。独占欲——だろうか。貴史は己の我が儘な心根に呆れ、もっと謙虚になれと自戒《じかい》した。

室内は思ったより広く、内装も落ち着いた雰囲気で、なにより清潔感があるのがよかった。これならば普通のホテルとほとんど変わらない。おかげで妙に緊張せずにすんだ。

東原は部屋に入るとすぐさま貴史をベッドに押し倒し、先ほどの続きをするかのごとく唇を貪ってきた。

強く吸い上げ、隙間を抉じ開けて舌を侵入させ、口腔をまさぐり蹂躙する。

スプリングを軋ませ、猥りがわしい水音を室内に響かせつつ、東原は貴史のネクタイを解き、服を一枚一枚剝ぎ取っていく。性急な手つきだとは感じなかったが、舌を絡ませる濃厚なキスに酔わされているうちに、気づけば裸にされていた。東原自身も脱いでいる。

濡れた唇が項を這い下り、胸板まで移動する。

キスで昂った体は、指先でつうっと肌を撫でられるだけで過敏に反応する。触れられるたびにビクン、ビクンと身を引き攣らせ、艶っぽい声を上げた。

凝って硬く膨らんだ乳首を口と手で嬲《なぶ》られる。舌先で弾かれ、軽く歯を立てて嚙まれ、唇に挟んで痛いほどきつく吸われた。そうしてジンジン痺れるようになったところを、指で磨《す》り潰すように揉みしだかれたり、摘んで引っ張られたりする。貴史はたまらず泣き喘ぎ、シーツを乱してのたうった。東原に抱かれているときだけは、我を忘れてどんな恥ずかしいまねでもしてしまう。

「欲しいか」

「はい。もう、ください」

羞恥にまみれながらも素直に認め、自分から脚を絡めて股間の昂りを東原の硬い逸物《いつぶつ》に押しつけ、淫らに腰を蠢《うごめ》かすようなはしたないこともした。

「東原さんの硬いの……欲しいです」

熱に浮かされた心地でねだり、上体を起こして東原の股間に顔を埋めた。

猛った東原のものを咥え、舐めしゃぶる。

唾液をたっぷりと擦りつけて竿全体を濡らし、頬を窄めて亀頭を吸い上げる。先端の隘路に尖らせた舌先を差し入れ、抉るように刺激すると、東原が押し殺した声で呻く。吐息に紛れた微かなものだったが、普段は聞けない声に背筋がゾクリとするほどの色香を感じた。強靭《きょうじん》な肉体と精神を持つ男をこうしてベッドの中で翻弄しているのだと思うと、いい知れない満足感があった。

唾液で湿らせた肉棒を口から離す。

もっと丹念に愛撫したかったが、東原に髪をやんわりと摑まれて、もういい、とやめさせられたのだ。

「挿《い》れてやる。脚を開け」

傲慢な口調にも官能を煽られ、体の芯が淫らに震える。反発心を覚えるどころか、強引に従わされることに倒錯的な悦《よろこ》びを湧かせ、そんな願望が自分の中にあるのだと気づかされる。

開いた脚をさらに大きく押し広げられ、体重をかけて覆い被さってくる逞しい体を全身で受けとめる。肌と肌とが密着し、熱と匂いと鼓動が混ざり合う。耳朶に息がかかるほど間近に東原がいる。貴史は恥ずかしさに顔を背けてしまった。頬が熱い。

「今さらだろうが」

東原に揶揄され、顎を摑み取られて正面に向き直らされる。目と目が合うと軽く唇を啄まれ、宥めるように頬を揃えた指で撫でられた。

「舐めろ」

差し出された二本の指を口に含む。

しばらく貴史にしゃぶらせて、奥に溜まった唾液を掬い取り、それを後孔に塗《まぶ》して襞を潤わせる。濡らされ、指を入れて解された秘部をようやく剛直で貫かれたとき、貴史はあられもない嬌声を上げ、東原の背中に爪を立てていた。

最奥《さいおう》まで穿たれた陰茎を動かされるたびに淫らな声が迸る。緩急をつけた抽挿《ちゅうそう》に身を揺さぶられ、次から次へと間断《かんだん》なく襲い来る悦楽に慎みを忘れて身悶えた。

「あああっ、いい。いきそう……！　お願い、奥に、掛けて……っ」

なりふりかまわず求め、普段なら決して言わない卑猥なセリフを口にする。

「出すぞ」

頑健な腰を尻たぶに打ちつけられて、一際激しく抜き差しされる。汗ばんだ肌と肌とがぶつかり、パンパンという打擲音《ちょうちゃくおん》が続けざまにする。

内壁を容赦なく擦り立て、深々と貫かれて最奥を突き上げられる。

東原の太くて長い陰茎ははち切れんばかりに張り詰め、凶器のように硬くなっている。それで責められると貴史は失神しそうなほど感じ、愉悦に翻弄された。

「ああっ、もうだめ。だめ、イクッ！」

これ以上は無理、と泣いて叫び、互いの腹に挟まれて刺激を受けていた陰茎を弾けさせる。

熱い迸りが胸元まで飛び、貴史は顎を大きく仰け反らせて乱れた息をつく。

貴史が達したのと前後するタイミングで東原も吐精したようで、狭い器官をみっしりと埋めた剛直が動きを止めるなりドクンと脈打ち、中に放たれたのがわかった。

息を荒らげて喘ぐ口を塞いで抱き竦められる。

小刻みに吸っては離され、またどちらからともなく唇を合わせては口を吸い合う。呼吸さえ絡ませるような熱っぽく湿ったキスを繰り返す。

東原は達したあとも体を繋げたままで、なかなか抜こうとしなかった。

いったん落ち着いていた性器が徐々にまた硬さと大きさを取り戻していく様を、貴史は筒を押し広げられる淫らな感覚で教えられた。

「こ、のまま……もう一度するつもりですか」

「できそうだ」

東原はにやにやと笑い、軽く腰を揺する。

「ひ……っ、あ……、だめ。いやだ、感じる」

「二回目のほうがイイんだろうが」

知っているぞ、と揶揄する目で見つめられ、貴史は否定できずに唇を噛み、伏せた睫毛を小さく震わせた。

「動くぞ」

短く言って、再び本格的に抜き差し始める。

前の余韻が去らないうちにまた追い上げられて、貴史はどうにかなってしまいそうなほど感じてのたうった。

東原に縋りついていなければ自分がどこかへ吹き飛ばされてしまいそうな気がして、必死にしがみつく。

すっかり東原とのセックスに慣れた体は、無意識のうちに抽挿に合わせて後孔を締めたり緩めたりしてより深い満足を得ようとする。

二度目の絶頂は惑乱するほどよかった。

東原はそれだけでは終わらず、浴室に場所を変えてからも貪欲に求めてきた。背後から立ったまま挿入され、手で陰茎を扱かれながら三度《みたび》達かされる。貴史はたまらず壁に縋って喘ぎ泣き、最後は頽《くずお》れるように床に伏してしまった。

抱き上げられてベッドに下ろされたときには、いっそ泊まっていきたいと思うほど疲労困憊し、満たされきっていた。

「まだまだ柔だな」

東原はこれだけ激しく体を使っても平気なようで、鍛錬《たんれん》が足りないなどと貴史をからかう。

「あなたがタフすぎるんですよ」

ペットボトルの水を口移しで飲ませてもらい、やっとまともに喋れるようになってから貴史はぼやいた。

「毎度こんなにされたら身がもちません」

「欲しがったのはおまえだろうが」

「それは、そうですが」

自分のことは棚に上げる東原を軽く睨むと、東原は肩を竦めて「まぁお互い様だが」と認めた。

他愛のない遣り取りも後戯のうちだ。昔は抱いたらさっさとベッドを下りて先に帰っていた男が、変われば変わるものだと不思議な気持ちになる。

「そろそろ時間だ」

ジャケットの袖をずらして時計を確かめた東原に促される。

貴史もすでに身支度はだいたい終えていた。

最後にテーブルの上に置いておいた腕時計を嵌めようとしたら、東原が傍らに来て、「貸してみろ」と貴史の手から時計を取り上げた。

東原の腕に巻かれたのと同じ時計が、東原の手で貴史の腕にも嵌められる。

貴史は手元をじっと見下ろしながら、じわじわと込み上げてきた温かな感情を噛み締めていた。

「行くぞ」

「はい」

貴史は東原のピンと伸びた背中についていく。

これから先もこうして共に歩いていきたいと決意を強くする。

閑散とした田舎町を離れ、夜の街の明かりがうるさいほど瞬く都会へと引き返す。

今頃はきっと佳人も遥の腕の中だろう。素敵なカップルの愛情豊かなダンスを見て、恋人を想い、恋情を揺さぶられたのは佳人も同様だった。ましてや、佳人はその前に茅島氏と一曲踊っていたので、貴史以上に気持ちが入っていたのではないかと思う。

次に佳人と会ったら、今夜どんなふうに過ごしたのか聞いてみたい。佳人もきっと貴史が東原とその後どうしたのか知りたがる気がする。

そんなことを考えながら助手席でうとうとしているうちに、東原が自らハンドルを握る車は、貴史の住むマンションまであと数分という距離に近づいていた。

庭師の彼と茅島氏

観劇のあと、殿下夫妻に誘われて、日比谷に昔からある格式の高い高級ホテルのラウンジでお茶をした。そのホテルでたまたま催されていた社交ダンス関係の懇親会に茅島氏が興味を示したため、お茶のあとでそちらの会場に移動し、飛び入り参加することになった。

そんなわけで帰宅時間が予定を大幅にずれ込み、執事の波多野《はたの》氏の勧めもあってホテルに部屋を取った。

男二人客がキングサイズベッドを備えたジュニアスイートをリクエストしても、フロント係の男性は顔色一つ変えず、終始気持ちのいい接客をしてくれた。さすが、というところか。

部屋に落ち着くと、俺は茅島氏のために備え付けのティーパックを使って紅茶を淹れてやった。茅島氏は一に紅茶、二に紅茶というくらいお茶好きだ。当然舌も肥えているはずだが、場所と状況はわきまえていて、本格的に茶葉から淹れたものでなければ口にしない、などとは決して言わない。つまり、ホテルの部屋ではティーパックでもかまわないのだ。そういうところに俺は、茅島氏の人としての上質さを感じる。

実際、茅島氏はすべてにおいて自分を基準に生きているといっても過言ではない、大変癖のある人物だ。それで周囲が振り回されたり戸惑ったりしても、本人にはまるで自覚がないし、むろん悪気もない。

今日も、いきなりよその集まりに入り込んでいったときには冷や汗をかいた。連れが俺一人なら、また始まったかと苦笑するだけだが、今日は異国の王子殿下と妃殿下も一緒だったのだ。

幸い、殿下夫妻が心の広い鷹揚《おうよう》な方たちで助かった。面白がってついてきていただけたので、俺も気を揉まずにすんだ。茅島氏の傍若無人《ぼうじゃくぶじん》さは筋金入りだとあらためて思い知らされた心地だ。相手が誰であれ関係なく我が道を行く。ある意味無敵だ。

お茶を飲んで一息ついたあと、風呂に入った。

ホテルの浴槽はさほど大きくはなかったが、日本人客の好む洗い場付きの独立したタイプで、男二人で湯船に身を沈めて湯を溢れさせても問題なかった。

浴槽の中で脚を伸ばし、茅島氏を膝の上に載せて背後から抱く。白くなめらかな背を胸板に預けさせ、形のいい耳に口を近づけ、わざと息を吹きかけながら喋る。

「今日はあんたといろいろできて有意義だった」

「……っ」

感じやすい茅島氏は身動いで湯を揺らす。

「あんたを抱いて踊ったの、久々だったな」

髪に指で触れ、耳の裏に唇を這わせて、俺は茅島氏の反応を楽しむ。

「さんざん特訓を受けたおかげでステップを覚えていたよ。あんたに助けてもらわずに踊れてよかった。パートナーにフォローされるのはさすがに面目ないからな」

「そうか」

茅島氏の声は僅かに震えていた。聞いてはいるが、俺がいたずらするのでそちらに気を取られ、どこか上の空だった。もともと茅島氏は相槌だけですませることが多く、会話らしい会話にならないときがままあるのだが、今は単にそれだけが理由でないのは、指を肌に滑らすたびにピクッと引き攣る様から明らかだった。

俺が体に触れても茅島氏は決して抗わない。嫌がる素振りも示さない。性に対しては実におおらかで、禁忌《きんき》という観念がほぼなく、ベッド以外でもためらわずに応じるし、清々しいほど率直に「欲しい」「好きだ」と口にする。それでいて品は損なわれず、高貴さは保ったままなのだから恐れ入る。

「手を組んで、腰を密着させて……」

一言口にするたびに、茅島氏の手を握り、腰に腕を回して細い体をさらに引き寄せる。

茅島氏が戸惑ったように首を傾け、背後にいる俺の顔を見る。

俺は茅島氏の唇を軽く吸い、ただでさえ赤かった耳朶をいっそう色づかせた。

「ターンするたびにサラサラ揺れるあんたの髪にも欲情してた。すごいいい匂いがして、ムラムラしてきて、こいつを宥めるのが一苦労だったんだぞ」

「……嘘だ。全然わからなかった」

「へぇ。でも、今はわかるだろう？」

ちょうど茅島氏の尻に俺の中心が触れている。

俺のそこは先ほどから頭を擡げ始めており、こうして色っぽい話をしている間にも徐々に硬く、大きくなっていっていた。

「そ、それは、わかる」

茅島氏はぎこちなく認め、面映ゆそうに睫毛を伏せる
「おまえのものは、とても大きい」

今度は俺がまいる番だった。

恥ずかしそうにしても言うことは大胆で忌憚《きたん》がなさすぎるのだから、不意を衝かれた心地になる。

「太くて大きいほうがいいんじゃないのか」

俺は苦笑いしながら冗談めかして揶揄してやった。

こういうあけすけな会話も二人にとっては大切な前戯だ。茅島氏のものも勃起してきている。

「わからない」

茅島氏は真面目に答えると、わからないはずないだろうと俺が突っ込む前に、さらに言葉を足した。

「おまえしか知らないから」

これには俺もやられた。

そもそもが俺は茅島氏に勝てたことがないのだ。

「来いよ」

俺は茅島氏を促して風呂から上がると、濡れた体にバスローブを羽織り、茅島氏にも同様にさせて寝室に連れ込んだ。

キングサイズベッドに茅島氏を押し倒す。

シーツに仰向けになった茅島氏の上に、俺は体重をかけてのし掛かる。

「いきなりだな」

「ああ。さっさとあんたの中に挿れたくなった」

「そうか」

茅島氏はべつに俺を咎めたつもりはないようで、淡々と受け流すと、熱の籠った眼差しで俺を見上げた。

態度や口調はそっけないが、目を見れば、茅島氏も昂揚《こうよう》し、俺を欲しがっているのが明らかだ。

着たばかりのバスローブを脱ぎすて、茅島氏にも前を開かせる。水気の取れた肌はしっとりとしており、手のひらを這わせると吸いつくようだった。

湯上がりの火照った体を両腕で抱き竦める。

愛しい気持ちが腕に入りすぎたのか、しなやかな体が苦しげに身動ぐ。少しだけ力を緩めると、茅島氏の口からあえかな声がほうっと洩れた。

「妬《や》いたか」

「ああ。面目ない。俺が自分から彼にあんたと踊ってくるよう勧めたってのに。あんまり見事だったから、心中複雑だった。滑稽《こっけい》だろう」

首筋から胸へと少しずつ体をずらし、手や口を使って茅島氏を愛撫しながら、俺は正直に答えた。

茅島氏が自分から話を振ってくるときは、たいていいつも唐突だ。前後の流れに頓着せず、ひどいときは何日も前にした話の続きを前置きもなく始めたりする。俺も最初の頃は翻弄され、戸惑ったが、今では打てば響くように何を言っているのか理解し、普通の会話と変わりなく対応できるようになった。

「彼と踊っているときのあんた、めちゃくちゃ端正で色っぽかった」

話しながら、鎖骨の窪みや腋窩《えきか》、体の側面などの感じやすい箇所を狙って唇を滑らせ、ときおり肌を啄んで吸い上げ、鬱血の痕を散らす。

「とてもいい表情をしていた」

「……っ、あ……」

茅島氏は愛撫に応えて艶めいた声を洩らし、俺の腹の下でたまらなそうに身をよじる。

硬く膨らんだ乳首を口に含むと、ビクンッと肩まで揺らし、感じているのを隠さずに嬌声を上げた。

「あ、あっ」

きつく吸い、唇で挟んで引っ張り、舌先を閃《ひらめ》かせて弾いたり擽ったりして嬲り、唾液まみれにする。その間もう一方には指を使い、磨り潰すようにして苛めたり、乳暈《にゅううん》ごと摘んで揉みしだいたりして刺激する。

「アアアッ、だめだ。んっ……！」

悶える茅島氏の声を聞くと、俺はますます昂奮した。

もっと悦びに泣かせたい。自分のものだと確かめたい。突っ込んで所有の証を撒き散らし、俺を愛していると言わせたい。強い独占欲と愛情が腹の底から込み上げてきて、今この時は理性よりも情動に従えと唆《そそのか》す。

俺は茅島氏の脚を抱え上げ、双丘の狭間が見えるほど大きく開かせると、あらかじめ枕元に用意しておいた潤滑剤入りのチューブを手に取った。中身を揃えた指の上に絞り出し、体温で温めて慎ましく窄んだ後孔に施す。

「ん……っ、あっ。ああ、あっ」

襞を丹念に濡らしてから人差し指を潜《もぐ》り込ませると、茅島氏は上擦った声を上げて頭を僅かに浮かせ、すぐにまたシーツの上に戻した。

中をまさぐられ、感じていることは、指を締め付けてくる内壁の淫らな動きでわかる。

潤滑剤を足して筒の内側まで充分に濡らし、二本に増やした指を付け根まで捻り込む。

「ひっ、あああ!」

ぬぷぬぷと猥りがわしい水音をさせつつ、中指と人差し指で奥を蹂躙する。

バラバラに動かして狭い筒を押し広げ、粘膜を擦り立て、筋道をつけるように抜き差しする。

指を動かすたびに茅島氏は顎を突き上げて上体を弓なりに反らし、惑乱した声を放つ。

濡れそぼった指をズルリと抜き去り、代わりに股間に隆と生えた勃起の先端を押し当て、窄みかけた秘孔を抉じ開ける。

茅島氏のそこは待ちかねたように収縮し、俺のものを誘い込む。硬い肉棒で奥を突かれる快感を体が覚えているのか、抗わない。

ズンと腰を入れ、亀頭で襞を掻き分け、指とは比べものにならない嵩《かさ》の剛直を一気に突き入れる。

茅島氏の口から歓喜と苦しさが一緒くたになった悲鳴が上がった。

慣れてはいても、本来こんなふうに使う場所ではないはずの器官に無理やり太く長い棒を受け入れるのだから、辛いのは当然だ。

「すまん。大丈夫か」

根元まで全部挿れた状態で、俺は茅島氏を抱き締めた。

茅島氏も俺の背中に両腕を回して抱きつく。

息を乱して喘ぐ茅島氏の髪を指で梳き、こめかみや頬を慈《いつく》しみを込めて撫で、開きっぱなしの口に舌を差し入れる。

茅島氏は渇きを癒やすかのように俺の舌を搦め捕り、吸って、唾液を飲んだ。

「ああ。いい。とても」

途切れ途切れに言った言葉は、偽りでも強がりでもなさそうだ。満ち足りた表情を見れば一目瞭然だった。

「動いてくれ」

「いいのか。きつかったら言えよ」

「……ああ」

茅島氏のけなげさを知っているだけに、無理をさせないように俺自身が慎重にならなくてはいけない。

腰を引いて半ばまで抜いた陰茎を、ゆっくり挿れ戻す。

くううっ、と茅島氏が喘いで啜り泣く。

「あんたは可愛い」

耳元で囁くと、茅島氏の白い顔がじわじわと薄桃色に上気する。

俺は再び腰を動かした。

ズルリと抜き出し、ずぷっと突き入れる。

「ああっ、あっ！」

繰り返し抽挿を重ねるうちに奥が貪婪にうねりだし、搾《しぼ》り取られそうな刺激を受けて俺も悶絶《もんぜつ》させられた。

一突きするごとに、声を洩らさずにはいられないほどの悦楽を味わう。

抽挿が激しくなるにつれ、茅島氏の喘ぎも切羽詰まった感を帯びてくる。

茅島氏のものも先走りを零しており、今にも弾けそうなくらい張り詰めている。手のひらで包み込み、薄皮を扱いてやると、一段と高い声で喘ぎ、淫らに腰を揺すりながらあっという間に射精した。

あああ、と悦楽に噎《むせ》び泣き、ぐったりとなった茅島氏をさらに追い上げるため、俺は陰茎をいったん抜いて、茅島氏の体を裏返した。

両膝をシーツに突かせて腰だけ掲げさせ、後ろから挿れ直す。

「だめ……だっ。待て……！」

「悪いな。俺ももう限界だ」

俺は後背位から茅島氏を責めだした。

熱く湿った狭い筒を使って陰茎を擦り立て、高みを目指す。

茅島氏の中は眩暈《めまい》がするほど気持ちがいい。

きゅうきゅうと締め付けられ、俺もそう長くはもたなかった。

深々と貫いて動きを止め、茅島氏の腹の中に欲望の証を注ぎ込む。高貴な男を汚したような気がして、ゾクゾクした。

俺がイクとき、茅島氏もまた達したらしく、惑乱したような声を上げて悶えていた。

「澄人さん」

熱っぽく茅島氏を呼び、伏した体を抱え起こして抱き締める。

息を吹き込むようにキスすると、茅島氏は涙で濡れた睫毛を重そうに瞬かせ、充血した目で俺を見上げ、「ああ」と半ば惚けた声で応えた。

「大丈夫か。ちょっと気を失っていたか」

額に手を当て、生え際の汗を指で拭ってやる。

「あれはわざと妬かせたんだ」

茅島氏は俺の問いに答える代わりに、またもや話を前後させた。

「そうか」

俺はニッと唇の端を上げて答える。

「知ってたさ」

「……だと思った」

茅島氏からの返事もなかなかに粋《いき》だった。

イズディハールと秋成

逗留先のホテルにイズディハールと戻ってみると、すでにターンダウンサービスがされたベッドの上に、セロハンに包まれた薔薇の花が一輪置かれていた。

「おや。これはホテル側からの気遣いだな」

イズディハールはふわりと微笑み、薔薇を秋成に手渡した。秋成が受け取ると、頰を優しく撫で、顎を擡げてキスをする。

「きみと過ごす時間は経つのが早い。あっという間に帰国前夜になってしまった」

「本当に。たくさん楽しいことがありました。いろいろしてくださって、ありがとうございます」

「いや。俺としては、まだしたいことが山ほどある。またいつかここに戻ってこよう」

日本に来ることをイズディハールは「戻る」と表現する。それはおそらく、この国が秋成が幼少の頃幸せに過ごした故郷だからだ。両親亡きあと引き取られた母方の国にはあまりいい思い出がない。辛いばかりの日々だったので自分から話題にしたことはないのだが、言わなくてもイズディハールは察しているようで、秋成の気持ちに添ってくれている。イズディハールの優しさ、細やかな心配りがありがたく嬉しい。

いよいよ今夜が最後の夜だと思うと、名残惜しさが込み上げる。それと同時に、イズディハールが大切にしている国へ早く帰らなければという気持ちもあった。今の秋成にとっては、むしろシャティーラこそが「戻る」場所であり、これから故郷になるはずの地だ。いつかそれをイズディハールに言葉で伝えなければと思いつつ、なんとなく照れくさくてまだ言えずにいる。

「今夜きみと踊れたのは一生の思い出になった。二つ目の一生の思い出だ」

そう言って秋成の顔をじっと見つめるイズディハールの言葉は真摯《しんし》で、眼差しは熱い。一つ目は結婚披露宴で踊ったワルツを指している。先ほどタクシーの車内でもそれについて話した。

「寝る前にもう一度きみを抱いて踊りたい」

「はい」

秋成ははにかみつつ承知する。

二人が泊まっている部屋は、ホテル内で最上ランクのエグゼクティブスイートだ。リビングにはソファやテーブル、書き物机などのどっしりとした家具類が置かれているが、まだまだ空間にゆとりがある。

部屋付きのバトラーを呼んでCDを借り、オーディオシステムにセットする。メロウでムーディな曲が流れだす。

イズディハールに手を取られ、抱かれるようにくっつき合って、ゆったりと体を揺らす。

秋成は会場で踊ったような大きな動きのあるダンスしかしたことがなかったので、最初密着度の高さに戸惑い、赤面した。

狭い範囲でステップを踏み、ターンする。

「たまにはこういうのもいいだろう？」

イズディハールに耳元で囁かれる。

温かな息を吹きかけられて官能を刺激され、項にザワッと鳥肌が立った。

はい、と小さく頷くと、イズディハールはクスッと笑って秋成の頭を慈しむように抱き寄せた。

上着を脱いで薄いシャツ一枚になって抱き合っているので、体温も匂いも鼓動も伝わる。秋成の心臓は甘苦しさを感じるくらい動悸を速めていた。

踊りながらイズディハールは少しずつリビングの端へと移動し始める。そのまま進むと、開け放たれたドアの向こうに行くことになる。先ほどまでいた寝室だ。

「俺はきみを幸せにしてやれているだろうか」

「これ以上ないくらいに、してもらっています」

男でも女でもかまわない、とまで言って求愛されたときのことを思い出す。込み上げてくるものがあって、胸が震えた。イズディハールはしばしば秋成に幸せかと聞く。そのたびに秋成は幸せですと答える。本当は、その質問は秋成のほうがするべきなのだ。自分のために皇太子の身分をはじめ様々なものを擲《なげう》たせてしまって、心の底から申し訳なく思っている。

「私も、お聞きしたいです」

「俺が幸せかどうかを?」

イズディハールは意味深に微笑み、秋成の下腹部に腰をグイと押しつけてきた。

布地越しにも硬く猛っているのがわかり、秋成はじわっと頬を染め、返事に困って睫毛を揺らす。

「こういうことが聞きたいんじゃない、という顔をしているな」

からかうように言って、イズディハールは秋成の腰から手を離す。ちょうど曲調が変わり、ワルツのリズムになったところだった。イズディハールのリードですでに寝室との境まで来ていた。

「だけど、今はこれが一番わかりやすい返事の仕方だ」

イズディハールはそう続け、ホールドを変えてワルツのステップを踏む。

ふわり、ふわり、と回されて、秋成は空を舞う翼を得た心地だった。

イズディハールのリードは正確で、優雅であると同時にときに大胆だ。抱かれて踊るたびに秋成は気持ちよくなり、もっと舞っていたい、このままどこかへ連れていってほしいと願ってしまう。

ベッドの傍まで来たとき、倒れると思うほど大きく体を傾がされた。

イズディハールに対する絶対の信頼があったので怖さはなかった。

そのままベッドに押し倒される。

秋成の上にのし掛かってきたイズディハールは、いつになく性急に秋成の服に手をかけてきた。

シャツのボタンを外され、胸板をはだけられる。

「すまない。きみが今すぐ欲しい」

秋成も同じ気持ちだった。

イズディハールは秋成を裸にしたあと、自分自身も着ているものを脱いだ。

「秋成」

欲情した目で見つめられ、唇を奪われる。

重なり合った肌と肌の感触に性感が高まる中、舌を絡ませる濃厚なキスでさらに酔わされ、頭の芯がぼうっとなる。

互いのものを剝き出しで押しつけ合った股間が熱い。

陰茎同士を擦り合わせるたびに下腹部に痺れるような疼きが生じ、キスの合間にあえかな声を洩らした。

秋成の陰茎は勃起しても明らかに不完全で小ぶりだが、イズディハールに毎晩のように抱かれるうちに、以前より大きくなった気がする。

イズディハールからも指摘されたので、勘違いでないことは確かだ。

秋成としては複雑で、素直に喜べない。イズディハールのためには、むしろここは目立たなくなるほうがいいのではないかと思い、申し訳ない気持ちが強かった。

「きみもいっぱい感じているね」

イズディハールは秋成の陰茎をすっぽりと手で包み込み、やわやわと揉みしだく。

「あっ、あっ。……んん……っ！」

快感の波が押し寄せてきて、秋成は声を抑えきれずに喘ぎ、ビクビクと身を引き攣らせて悶えた。

「ああっ、だめ。いけない。イズディハール……！」

そんなに弄られるとますます男の部分が発達してしまいそうで、秋成は怖かった。

「どうして？　嫌じゃないはずだ。その証拠に、こっちがすごく潤んでいる」

もう一方の手が陰茎の下の切れ込みを掻き分け、蜜液にまみれた秘所を暴く。

ぬかるんだ深みを二本の指でまさぐられ、秋成は身をよじって啜り泣いた。

「ひ……っ、あ……！　ああ……っ、いや。恥ずかしい」

掻き回されるたびに、じゅぷじゅぷという猥りがわしい水音が立ち、羞恥のあまり耳を塞ぎたくなる。

「ここも初めてのときとは比べものにならないほど濡れるようになったな」

「やめて。お願いです、言わないでください」

堪えきれずに秋成は手で顔を覆った。上気して、きっとみっともなくなっている。イズディハールに見られたくなかった。

「きみはときどき難しい注文をする」

「あなたはときどき意地が悪いです……！」

秋成も言い返した。

抗議したつもりだったが、イズディハールは嬉しげに顔を綻ばせ、悪びれた様子もない。

「ああ。俺はベッドの中ではきみに意地悪をしたがる男だ。結婚する前から知っていただろう。いい加減諦めろ」

性感を煽るような色っぽい声が耳朶を打つ。秋成はそれだけで達きそうだった。普段はすこぶる優しく紳士的なイズディハールが、秋成を組み敷いているときだけは押し出しの強い、ちょっと傲慢な男になる。そのギャップにゾクリとさせられ、下腹部がはしたなく疼く。

「ここに俺が欲しいだろう、秋成？」

「……っ」

答えられずに秋成は唇を嚙んで顔を横向けた。

両胸の乳首も充血して硬く凝ってしまっている。

体中がイズディハールを求め、あられもなく欲情してしまっていた。

「きみを満足させるのは俺の務めだ。恥ずかしがったり遠慮したりしなくていい」

諭《さと》すように言って、イズディハールは秋成の秘所から濡れそぼった指を抜く。

濡れた指は後ろの襞に擦りつけた。

「こっちもあとで可愛がってやる」

先に後孔のほうでイズディハールと繋がり、受け入れて快感を得たせいか、秋成はいまだに後ろでするほうが感じやすい。そのこともイズディハールはちゃんと知っていた。

両脚を開かされ、腰を両手でがっちりと摑み、引き寄せられる。

イズディハールの股間にそそり立つ逸物は息を呑むほど硬く張り詰め、先端を先走りで湿らせている。

その太く長い竿が秋成のぬかるみを掻き分け、ズズッと埋め込まれていく。

「ああ、んっっ！　あああっ！」

柔襞を擦り立てられ、秋成は嬌声を放ち、シーツの上でのたうった。

イズディハールのものは秋成には大きすぎ、根元まで挿れるのは無理だとイズディハールも途中まで退いていた。だが、今夜は今までになく深いところまで進めてこられ、秋成は壊されてしまうのではないかという怖さに動揺した。

「だめです、もう、だめ。お願い、イズディハール」

「全部は挿れない。もう少しだけ、奥に行かせてくれ」

グッとさらに腰を突き出され、秋成は悲鳴を上げてイズディハールの体に縋りついた。

「愛してる」

イズディハールは秋成の顔を見て、熱っぽい口調で繰り返す。

「きみを愛してる、秋成」

その言葉が呪文のように効き、秋成の恐怖心を薄れさせ、代わりにイズディハールと一つになりたいという欲求を増幅させた。

イズディハールはそのまままいったん動きを止め、秋成の濡れた頬や唇にキスの雨を降らせる。

「イズディハール」

秋成もイズディハールの顔に指を滑らせ、唇にキスをした。

「動いてもいいか」

「はい」

秋成の中でイズディハールが抜き差しし始める。

じゅぷっ、じゅっ、じゅっ、と淫靡な音が室内に響く。

「痛くはないいな？」

「……気持ち、いい……です」

秋成は正直に答え、艶《なま》めかしい声を立て続けに発した。

「俺も、すごくいい」

イズディハールの表情も恍惚《こうこつ》としている。

ずっ、ずっ、と繰り返し突かれ、中を擦られる。

「ああっ、ん、んんっ、あ！」

次から次へと悦楽の波が襲ってくる。

もうイク、出る、と何度も泣いて訴えた。

だが、イズディハールは秋成を解放せず、前から抜いた陰茎をそのまま後孔に挿れ直す。

嬌声とも悲鳴ともつかない叫びが口を衝いて出る。

秋成は背中をシーツから浮かせて仰け反った。

イズディハールの陰茎はぐっしょりと蜜にまみれていたため、いきなり挿入されても秋成の慣れた後孔は貪婪に受け入れた。

一気に根元まで貫かれ、抽挿される。

「アアッ、アッ」

強烈な快感に翻弄されて、秋成はなりふりかまわず泣き、淫らな声を上げて乱れた。

イズディハールの腰の動きが速くなる。

ズン、ズン、と狭い器官を突き上げられ、内壁を擦り立てられる。

「ああ、もう、イク……ッ」

「秋成っ」

最後はほぼ同時に迎えた。

秋成は後孔を引き絞って中で果てたイズディハールの存在をまざまざと感じつつ、陰茎から白濁を吐き出した。

息を弾ませ、わななく唇をイズディハールが貪るように吸ってくる。

「今夜は、寝かさない約束だ」

「……はい」

日本での最後の夜はまだ当分明けそうになかった。

イニシアチブ

深夜零時を過ぎて帰宅した遥《はるか》は珍しく酒に酔っていた。

「大丈夫ですか」

靴を脱いで上がるとき、ぐらっと上体を傾がせた遥を、佳人《よしと》は慌てて支え、肩を貸して応接間に連れていく。

風呂は明日にしてすぐにでもベッドに入らせたほうがよさそうだったが、少し酔いを醒ましてからでなければ階段を上がらせるのも躊躇われる。

ソファに腰を下ろした遥は背凭れに弛緩した体を預けると、潤みを帯びて充血した目を細く開け、「すまんな」と詫びてきた。

「今夜はいったいどうしたんですか？　おれ、遥さんがここまで酔ったところを見るの、初めてのような気がしますよ」

佳人としては軽い気持ちで冗談めかしたつもりだったが、遥はそうは受け取らなかったようだ。

いつものように「べつに」とそっけなく受け流すことなく、顔を顰めて面目なさそうに俯き、不本意だとばかりに唇を嚙む。

そして気まずさを紛らわすかのごとく長い指でネクタイのノットを緩め、ワイシャツの一番上のボタンを外して喉元を楽にすると、そのままだらりと両腕を脇に投げ出して目を閉じた。

「皺になるから上着は脱いだほうがいいですよ」

我ながらお節介が過ぎるだろうかと苦笑しつつ、佳人は遥に言った。

「ああ」

遥が上着を脱ぐのを手伝いながら、佳人はこれほど世話の焼ける遥はこの先そうそう見られないだろうと思い、めったにない状況を愉しんでもいた。

「商談のあと山岡《やまおか》社長と二人で飲んでこられたんでしょう？　まさかゲームをして、負けるたびにニコラシカを飲まされた、なんて大人げないまねはしてないですよね？」

「……」

聞こえているのかいないのか、遥は瞼を閉じたまま無言で通す。

たった数秒のうちに寝落ちしてしまったのかとも思ったが、睫毛がピクリと揺れたことから、実際は聞こえているのだがばつが悪いために素知らぬ振りをしているだけのような気もした。

こんな遥もまた珍しい。

案外先ほどの憶測は当たらずとも遠からずだったのではないかと思えて、笑いが込み上げた。

山岡が相手なら、さすがの遥も分が悪かっただろう。山岡は遥以上のウワバミだ。一度この家で遥共々三人で飲んだことがあり、そのとき佳人は山岡の酒豪ぶりに舌を巻いた。

おまけに山岡はなにかにつけて遥を挑発する。普段は冷静なはずの遥も山岡に対しては抑えが利かずに熱くなりがちだ。負けん気の強さを剝き出しにして山岡の挑戦を受けて立つところを、これまで何度も見てきた。

「おれがどうこう言う筋合いのことじゃないですけど、あまり無理しないでくださいね」

佳人はやんわり遥を窘めた。

遥の体は遥一人のものではない。

佳人自身が遥にとってそうであるように、佳人もそれは常々強く意識していることだ。

「お水、持ってきますね」

「……悪いな。頼む」

やはり遥は寝ておらず、低い声でぼそりと答えた。

酔ってはいても気分は悪くなさそうだ。ただ眠いだけのようで佳人は安堵した。

前に遥は、いまだかつて二日酔いというものを経験したことがないと言っていた。飲み過ぎたなと思っても一晩寝たらすっきりするらしい。

アルコールにあまり耐性のない佳人からしてみれば信じがたい話だ。

二階に上がって遥の上着をクローゼットに掛け、ベッドのカバーを外してすぐ横になれるように準備しておく。

その後、台所にミネラルウォーターのペットボトルを取りに行き、応接間に戻るまでの間、五分ほどかかっただろうか。

「遥さん……?」

今度こそ間違いなく遥は眠り込んでいた。シンとした室内に静かな寝息が聞こえる。

遥の寝顔をこうした形で見ることになるとは思っておらず、胸がトクリと鳴った。

そっと近づいて傍らに立ち、男らしく整った秀麗な美貌を覗き込む。

「遥さん、お水、持ってきましたよ」

遠慮がちに声をかけてみたが、起きる気配はない。

こんなところで寝たら風邪をひく。十一月に入って朝晩の冷え込みがきつくなってきている。寝入ったばかりのところを申し訳ないが、起こさなくてはと思う。その一方で、このまましばらく寝ている遥を見ていたい気持ちもあった。

薄く隙間を作った唇、滑らかな頬、しっかりとしたラインを持つ顎と、順に丹念に見ていき、ほう、と感嘆する。普段ここまで無遠慮な視線を向けることはなく、不埒なまねをしている気がして胸がざわつく。

佳人がいなかった間に遥はネクタイを解いてワイシャツのボタンをさらに一つ外しており、隙間から鎖骨が覗けるくらいにまで胸元がはだけていた。

弾力のある胸筋を包む張りのある皮膚が見え、手のひらを這わせて触り心地を堪能したくなる。

触れてもかまわないだろうか。

少しだけ。

佳人はこくりと唾を飲み、閉じられたままの瞼をじっと見つめた。

もし途中で目を覚ましたとしても、遥は怒りはしないだろう。

「俺を襲うつもりだったのか」

そんなふうに皮肉混じりに佳人を揶揄し、フッと口元を緩める姿が目に浮かぶ。

余裕に満ちた発言の裏には、やれるものならやってみろ、という強い自負心があるのだ。さらには、本気で俺を押さえ込めたなら、そのときはジタバタせずに受け入れてやる、そんな潔さと懐の深さも持ち合わせているようだ。

佳人は遥に、男同士対等な立場で扱われているのを常々感じている。

今さら男としての欲求を満足させたいわけではないが、自分からも遥を存分に、積極的に愛したい願望はある。

昔は、受け身に徹していればいいと思っていた。男に奉仕するのが自分の役目だと割り切ることで生き長らえていた時期も確かにあった。

そうした意識が遥と暮らすうちに少しずつ変わっていき、佳人からも堂々と遥を欲しがるようになってきた。

遥もまた、それでいいと歓迎してくれている気がする。

遥の寝顔や綺麗に筋肉のついた胸板を見つめているだけで、体の芯が疼きだし、全身が熱を帯びてくる。

佳人はペットボトルの封を切り、水を口に含んで遥の顎を擡《もた》げた。しっかりと唇を押しつけ、隙間を抉じ開けて舌を差し入れ、水を少しずつ流し込む。

ひょっとすると、これで起きてしまうかもしれないと思っていたが、今夜の遥の酩酊ぶりは相当深いらしく、頬肉を微かに引き攣らせはしたものの目覚めるまでには至らなかった。

佳人は三度口移しで水を飲ませてから、遥の熱い口腔を舐め回し、掻き混ぜ、舌を絡ませて意識のない相手との淫靡なキスを愉しんだ。

いけないことをしている、という背徳感がかえって佳人を昂らせ、行為に没頭させていく。

ごめんなさい、と心の中で詫びを入れながら、やめられない。こんな経験は初めてだ。

いつ遥が気がついてもかまわない。むしろ、早く目を開けて佳人を見つめ返し、強く抱き竦めてほしい。「なんのつもりだ」と鋭い眼差しで睨みつけ、ソファに押し倒してのし掛かってきてもらいたい。

想像しただけでゾクゾクする。

そうした気持ちが高じて、佳人はどんどん大胆になっていった。

唾液の糸を引く唇を顎の下から首筋へと移動させ、丹念なキスを施す。

少し汗ばんだ肌に唇と指を這わせ、しっとりとした感触を堪能する。強く吸いたいのを堪え、痕がつかない程度のキスにとどめる。

その間に手でシャツのボタンをすべて外し、鍛錬《たんれん》を欠かさない逞しい胸板を露にした。

意識はなくても遥が感じていることは、時折ピクッと引き攣る肌の反応を見て承知していたが、凝《しこ》った両胸の突起を見ていっそう確信を深めた。

「色っぽい。遥さんの乳首」

佳人は潜めた声で呟き、ふわりと微笑んだ。

食べたくなるほど可愛いと思って、むしゃぶりつくように唇をつける。

性感帯として陵辱の限りを尽くされてきた佳人のそれと比べると、遥の胸の粒は小さく慎ましい。

だが、感度はなかなかよくて、佳人は遥を愛撫するとき必ずここを重点的に的にする。遥も嫌いではないようだ。

指と口で両方の乳首を交互に弄る。

唇で挟んで吸引し、揉みしだき、舌を這わせて舐め、擽る。

「……っ」

遥の口から譫言《うわごと》とも呻き声ともつかないあえかな声が洩れた。

「遥さん」

もう起きてください。抱かれたい。

佳人はなりふりかまわず欲情に身を委ねたくなった。

手を伸ばして遥の股間をズボンの上から確かめる。

十分な硬さと大きさになっている陰茎に思わず喉が鳴る。

ここも舐めたい。

情動に駆られて、佳人は遥の両脚の間に身を置く形で床に座り直した。

ベルトを外し、ファスナーを下ろして下着の中から熱く猛った昂りを取り出す。

まだ乾いたままの先端にキスし、口を開けて亀頭を含む。

飴を舐めるように舌を使うと、ビクッと遥の腰が揺れた。

「……う……っ」

やはり反応があるほうが燃える。

佳人は遥の屹立を喉の奥まで迎え入れ、熱をこめて口淫し始めた。

「……佳人」

それまでソファに力なく投げ出されていた腕がおもむろに動き、股間に顔を埋めている佳人の頭に手を載せる。

「おまえ……」

ようやく目を覚ましたようだ。

事態を呑み込み、唖然とした声を出した遥は、佳人が予測したとおり怒りはしなかった。

「大胆なやつめ」

呆れながらも、むしろ小気味よさげに悪態をつき、長い指で佳人の髪を掻き混ぜる。

「これ、ください」

濡れそぼった陰茎を口から離すなり佳人は切羽詰まった声で求めた。

「好きにしろ」

今夜の遥は酔いすぎていて自分で佳人を襲うまでの精力はないらしい。そのくせ自分も十分欲情しきっていて、色香を滴らせている。

たまにはこういう形のセックスも新鮮でいい。

佳人は身も心も昂揚させて遥の膝に乗ると、二人を結びつける楔に深々と貫かれ、歓喜に満ちた声を洩らしてはしたなく乱れていった。

大月隠

SHUNKASHUTO
JONETSU TO MATENRO

今年もまた一年最後の日を遥《はるか》と共に迎えることができた――瞼を開けた佳人《よしと》は、カーテンの隙間から差し込む一筋の朝日を見て、まずそう感慨深く思った。

傍らに寝ていたはずの遥はすでに起きている。

時計を見るとまだ七時を少し過ぎたくらいだ。朝のジョギングが日課の遥は、ベッドを離れるのが早い。二時三時まで佳人を喘がせたときでも、よほどのことがない限り寝坊しないので恐れ入る。

自分だけいつまでもゴロゴロしているわけにはいかない。起き出して、昨夜脱がされた膝丈の寝間着を全裸の上に羽織り、遮光になったドレープカーテンを思い切りよくシャッと開けた。

冬晴れのいい天気だ。

昨日大掃除をしたとき、佳人自身がピカピカに拭き上げた窓ガラスを通って、穏やかな陽光が降り注ぐ。

思わず深く息を吸い、肺を膨らませて深呼吸した。

気持ちがよくて、気分が上がる。

昨晩の熱っぽい行為の名残を留めて乱れたシーツを剝がして丸め持ち、一階に下りていく。

階段の途中から、すでに味噌汁のいい匂いが漂っていた。トントントンと包丁がまな板を叩く音もする。

遥が朝食の用意をしてくれている。温かいご飯と味噌汁、それに塩鮭の切り身でもあれば佳人は充分だ。朝から遥の手料理を食べられる幸せを嚙み締めつつ、階段を下りてすぐ向かいにある洗面所に入った。

抱えてきたシーツを洗濯乾燥機に入れ、スタートボタンを押す。乾燥まで家電に任せ、佳人は奥の浴室で軽くシャワーを浴びた。

今日は遥とランチに出掛ける予定になっている。

出掛けるまでまだ四時間あまり時間があるので、とりあえず普段着を着て台所を覗く。

遥はちょうどエプロンを外しているところだった。

作業台の上に二人分の皿と茶碗を載せた盆が置かれている。

「おはようございます」

「ああ」

いまだに照れくさいのかなんなのか、遥は佳人が朝の挨拶をしても、めったに「おはよう」とは返さない。だいたいいつも相槌を打つだけだ。佳人もすっかり慣れてしまったが、こういうところは本当に何年経っても変わらないなぁとおかしみを感じる。不器用な遥が愛おしくもあった。

「すみません、朝食の準備、遥さんに全部お任せして」

「べつにたいしたものは作っていない」

佳人はできたての料理を見て目を輝かせた。

「あ、おろし大根となめこの味噌汁にしたんですね。大好きです。塩鮭と卵焼きも……！」

あれば嬉しいと思っていた塩鮭がまさにあって、つい嬉々《きき》とした声を上げる。

ふっ、と遥が口元を綻ばせ、揶揄の籠ったまなざしを向けてきた。

「この程度でそんな喜んだ顔を見られるなら安いものだ」

「おれを喜ばせるのなんか赤子の手を捻るより簡単ですよ。遥さんにかかれば、ですけど」

今までも、そして、この先も、遥だけは自分にとって特別な存在だという意味を込めて言い添える。

「お互い様だ」

遥はボソッとぶっきらぼうに返し、佳人の肩を心持ち邪険に押しやって盆を持ち上げ、さっさと隣の食堂に持っていく。佳人も急須と湯呑みを小さな丸盆に載せて後を追った。

中庭に面して東向きに縁側が設けられた食堂には、穏やかな朝日が差し込み、気分を清々しくしてくれる。十二人掛けの大きな食卓の端に、角を挟むようにして座り、遥が作ってくれた朝食をありがたくいただいた。

「大晦日におせち料理を作らないのは、なんとなく手持ち無沙汰というか、落ち着かない気持ちになりますね」

昼間出掛けるのも、今年は出来合いのお重を、知人に頼まれて料亭から買うことにしたためだ。佳人の取引先からの依頼で、はじめは断るつもりでいたのだが、遥に相談したところ、繋いでおきたい縁なら大事にしろと言われ、言葉に甘えさせてもらった。料理には定評のある料亭なので味の心配はしていないが、遥と一緒に様々な料理を作って重箱に詰めるのが大晦日の習わしのようになっていたため、違和感が拭えない。

「何もせずに過ごす大晦日というのも悪くないだろう」

小鉢に入れた納豆を箸で混ぜつつ遥が言う。

「おまえがうちに来る前、俺一人で正月を迎えていた頃は、だいたいいつもデパートから取り寄せていた」

「そうだったんですか。遥さん、節目節目はきちんとするイメージがあるから、昔から自分で作っていたのかと思ってました」

「余裕がなかったときは、そもそも盆暮れ関係なく働いていた。おせちなんか食べないのが当たり前だった時代もあったしな」

遥は苦しかった時分の話を、いつでも屈託なくする。見栄も驕《おご》りも卑下もない。その時々の己の有り様を淡々と受け入れているようだ。見つめているのは常に今より先で、それを感じるたびに佳人は、遥が見通す未来にずっと自分も居続けたいと願わずにはいられない。

「またそういう暮らしになったとしても、おれは遥さんの傍を離れないので、今のうちから腹を括っておいてくださいね」

にっこり微笑み、まんざら冗談でもないことを訴える眼差しで遥を見る。

「いざとなったら遥さん一人くらいおれが養います、って大見得《おおみえ》切ることができるように早くなりたいです。今はもちろんまだまだですが、理想に近づけるようがんばりますよ」

「おまえがそんな気持ちでいるのなら、俺はますます不様《ぶざま》な落ちぶれ方はできんな。俺にもそれなりにプライドがあるからな」

「はい」

佳人は遥に負けん気を示されて素直に頷いた。そのほうが遥らしい。実際、今は何をするにしても、遥が陰になり日向になりして佳人を援助してくれている。この立場が逆転するときが来るとは想像もつかない。

「新宿《しんじゅく》のグラン・マジェスティに入っているレストランだったか。ランチを予約した店は」

「ええ。ここ、貴史《たかふみ》さんもときどき利用するらしくて、美味しいし雰囲気もいいと勧められました」

「確か辰雄《たつお》さんが行きつけにしているホテルだ」

「そうなんですか。だから貴史さん……」

佳人は合点《がてん》がいき、思い出し笑いを浮かべていた。

「執行《しぎょう》がどうかしたのか」

「あ、いえ。どこかいい店知らないですか、って聞いたとき、ちょっと気恥ずかしそうな顔して教えてくれたんですけど、そういうわけだからなのかと納得がいって」

あのとき貴史は、東原との逢瀬について打ち明けているような心地だったのだろうと推察すると、微笑ましかった。こと恋愛に関しては、貴史のほうが佳人よりずっと初々しくて可愛い反応をする。普段しっかりしていて頼れるだけに、ギャップにほっこりする。

「貴史さんって、本当に可愛いですよね。海千山千《うみせんやません》かと思っていた東原さんが一筋になったのも無理ない気がします」

「ああ」

遥は一呼吸置いて、そっけなく続ける。

「俺も似たようなものだ」

あまりにもさらっと口にして、次にはもう何を聞かれてもこれに関しては答えないと言わんばかりの仏頂面をされたので、佳人はもう一度聞かせてくださいと頼む隙も見出せなかった。

遥は、びっくりするほど明け透けで猥雑な発言をするときがあるが、そうかと思えば些細な甘やかさすらも隠したがることがあり、どうやらそれは気分次第らしいので、しばしば翻弄される。強《し》いて言えば、誰か他人が一緒にいるときのほうが、わざとかと思うほど開けっぴろげになりがちで、二人きりで日常的な遣り取りをしている最中だと、照れくささがってはっきり言葉にしたがらないようだ。

ベッドの中ではまた違い、比較的率直で熱っぽかったりする。

遥の気持ちは充分伝わってくるし、これまでの積み重ねから得られた信頼も揺るぎないため、多少言葉が足りなかろうと今さら不安になりはしない。相変わらずだな、と苦笑が込み上げるばかりである。それもまた、佳人にとっては幸せの一つだ。

食後、遥は残っている仕事を今年のうちに片付けると言って書斎に籠った。

佳人は台所で後片付けをして、二階の自室でインターネットサイトの更新や、個人的に参加しているSNSの閲覧やもらったコメントへの返信などをして過ごした。

それらの作業をノートパソコンでしながら、来年は新しいパソコンに買い換える頃合いだな、と考える。今使っているものは、遥の秘書になって半年ほど経った頃、唐突に遥から買い与えてもらったものだ。特に不具合を起こすことなく今まで活躍してくれたので、新しい機種に替えようという気にもならず、かれこれ数年使っているが、さすがにそろそろ動作が不安定になってきた。よく使うキーに至っては、文字が消え、読めなくなっている。これにも様々な思い出があり、手放すのは惜しい気もするのだが、今の仕事のことを考えると感傷に浸ってばかりもいられない。遥との思い出はまだこれからいくらでも作れる。作ればいいのだから、物に拘《こだわ》るのはよそうと自分に言い聞かせる。

レストランの予約は十二時半にしてある。フランス料理店だが、どちらかといえばビストロに近い感覚のカジュアルさで、気軽に食事を楽しみたいときにうってつけらしい。

昨今はたいていのことはインターネットで済ませられるのだが、このときはたまたまサイトの予約システムがメンテナンス中で、電話で予約をした。一ヶ月以上前の話だがはっきり覚えている。なので、よもや、いざレストランに出向いてみれば、その予約が電話を受けた係の手違いできちんと処理されておらず、いわばダブルブッキングの形になっていようとは思いもしなかった。

＊

「誠に申し訳ございません」

平身低頭する黒服のフロア係を前に、佳人はどう反応すればよいか悩み、自分自身立場をなくした情けない心地で当惑してしまった。

「つまり、電話を受けた記録はあるものの、予約自体がなされていなくて、本日満席のため席を用意できない、ということですか」

戸惑いを隠せないまま、先ほど受けた説明を繰り返す。

後方に立って成り行きを静観している遥を振り返ってみたが、遥は平素と変わらぬ仏頂面をしたままで、そこから感情を読み取るのは、佳人にも難しかった。短気なほうではないので、怒ってはいないと思うのだが、不愉快な気分ではあるかもしれない。

「それは……困りましたね」

あいにく、ホテル内にある他のレストランもこの時間帯は予約で埋まっているらしい。

今さらどこか別の店を探すにしても、わざわざ大晦日に大切な人とランチをしに来た気分にふさわしいところが簡単に見つかるかどうか。適当な店に入ってお茶を濁すくらいなら、このまま帰宅して家で何か作って食べたほうがいいかもしれない。カジュアルな雰囲気とはいえ、ホテル内のビストロに行くのならとスーツを着てくれた遥に悪いことをした気持ちでいっぱいで、佳人の頭は混乱気味だった。

「なんとかお席をご用意できればと、ただいまマネージャーが上の者と相談しておりますので、今しばらくお待ちいただけますと幸いです」

「待つのはかまいませんが……」

なんとかしてもらえるなら、むろんそれに越したことはないが、実際問題としてテーブルは空いていないわけだから、できることは限られるだろう。どうするつもりなのか訝しむ気持ちが増すばかりで、フロア係の言葉を真に受けて期待する気にはなれない。

「無理なら無理だと言ってもらったほうがいい。こちらとしても、ごねるつもりは毛頭ないので」

それまで黙っていた遥が、おもむろに口を開く。語調自体は淡々としており、感情はほとんど出ていない。ただ、眼光の鋭さに加えて、押し出しの強さを感じさせる佇まいをしているため、見ようによっては不機嫌そうに映るかもしれない。

フロア係も遥に威圧された心地がしたようだ。

「は、はい。ごもっともでございます。重ね重ねお詫びいたします」

そもそも今回の不手際は、電話を受けた女性スタッフが起こしたものらしく、フロア係のせいではない。恐縮しきったフロア係を責めても仕方がないし、そんな気は佳人にも端からなかった。

このまますっきりした気分で引き揚げるというほどには納得しきれていないが、遥の言うとおり、無茶を言ってホテル側を困らせようとは思っていない。

「もう少し待ってみて、それでも難しいようなら、失礼しましょうか」

佳人が遥にそう言った直後、黒スーツ姿の男性が二人の傍らに近づき、恭しく腰を折って頭を下げた。

「お話し中のところ失礼いたします」

畏まった態度で声をかけてきたのは、まだ若そうなホテルマンだ。年齢的には二十代半ば過ぎか、もう少しいっているくらいだろう。肌の張り艶感が、佳人に自分より二つ三つは若そうだと思わせた。先ほどから対応してくれていたフロア係の男性より確実に年下だとわかるが、どうやら役職的にはこちらのホテルマンのほうが上らしい。フロア係の体に緊張が走るのが見て取れた。

「どうしたのですか」

後から来た若いホテルマンが、フロア係に落ち着き払った口調で事情を聞く。今マネージャーが相談しているという、フロア係が言うところの『上の人間』とはまた別のようだが、ずいぶんしっかりしていて、貫禄がある人だなと佳人は思った。

フロア係は襟元に黒い蝶ネクタイを締めているが、この若いホテルマンはネクタイだ。よく見ると、スーツも黒っぽいが生地や仕立てが明らかに違っていて、制服ではなさそうだ。名札も付けていない。

誰なんだろう、この綺麗な男性。

佳人はレストランの予約云々《うんぬん》よりも、割って入ってきた若いホテルマンに関心を寄せ、彼がこの場をどう収めるのか興味が湧いてきた。

遥も焦れた様子はなく、成り行きに任せるつもりでいるようだ。

一目見たときから、爽やかで清潔感があって、端整な顔立ちをした人だと思ったが、見れば見るほど綺麗で高貴さを感じさせる。穏やかな雰囲気をしていて、どちらかといえば消極的で従順なタイプかなという印象を受けるのだが、フロア係と向き合う態度は堂々たるものだ。ほっそりとした体つきが、ピンと伸びた背筋や、立った姿勢の美しさによって、実際よりも大きいように感じられる。凛然としていながら、居丈高《いたけだか》にはならず、物腰はあくまで柔らかい。一介のスタッフでは持ち合わせない、上に立つべく教育された者のオーラのようなものが全身から醸し出されている。只者ではなさそうだ。

「わかりました。完全にこちらのミスですね」

要点を掻い摘んで聞いた美貌のホテルマンがはっきりとした口調で断じた。

「マネージャーはまだバンケットの責任者に相談に行ったきり戻らないのですか。でしたら、この場は私が預かります」

「はい。申し訳ありません」

フロア係はますます萎縮し、体を硬くする。ガチガチになっているのが傍目にもわかった。

「すぐにテーブルを用意しましょう」

「ですが……」

「わかっています。あなたはもうここは結構です。先ほどからあちらで新しくご来店なさったお客様が案内をお待ちです。対応、お願いします」

「は、はい。申し訳ございません」

もう何度目かしれない、申し訳ない、という謝罪を繰り返すと、フロア係は最後に深々と頭を下げて、ぎくしゃくしながら離れていった。果たしてあれで次のお客にきちんとした応対ができるのかと、よけいな心配をしかけたが、さすがは世界的な名門ホテルチェーンのスタッフ、あっという間に気持ちを入れ替えたようだ。そつのない口調で「お待たせいたしました」と滑らかに声をかけるのが聞こえてくる。

「重ね重ねのご無礼、何卒お許しくださいませ」

あらためて美貌のホテルマンから遥と佳人に丁重な謝罪があった。

先ほどの遣り取りから、風向きが変わったのが察せられていたため、佳人はこの後どうなるのかが楽しみで、「お気になさらずに」と愛想よく返した。遥はにこりともしなかったが、そういう反応をする相手にも慣れているのか、美貌のホテルマンに動じた様子はなかった。たおやかそうな見かけに反し、なかなかに肝《きも》が据わっているようだ。

「申し遅れましたが、私、水無瀬《みなせ》と申します」

ホテルマンが名乗った途端、遥がピクリと反応した。佳人にも聞き覚えのある名前だった。確か、ここ、グラン・マジェスティ・グループの経営者一門の名が水無瀬といったはずだ。なるほど。いろいろ腑に落ちる。若いが貫禄があるのも納得がいく。

グラン・マジェスティの本拠地、新宿店の総支配人を務めているのが、確か一門の嫡男《ちゃくなん》だと記憶しているが、さすがにそれはこの若い彼ではないだろう。佳人はその程度までしか把握していないが、目の前にいる気品と風格を備えた彼が、いずれホテルの経営陣に名を連ねる幹部社員であることは間違いなさそうだ。

「このたびは、当ホテルの不手際で、大変ご迷惑をおかけしました。心よりお詫びいたします」

「謝罪はもう充分していただきましたので問題ないのですが、わたしたちはこちらで食事をさせていただけるのでしょうか」

佳人は率直に聞いてみた。テーブルを用意してくれるのならば、当初の予定通りここでランチをするのが自分たちとしても好都合だ。よけいな手間を省ける。

「その件につきまして、折り入ってご相談させていただきたいことがございます」

水無瀬氏の口調と態度には本心からの誠意が感じられ、こちらに嫌な印象をまったく与えない。

「なんでしょうか」

佳人は気軽に応じた。よほど理不尽な話でない限り、遥も佳人もあまり物事に拘るほうではないので、おそらく呑めるだろう。たまの二人揃っての外食に遥と佳人が求めるのは、ぶっちゃけその時間を楽しめたかどうかで、それ以外のことに関しては、あまり気にしないほうだ。ファミレスだろうと高級フレンチだろうと大差なく、値段に見合ってさえいれば文句はない。

話の流れ的にも、水無瀬氏の口から不愉快な提案がなされるとは思えないが、万一承服できなかったときは、できないと告げてホテルを後にすればいい。結果的にそうなったとしても、ホテルチェーンの御曹司たる水無瀬氏がわざわざ出てきてくれたことは好意的に受けとめる。ランチタイムに訪れただけの一見客に対しても、精一杯の対応をしようとするあたり、名門ホテルの名に恥じない接客態度だ。

「お席ですが、本日空き室となっております部屋にご用意させていただく形で、なんとかご容赦願えないかと考えているのですが」

水無瀬氏は澄みきった黒い瞳で遥と佳人を交互に見つめ、責任感に満ちた、揺らぎのないしっかりとした調子で思いがけない提案をしてくる。

佳人は遥と顔を見合わせ、おれはそれで問題ありませんけど、と眼差しで示した。

「そうした対応をしていただけるのなら、我々はかまいません」

遥が水無瀬氏に答える。

ここからの遣り取りは遥に任せ、佳人はさりげなく遥の後方に引き下がった。

「そうですか。ご快諾いただきありがとうございます」

水無瀬氏の顔が明るさを増して、若々しく潑剌《はつらつ》とした印象が強まる。真面目で律儀そうだ。あと、やはりお坊ちゃんっぽい。周囲にめいっぱい可愛がられて育ってきたような純粋さ、満たされきった感じが滲み出ていて、こうして立派に社会人として独り立ちするまでは、誰しもが全力で守ってやりたい気持ちになったのではと、勝手な想像を巡らせた。

「それでは、お部屋の準備を調えさせていただきますので、しばらくカフェでお待ちいただけますでしょうか」

こちらです、と先に立って案内され、佳人は遥と並んで水無瀬氏についていった。

背後から見ても水無瀬氏の歩く姿は颯爽《さっそう》としていて美しい。姿勢にせよ歩き方にせよ、究極のサービス業だと言われるホテルマンはどこか違う気がする。

予定通りに運んでいれば、普通にランチを食べて帰宅するだけの外出で終わったはずだが、思いがけない経験をさせてもらえることになりそうだ。

「ルームサービスでレストランの食事を提供していただけるなんて、なかなかの贅沢じゃありませんか」

そっと遥にだけ聞こえるように言う。

「悪くはないな」

遥もまんざらでもなさそうだ。

カフェでも水無瀬氏の威光は発揮され、すぐに窓際の席に案内された。

「二十分ほどお時間ちょうだいするかと思います」

「お気遣いなく。この後は予定を入れていませんから」

「ありがとうございます。準備ができましたら、あらためてご案内させていただきます。お好きなお飲みものをオーダーください」

水無瀬氏はカフェスタッフに目配せしてメニューを持ってこさせると、自らの手で表紙を開き、遥と佳人それぞれに差し出す。流れるような動作に、若いがホテルの業務は一通り経験しているのが窺え、なんでもそつなくこなせるのだなと感心する。

「では、私はいったん失礼させていただきます」

水無瀬氏が一礼して立ち去りかけたとき、座った位置から見通せるカフェの出入り口付近に見知った姿があるのに気がつき、あまりの偶然に佳人は目を瞠った。

「遥さん、東原さんがいらっしゃいますよ」

佳人の言葉に反応したのは遥だけではなかった。

水無瀬氏もこのホテルをよく使うという東原のことは当然知っているようで、ほとんど反射的に佳人が視線を向けている方を振り返る。

東原は一人ではなかった。同じくらい長身で、均整の取れた体軀をした紳士と一緒である。

「に……、総支配人」

一瞬、水無瀬氏が口走りかけた言葉の続きは、もしかすると「兄さん」だったのかもしれない。慌てて一度口を閉じたときの狼狽《うろた》え方に、佳人はそう推察した。

何も知らずに引き合わされたなら、歳がずいぶん離れていることや、纏う雰囲気が違いすぎることから、まず、二人を兄弟だとは思わないだろう。しかし、知った上で見ると、品よく整った顔立ちのあちらこちらに似たところがあると気がつく。

総支配人という地位に就いているだけあって、兄のほうは四十近いようだ。東原ともそれほど違わないのか、一緒にいても格差を感じない。年齢もさることながら、たいていのことには動じそうにない落ち着き払いぶりや、威風堂々とした佇まい、上に立つ者が持つカリスマ的オーラなど、どこを取ってもお互いに遜色《そんしょく》がない。

「こいつは驚いた。まさか今日みたいな日におまえたちとここで会うとはな」

すぐに東原もこちらに気づき、歩み寄ってくる。

総支配人も少し後《おく》れてついてきて、適度な距離を保った場所に控えるかのごとく立つ。水無瀬氏が総支配人の傍らにスッと移動した。

「大晦日は仲睦まじくうちでのんびりしているものとばかり思っていたが、どういう風の吹き回しだ」

四人掛けのテーブルだったので、東原は遥の隣に腰を下ろし、さっそく揶揄しにかかる。

「ランチをしに来たんですが、ちょっとした行き違いがあって、今、そちらの水無瀬さんに対処いただいているところです」

「行き違い？」

「基《もとい》。どういうことだ」

東原に続けて総支配人が水無瀬氏を名前で呼んで問い質《ただ》す。ここに来て、基氏だけでなく、総支配人までこのちょっとしたトラブルに巻き込む事態になったようで、佳人は畏れ多さに冷や汗が出てきた。

「こちらの手違いで、黒澤《くろさわ》様のご予約をお取りできていなかったため、空いている客室をご用意して、そちらのダイニングでお召し上がりいただくことになりまして」

兄とは言え、総支配人の前では弟でも緊張するのか、基氏の表情が僅かに強張る。

「ああ？　なんだ、それならわざわざ空き部屋なんか使わず、俺が年間契約し直したばかりの部屋を使え」

基氏の説明を聞いた東原が、今度はそう言い出した。

「いいんですか、辰雄さん」

「ああ」

遥も、それはあまりに厚かましすぎはしないかと躊躇《ちゅうちょ》したようだが、東原は間髪《かんはつ》容《い》れずに即答する。

「あの……それだったら、もしよかったら、なんですが、東原さんも一緒にいかがですか」

きっと遥も反対しないだろうと思い、佳人は遠慮がちに東原を誘ってみた。

「ほう。いいのか、佳人」

俺はお邪魔虫じゃないのか、と言いたげな目で見据えられ、佳人は遥に助けを求める視線を送った。

「執行も呼んではどうですか」

遥がさらっと貴史の名を出す。

その手があった、と佳人は己の迂闊《うかつ》さに苦笑する思いだった。やはり、東原との遣り取りにかけては、遥のほうが一枚も二枚も上手だ。東原も一瞬虚を衝かれた表情を浮かべたが、すぐに引っ込めて、小気味よさそうに唇の端を上げてニヤリとする。

「会うのは夜からのつもりだったが、まぁ、おそらく今からでも、佳人がいると言えば喜んで来るだろう」

「えっ。そこでおれにかこつける必要あります……？」

相変わらず東原は人前では素直になれないようだ。数多《あまた》の大物極道を震え上がらせ、畏敬の念を抱かせ、命さえ捨ててもいい覚悟で従わせている川口組《かわぐちぐみ》のナンバー2が、プライベートでは意外に気さくで、変なところで意地を張る普通の男だという事実が面白い。

「うるせぇやつだな、黙っていろ」

照れ隠しのように佳人に乱暴な口を利き、東原はスーツのポケットから携帯電話を取り出すと席を立つ。貴史に電話をかけるため、カフェの外に出るようだ。

擦れ違いざま、懇意にしているらしき支配人と、その弟である基氏に声をかけていく。

「総支配人。そういうことだから、悪いが食事の用意は四名分頼む」

「承知いたしました」

「弟、久しぶりだな。ニューヨークから戻ったのか」

「クリスマスから三箇日《さんがにち》まで、こちらでお手伝いをしています」

「ならまたすぐあっちに渡るのか。そういや、何年か後にはニューヨークに新しいのが建つんだったな」

「はい。オープンした暁《あかつき》には、ぜひ泊まりにいらしてください。精一杯おもてなしさせていただきます」

「そうだな。俺にそれだけ言えるならたいしたもんだ」

小気味よさそうに笑って東原が出ていったあと、総支配人は基氏をシェフの許に行かせ、遥と佳人に、遅ればせながら、と名刺を差し出し、挨拶する。

「水無瀬功《いさお》と申します。当ホテルの総支配人をしております。本日はレストランのほうで不手際があったとのこと。ご迷惑をおかけしまして、申し訳ありませんでした」

「黒澤です。ご丁寧にありがとうございます」

「わたしは久保《くぼ》と申します」

それぞれ名刺を交換すると、水無瀬氏は遥のことは前から知っていた様子で、思い当たることがあったかのように目を細めた。東原から聞いていたのか、もしくは、クロサワグループが手掛ける事業のいずれかを知っているか、といったところなのだろう。

「東原さんのお部屋でご会食ということにお話が纏まったようですので、いつでもご移動いただけるのですが、もうお一方《ひとかた》がおみえになるまでこちらでお待ちになりますか」

総支配人の問いかけに答えたのは、戻ってきたばかりの東原だった。

「そうだな。四人で一緒に部屋に上がったほうがいいだろう。貴史にもカフェにいると言ったしな」

背後から東原に返事をされた総支配人は、振り返ってふわりと余裕に満ちた笑顔を見せると、恭しく一礼した。

「畏まりました。では、食事をお始めになる際に、お手数ですが内線9番にお電話いただけますと幸いです」

「わかっている」

東原と総支配人はよほど気心の知れた仲なのか、東原の態度はざっくばらんで、親しさゆえに邪険に振る舞っている印象だ。総支配人もまったく気にした様子はない。やれやれと苦笑いするくらいである。

「どういうご関係なんですか」

総支配人が引き揚げたあと、佳人は東原に聞いてみた。東原ほどの大物やくざになれば、政界や財界の著名人たちとですら陰で交流があっても不思議はないが、水無瀬功との関係はそうしたビジネス上の付き合いともまた異なる気がして、興味が湧いた。

「学生時代の後輩だ」

隠す気もなさそうに東原はあっさり教える。

ああ、そういうことか、と佳人は疑うことなく納得した。言われてみれば、確かにそういう類いの気易さで、その関係性はしっくりくる。

「おまえたちが一緒にいた弟のほうなんか、俺が高校生の頃、黄色い鞄斜め掛けにしてた幼稚園児だったんだぜ」

「それは可愛かったでしょうね」

今でもあれだけ綺麗で細くて色白なのだから、幼稚園児だった頃は、女の子みたいに可愛らしかっただろう。

「そりゃあな。兄貴は心配でたまらなかったろうよ。おまえさんも似たり寄ったりだったんじゃねぇのか」

「おれですか。いや、おれは女の子と間違われるような感じではなかったみたいですよ」

佳人の返事を聞いて、向かいに座っている遥がフッと口元を緩める。佳人を見つめる眼差しは興味深げで、もっとこうした話を聞きたがっているようだ。

この場では口にしなかったが、佳人には遥の視線や表情が語っていることが言葉同様に察せられ、胸がじんわり熱くなった。

大晦日の昼、ひょんな偶然からいつもの四人で食事をすることになったのも縁深さを感じて嬉しいが、夜はやはり、それぞれのパートナーと二人きりで過ごしたい。

きっと、これからここに来る貴史も同じように思っているだろう。

貴史だけでなく、東原も、遥も、かもしれない。

「そうそう。ここのカジュアルフレンチレストランを勧めてくれたのは、貴史さんなんですよ」

「ああ。味は保証する。昼にはもってこいだ」

「辰雄さんが年間契約されている部屋というのは、ひょっとしてスイートなんですか」

ダイニングテーブルがあるのなら、遥が聞いたとおりスイートクラスに違いない。

東原はわざとらしく苦々しげな顔をして頷いた。

「前まではそこまで大きな部屋じゃなかったんだが、契約更新する際、上手く乗せられてスイートルームに格上げしちまった。本当なら、いっそもう解約するかと考えていたくらいだったのに」

「おかげさまで、今日はおれたち助かりましたし、これから四人で周囲の目を憚ることなく食事を楽しめますね。ありがたいです」

最後に佳人が綺麗に纏めてみせると、東原はいっそう苦虫を嚙み潰したような顔になり、それから、仕方なさそうに笑いだした。

「敵わねぇな、佳人。おまえさんには」

隣では、遥が唇を固く引き結び、必死に笑うのを堪えている。

「お待たせしました」

貴史が来たのはそれからすぐだ。

四人揃ったところで東原の部屋に移動した。

そして、豪華なスイートルームのダイニングで、予想していた以上に楽しいランチタイムを皆で過ごすことができたのだった。

＊

結果よければすべてよし、と佳人は思うことにしている。途中ごたついても、最後に笑えたなら、苦労も辛さも悲しみも報われた気持ちになれる。

「昼間は当初の予定とは全然違った形のランチタイムになりましたけど、むしろ、楽しかったですね」

「ああ」

一年の締め括りである大晦日の夜、遥と佳人は茶の間でおせち料理を摘みつつ、冷酒を差しつ差されつしながら過ごす。

おせちは元旦以降に食べる家庭も多いようだが、久保家でも黒澤家同様大晦日の夜から食べ始めていた。

今年は付き合いで購入した出来合いのおせちだが、プロの料理人が腕によりをかけて作っただけあって申し分ない出来だ。美味しくて箸が進む。

酒も結構飲んでいた。

佳人がガラス製のとっくりを手で持つと、遥が空いた盃を差し出す。

「思い差《ざ》し、って遥さん知ってます？」

すっきりとした辛口の酒を、心を込め、想いを乗せて注ぎながら佳人はふと聞いてみる。

「……いや」

遥は少し考えて首を振る。

風呂から上がって身に着けた和装が罪作りなほど似合い、色香を漂わせていて、傍にいるだけで胸が震える心地を佳人は何度も味わされていた。

「この人、と思って……心を込めてお酒を注ぐこと、だそうです」

注ぎながら、佳人はしっとりとした声で言う。

ほう、と遥が目を眇め、佳人の顔をちらりと見やる。

「その想いが籠った盃を受け取ることは、なんと言うんだ」

「思い取り、ですかね」

佳人は答えて頬をほんのり朱に染めた。

──思い差し、思い取り。

──思い取り、思い差し。


年が明けたら、また一つ、二人で一緒に歳をとる。

中東土産と高慢美青年

十二月半ば、四泊六日の中東旅行から帰国した貴史《たかふみ》は、翌日さっそく佳人《よしと》と待ち合わせ、新橋《しんばし》駅近くにある懐石料理の店で夕食を共にした。

お土産に買ってきた袋入りのデーツを渡して、東原《ひがしはら》と向こうで待ち合わせて数日共に過ごしたことを話すと、佳人は「もうすっかり普通の恋人同士ですね」と自分のことのように喜んでくれた。

長い間、東原とは所詮体だけの繋がりなのではないかと貴史が悩み続けてきたことを、佳人は知っている。ほんの一年前までは、まさにそうだった。

「変われば変わるものですよね。だけど、東原さんの気持ちを信じ切れなくて悶々としていた時間も、今となっては無駄ではなかった気がするんです。あれはあれで、僕にとってきっと必要な過程だったんだろうなと」

「振り返ると全然違った見方ができるようになることって、往々にしてありますよね。おれもそうです」

「まぁ……正直、しんどかったですけどね」

貴史は屈託なく笑って言うと、運ばれてきた料理に箸を伸ばす。

「あ、このスモークサーモンを使ったフルーツサラダ、美味しい」

小鉢に盛られた前菜の一品を食べて、佳人が嬉しそうな顔をする。

料理をほとんどしない貴史と違い、佳人はときどき台所に立つ。外で出された料理に感心して、今度うちで作ってみたいと佳人が言うのをしばしば耳にする。同棲している恋人にも食べさせてあげたいという気持ちが伝わってきて、微笑ましい。

「だいたいこんな味だったと言えば、遥《はるか》さんには通じるんです。おれなんか、まだまだですけど、いずれ料理の腕も遥さんと同じくらい上達させられたらいいなと思っています」

「佳人さんは努力家で負けず嫌いだから、遠からずそれも実現させるんでしょうね」

そう言ってから、貴史はふと、昨日、帰国便で一緒だった千羽《ちば》にも今と同じようなことを言ったのを思い出す。

綺麗だが、やたらと棘のある物言いをする、一癖も二癖もありそうな男の顔を脳裡に浮かべ、本当に彼を雇って上手くやっていけるのだろうかと、この期に及んで心許なくなってきた。

「貴史さん？」

「あ、ああ、すみません」

千羽のことを考えて、知らず知らず表情を曇らせていたらしく、佳人にどうかしたのかと心配されて申し訳ない気持ちになる。

「十一月いっぱいで、四ヶ月勤めてくれた弁護士さんが退所した話、したでしょう」

「聞きました」

貴史が人事の問題で苦労しているのを、佳人も承知しており、神妙そうに相槌を打つ。その後どうなったのかも、気にかけてくれていたようだ。

「実は、向こうで知り合った方がいて、その方が仕事を辞めて日本に引き揚げる予定でいらしたので、うちで働きませんか、という話になったんです」

「どんな方なんですか」

「生まれも育ちも日本なのですが、ロスの大学を卒業後、しばらく日本と諸外国を行ったり来たりして、資格取得と語学の勉強に勤しんだのち、アラブのとある富豪の秘書をしていたという経歴の方なんです」

「珍しい経歴をお持ちなんですね。だけど、弁護士さんではないんですか」

「ええ。司法書士の資格は持っているそうですが。本人の努力次第で、司法試験合格もあり得るかもしれません」

「司法試験に。それはすごい。貴史さんがそんなふうに言うのがすごいです。おいくつぐらいの方ですか」

「僕より一つ上だから、佳人さんよりは三つ年上になりますね」

「それくらいなら同年輩と言っていいですね。でも、貴史さん的には、やりにくそうな相手なんですか」

佳人との付き合いももう二年以上になる。互いに、相手の表情や喋り方、反応の仕方などから感情を推し量れるまでの間柄になっている。貴史の弱気な気持ちを佳人は汲み取ったようだ。

「なにかとぶつかりそうな予感はしています」

貴史は正直に答えた。

「僕のほうが年下ですが、仕事をする上では雇用主である僕の意向に従っていただきたいのですが、あんまり素直に聞いてもらえそうにない気がして。僕がしっかりすればいいだけの話なんですけど」

「プライドが高そうな方なんですか」

「死ぬほど高そうです」

「死ぬほど？」

佳人は貴史の言い方がおかしかったのか、眉根を寄せて笑う。

「じゃあ、どうして雇う気になったんですか。紹介されて断れなかったんですか？」

佳人が不思議がるのも、もっともだ。相性がいいとはとても思えない。ただ、イスマーイール氏の秘書をしているときの千羽は明らかに有能だったし、貴史の事務所でも十分やっていけるであろうことは疑いなかった。

だが、そんなことよりも貴史の心を惹きつけたのは、千羽の持つ独特の雰囲気だった気がする。

「はっきりと紹介されたわけではないんですが、東原さんもそれとなく勧めていましたし、僕自身も彼に興味が湧いたんですよね。僕の周囲には今までいなかったタイプの方で」

「ああ、なるほど。わかる気がしてきました。貴史さんは探究心が強いから、気になることがあればとことん追及するほうですよね」

「そうかもしれません」

自分では意識したことがなかったが、指摘されると、確かに思い当たる節がある。

「機会があれば、おれもその方に会ってみたいな。向こうにとっては迷惑かもしれないけれど」

「かなり性格がきつくて、物言いは容赦ないし、態度は慇懃《いんぎん》無礼《ぶれい》な感じで、正直、誰にでも気軽に紹介できる感じではないんですが、佳人さんなら大丈夫じゃないかと」

「おれも凹むときは凹みますけど、結構打たれ強いほうだと思うので」

佳人は涼やかな笑顔を見せて冗談めかす。

「でも、あまりにも不躾だったり、感じが悪かったりしたら、僕は彼に態度を改めるように言いますよ。佳人さんを傷つけられて黙っていられるほど心が広くないので」

「嬉しいです。おれのこと、そんなふうに大事に考えてもらって」

照れくさそうに目を伏せる佳人に、貴史はこんな様子を見せられたら、誰しも大切にしたいと思うだろう。

普段は貴史よりよほどしっかりしている佳人だが、たまに悩みを打ち明けられたり、頼られたりすると、可愛い、守りたい、と僭越《せんえつ》ながら思う。その実、貴史も同じくらい佳人を頼り、愚痴を聞いてもらったり、発破をかけてもらったりしている。

「週明けの月曜日、事務所を見に来てもらうことになっているんです。彼がうちの事務所で働くかどうかは、それ次第ですね。正式に雇用契約を結んだら、三人で会う機会を作りますよ」

「楽しみにしています」

ちょうどそのとき貴史のスマートフォンにショートメールが届いた。

「噂をすれば影です」

千羽からだった。

『銀座《ぎんざ》近辺でどこか雰囲気のいいダイニングバーをご存じないですか?』

挨拶の一文も添えられていない、用件だけの簡素なメールだ。

「これから食事をされるんですかね」

佳人が含みを持たせた眼差しで貴史を見る。

それだけで貴史には佳人がここに千羽を呼んではどうかと提案したがっているのがわかった。

「我々と一緒にどうですかと、聞くだけ聞いてみます」

貴史がその旨返信すると、しばらくして千羽から返事があった。

『和食ですか。まぁいいでしょう。行きます』

「ちょっと高飛車な感じの方ですね」

佳人は若干引いていたが、とりあえず一度会ってみたいという気持ちはなくしていないようだ。

新しい出会いに対して積極的なところが、事業や独立にも繋がる新たな世界を佳人に広げさせているのだろう。好き嫌いや苦手意識よりも、とにかくぶつかっていこうという姿勢が貴史には眩しく、尊敬している。

千羽は十分と経たないうちに来た。

フロアスタッフに案内されて、壁で仕切られた個室様式の席に現れた千羽は、相変わらず愛想のかけらもない仏頂面で、佳人を見てもにこりともしない。

「初めまして。久保《くぼ》と言います」

「千羽です」

佳人のほうから挨拶されて、面倒くさそうに名乗る。

それでも佳人は気を悪くしたふうもなく、飲み物のメニューを広げて千羽の手元に差し出し、

「何を飲まれます？」

と物怖じせずに話しかける。

貴史を横に、佳人を斜め前にする形で掘り炬燵《ごたつ》式のテーブルに着いた千羽は、お絞りで手を拭きながら、チラチラと佳人に視線を向ける。興味なさそうに取り澄ました態度とは裏腹に、佳人のことが気になるようだ。

「あなた方が飲まれている冷酒を私もいただいていいですか」

「もちろんです。じゃあ、盃を一つ追加してもらえばいいですね」

千羽のような取っつきにくい相手にも佳人は己のペースを崩さず、自然体で接する。

さすがの千羽も、佳人のこの人当たりのよさには毒気を抜かれたのか、貴史には初対面のときから容赦なく発揮していた感じの悪さが薄れている。

さすがだな、と貴史は感心する。佳人の美貌と品のよさ、清廉な佇まいには千羽も一目を置かざるを得ないようだ。

料理はコースで出てくる。貴史たちもまだ前菜を食べている最中だったので、千羽もすぐに追いついた。

「和食の気分ではなかったんですが、貴史さんがご自慢の友人と引き合わせてくださるようだったので、妥協しました」

千羽は貴史にはつけつけと言う。

「貴史さんはおれにとっても自慢の友人です」

それに対して佳人も、にこやかに微笑みつつ大胆な返し方をする。

初顔合わせの雰囲気は貴史が予想したより和やかで、悪くなかった。

「今夜は途中から千羽さんが入ってくる形になってすみませんでした」

店を出てすぐのところで反対方向に行くと言う千羽と別れ、新橋駅まで二人で歩く道すがら、貴史は佳人に謝った。

「いいえ、楽しかったですよ。千羽さんってものすごいツンですけど、デレたら可愛い人になる気がしませんか」

「うーん、どうでしょう。彼、僕の事務所に来てくれるでしょうか」

「きっと勤めると思いますよ」

佳人は確信的な口調で言う。

「そのつもりがなかったら、貴史さんにメールしてきたりしません。千羽さんはすでに貴史さんにデレかけていると思いますよ」

「そうですか？」

半信半疑ではあったが、佳人があまりにも自信たっぷりなので、そうかもしれないと貴史にも思えてきた。

月曜日、約束通り阿佐ヶ谷《あさがや》の貴史の事務所を訪れた千羽は、あまり気の進まなそうな態度で、

「明日から来てあげますよ」

と恩着せがましく言いつつ、まんざらでもなさそうな顔をしたのだった。

ある夏の日
彼らは

SHUNKASHUTO
JONETSU TO MATENRO

総支配人室の広く取られた窓から西新宿《にししんじゅく》のビル群を眺めていると、背後でガチャリとドアが開く音がして、この部屋の主である水無瀬功《みなせいさお》が入ってきた。

「待たせたな、基《もとい》」

気易い口調で話しかけられ、基も肩の力を抜いてふわりと微笑んだ。弟の顔に戻って「いいえ、全然」と応じる。

本来であれば、世界中に数十軒あるハイクラスホテルチェーンの本拠地、グラン・マジェスティ・新宿を統括する功は、一社員である基にとって雲上人だ。普段は、兄弟であっても職場では互いの立場に見合った接し方をしている。ただ、基は現在ニューヨークの名門ホテルに出向中の身で、帰国して本来の所属先で功と顔を合わせる機会はめったにない。子供の頃から一回り年下の基を、兄というよりは父のような懐の深さと面倒見のよさで見守り続けてくれている功にしてみれば、二人でいるときくらい兄弟として対したい気持ちが先に立つのだろう。功は真面目で誠実な勤勉家だが、物事を杓子定規《しゃくしじょうぎ》に捉えない余裕も持ち合わせており、そうしたところも基は見習いたいと思っている。恋人の都筑《つづき》にも似たところがあって、ひょっとすると、好きになったのはそれも理由の一つなのかなと思えなくもない。

基と会う前に入れていた予定が十分ほど長引いたと言う功は相変わらず忙しそうだ。

「久しぶりだな。成田《なりた》から直接来てもらったが、疲れてないか。空の旅はどうだった?」

「快適でした。うちとも提携関係にあるロイヤル航空の新機種便、エコノミーでも座席の間隔に余裕があって楽でしたよ」

「そうか。私も一度使ってみるかな」

「ぜひ。今度ニューヨークにいらっしゃるときにでも。今のところ、成田、ニューヨーク間と、成田、ロンドン間の二路線だけなんですよね、新機種で運行しているの」

「ホテルとエアのパック商品の売り上げがかなり好調だと聞いている。ああ、基、レポートはあちらで読ませてもらう。来なさい」

功は窓辺に立っていた基を促し、広い執務室の一角に据えられた応接セットに向き合って座ると、基が提出したレポートに目を通しだす。

その間、基は背筋を伸ばしてやや緊張した面持ちで、功に声をかけられるまで静かに待っていた。

プラザ・マーク・ホテルでの研修もいよいよ残り一ヶ月となり、次はどこに回されるのか基はまだ何も聞かされていない。いちおう、引き続きアメリカにいたいと希望は出しているが、どのみち自社の系列ホテルは今現在ワシントンDCとロサンゼルスの二ヶ所にしかないため、ニューヨークからは離れることになるだろう。都筑との同棲生活に馴染んだ身には辛いが、水無瀬一族の末席に名を連ねる者としての自覚と責任感は兄同様しっかりと持っている。恋人と離れがたいからという理由で、家業から逃げて別の仕事に就くことなど考えもしていない。都筑もそれは理解してくれており、「寂しくなったら文字通り飛んで会いに行く」と本気の目をして言う都筑に、基も、自分もそうしようと心積もりしている。

功はレポートを最後まで捲り終えるとファイルを閉じ、満足そうな顔で基を見る。

「読み甲斐のあるレポートだった。向こうでのおまえの活躍ぶりと成長が窺い知れて興味深い。コンシェルジュとしてもうすっかり一人前の働きをするようになって、おまえに任せておけば大丈夫と信頼されているそうだな。あちらのチューターからも話は聞いている」

兄からの率直な褒め言葉に基はじわりと赤面し、面映ゆさに睫毛を揺らす。

「そう言っていただけると嬉しいです。毎日新しく学ぶことがあって、まだまだだなと自分の未熟さを噛み締めてばかりなんですけど」

「足りていないところが自分でわかるようになったということが成長だ」

確かにと基は得心《とくしん》して頷く。

そこに、一段落するのを見計らったかのようなタイミングで、眼鏡をかけた生真面目そうな秘書がお茶を持ってきた。前回帰国したときとは別の人物だ。今年の春に人事異動があってこの男性に替わったらしい。小さな変化はこんなふうに至る所で起きている。気づくたび、変わることを恐れるのはよそうと基は自分に言い聞かせる。

丁寧に淹れられた緑茶の味と香りを愉しみつつ、久しぶりに兄弟水入らずで話をする。今回、功とゆっくり過ごせるのはこのひとときだけで、あとはずっとスケジュールが擦れ違ったまま、基はニューヨークに戻らなくてはならない。

「せめて今夜の晩餐をご一緒できたらよかったんですが」

基が控えめに言うと、功は温厚さの滲む理知的な顔を悠然と綻ばせ、細めた目で揶揄するように基を見遣《みや》る。

「このあと智将《ちしょう》と会うんだろう。おまえの出張に合わせてスケジュールを調整したそうじゃないか」

「はい。もともと七月か八月に日本に来る予定はあったそうなんですが、僕の日程が決まった時点でどうせならという話になって」

「相変わらず仲睦まじくてなによりだ。そうやって都合をつけたおまえたちのせっかくの夜を邪魔するほど私は野暮ではないよ。不粋な男だと智将に思われたくはないからな」

功は都筑のことを親しみを込めて智将と呼ぶ。弟がもう一人できた感覚で嬉しいようだ。都筑もまた功に憧憬と敬愛の念を抱いているらしく、顔を合わせればビジネスの話に花を咲かせている。二人が膝を突き合わせて話しだすと、基は入り込む隙がなくて疎外感を覚えるほどだ。いずれは基も現場の仕事だけではなく経営に関しても学ばなければならない身だが、今はまだその段階ではなく、話についていけないのが悔しい。とはいえ、兄と恋人の関係が良好なのは、同性をパートナーに選んだ基にとって願ってもない状況だ。兄が味方になってくれたおかげで、百人力の心地でいられる。

「僕たちにいつも配慮してもらって、申し訳ありません」

「なに。水くさいことを言うな。そのつもりで私も今夜は別の予定を入れている」

さらりと言った功の眼差しが僅かに揺らいだ気がして、基はつい聞いてしまった。

「仕事関係の用事、ですか」

「さぁ。どうだろうな」

はぐらかされはしたものの、答えは想像に難くなかった。面白そうに基を見る目が、おまえも観察眼が鋭くなったなと感心しているようだった。

今回に限らず功はプライベートを進んで明かすほうではなく、基は兄に恋人がいるのかどうかすら摑めていない。この短いやり取りの中で、兄にもまったく何もないわけではなさそうだという感触を受け、嬉しかった。実のところ基は、自分だけが好き勝手に生きて、その分兄に我慢させているのではないか、負担を掛けているのではないかと気にしていた。兄にも公私共に幸せでいてほしい。そのためにできることがあれば、僭越ながら役に立ちたい。常々そう思っている。

「私はどちらかといえばオープンな性格ではないから、おまえに話していないこともあるが、言わないだけでプライベートも大事にしている。周りが思っているほど仕事一筋ではないから、気遣いは無用だ」

「ですよね。今ちょっと安心しました」

「まぁ、結婚みたいな人生の節目のイベントとは当分縁がなさそうだ。それだけは言っておく」

「そうなんですか」

弟の贔屓目《ひいきめ》ではなしに、功は人間的にも男性としてもかなりハイレベルの、魅力的な人物だと思うのだが、不思議なくらい恋人の影を感じさせず、案外このまま生涯独身を通しそうな予感すらある。

「水無瀬家に生まれてよかったなと僕がつくづく思うのは、何事に対しても無理強いしない家風だというところです。おかげで僕は好き勝手させてもらっている。兄さんにも同じだといいんですが」

次男の基と、長男で跡継ぎの功とでは、そのへんの事情は違うかもしれない。もしそうなら、基は申し訳ない気持ちになる。

「同じでなければ、私はとうの昔に見合いさせられている」

「あ。確かに」

どうやらよけいな心配だったようだ。

兄弟間でだけ通じる、一族の事情を踏まえた上での納得した心境を眼差しに乗せ、基は功と微笑み合った。

＊

昨年の春に全館オープンしたグランモール・カトルビレッジは、開業から二年近く経た今も、開発を手掛ける際に都筑が試算した集客数を概《おおむ》ね裏切らない想定どおりの業績を上げており、まずまずの成功を収めていると言ってよかった。

前回、都筑が直々に訪れたのは、全体の七割がオープンする第一期開業のときだった。前夜祭的な関係者招待日と、一般客を迎えての初日営業を見届けて以来足を運ぶ機会はなく、運営会社ともめったに連絡を取ることはなくなった。いわゆる片付いた仕事の一つだ。時には何件ものプロジェクトがチームごとに進行していて、都筑はCEOとしてそのすべてを統括し、最終的な決断を下す立場にある。何か問題が発覚しない限り、完遂した事業にその後も関わることはまずない。

このカトルビレッジは都筑にとって忘れがたい存在で、他のどの案件より思い入れがある。別件で来日するたびに、あそこは今どうなっているだろうかと頭の片隅で気にしていた。それというのも、このプロジェクトを進めている最中に基と運命的な出会いをしたからだ。土地問題に関したトラブルに基を巻き込んで危険な目に遭わせるという、肝の冷える事件も起きたが、それでも基は東京都下に二十一万平米の敷地面積を持つアウトレット主体のショッピングモールの完成を喜んでくれ、都筑が特別な感慨を持つ事業になった。

出張に同行させた秘書のジーンを連れ、四つのエリアに分かれた施設内を一通り見て歩いたあと、敷地の一角に設けられた管理運営会社の事務所を訪れる。

「ようこそ、ミスター都筑。またお会いできて光栄です。相変わらずのご活躍ぶり、噂は私の耳にも届いておりますよ」

応対してくれたのは、以前は課長補佐だった女性だ。オープン前の施設内を案内してもらったのを覚えている。あらためて交換した名刺には、課長の肩書きが入っており、きびきびした印象が増していた。

「本日はお時間割いていただき、ありがとうございます。一般客として来たほうが、お手を煩わせずにすむのではないかと迷ったのですが、一言ご挨拶したかったものですから」

「いえ、いえ、ご連絡いただいて嬉しかったです。その節は大変お世話になりました。お忙しい中お立ち寄りくださいまして、こちらこそ恐縮です」

女性課長は社交辞令とはまったく感じさせない、親しみのこもった口調で言う。本心から歓待されているのが伝わってくる。

「日本にはいつ来られたのですか」

「一昨日です。名古屋《なごや》で一つ仕事を片付けてから、今日新幹線で東京に移動してきました。せっかくなので三重まで足を伸ばしてお伊勢参《いせまい》りをしたんですよ。聞いていたとおりスピリチュアルな場所でした。足を踏み入れた途端に霊気のようなものを感じましてね。不思議な感覚でした」

「伊勢神宮《いせじんぐう》に行くと私も身が引き締まります」

今回来日した主な目的は、名古屋で計画しているある事業のための下見と、明晩開催される元国土交通省幹部らが参加する懇親会への出席だ。ニューヨークから名古屋に飛んで、初日は三重観光、翌日、名古屋市内で仕事をして夜は接待を受けた。いずれもジーンと一緒だ。お互い口には出さなかったものの、これが基とだったら、西根《にしね》とだったらと胸中で感じているのが察せられ、二人して似た気持ちを抱えて素知らぬ振りをしているのがおかしく、また少々せつなかった。

ジーンとは過去に体の関係を持っていた時期もあったが、その後それぞれ別の相手と巡り合い、今では互いにすっかりそちらに夢中だ。気が強くプライドの高いジーンはめったに本音を吐かないが、短くもない付き合いなので都筑には聞くまでもなくわかる。

都筑はこのあと、やはり仕事で今日来日したはずの基と落ち合う約束になっている。ジーンにも、よかったら三人で食事をしないかと誘いを掛けたが、けんもほろろに断られた。オーケーするはずがないでしょう、と言わんばかりのツンとした呆れ顔で「わたしは結構です」と即答されたのだが、ジーンが都筑と基を二人だけで過ごせるように気を利かせてくれたことを、都筑は承知している。

ジーンはしばしば本心とは裏腹に棘のある態度や物言いをしがちだが、それはたいてい照れ隠しからくる不器用さの表れだ。性格がきつく、意地っ張りで扱いにくい面もあるものの、びっくりするほど要領が悪かったりもして憎めない。なにより、秘書としては替えの利かない有能な人材だ。

ジーンの相手の西根恭平《きょうへい》は、ニューヨークで一人寂しく恋人の帰りを待っているのかと思うと、出張とは言え二人に悪いことをした気になる。もちろんジーンは、そんなことは匂わせもしないで淡々と職務をこなしているが、移動中に車窓を眺めつつ物思いに耽っているようなとき、今きっと西根のことを考えているんだなと感じることがある。

内宮《ないくう》で神楽を上げさせてもらった話もついでにして、神事に関する興味深いやり取りを交わしたあと、グランドオープンした施設内を歩き回った感想を伝える。

「レストラン街の店もオープン当初とそんなに入れ替わっていなくてホッとしましたよ。どこもそこそこ評判がいいようですね」

都筑が特に気になっていたのは、基と協力して自ら誘致した父子の店だ。父が北イタリア料理のシェフ、息子がパン職人で、レストランとブーランジェリーを併設する形で営業するスタイルを取っている。ちょうどランチ営業が終わって一息つく時間帯だったので、久々に濱田《はまだ》シェフと息子夫婦に会って話ができた。施設全体の新鮮味が薄れてきた現在、来客数は正直落ち着いた感があるが、それでもなんとか利益を出してやっていけているとのことで、都筑も肩の荷を下ろせた心地だ。

「こいつの焼き立てのパンが好評で助けられている」

「いや、いや。親父の作る料理目当てで来てくれるお客さんばっかだろ」

一度は断絶していた父子が照れくさそうに互いを認め合う様は、端で見ていて微笑ましかった。親子関係の修復後は以前にも増して家族の絆が強くなったようだ。

昔は、ビジネスに人情は不要とあえて切り捨てていた時期もあったが、その頃の冷徹でがむしゃらだった自分より、今の自分のほうが都筑は好きだ。

仕事のことしか頭になかった過去の自分は、基にはあまり知られたくない。知ったからといって基の気持ちが簡単に変わるとは思わないが、少なからず引かれる気がして心配だ。惚れた弱みというやつで、都筑は基にがっかりされたくなかった。

基は純粋で、他人を悪く思ったり疑ったりしない真っ直ぐな性格だ。基のようにありたいと思いつつ、なかなかああはなれない。都筑自身は完璧とはほど遠く、むしろみっともなく足掻いてばかりの人間だ。基が都筑のどこを好きになってくれたのか不思議なくらいだが、基の気持ちは疑いようもなく、都筑にしてみれば、それはこの上ない僥倖《ぎょうこう》だ。基が日本に行くと聞いて、迷わず日程を合わせたのも、べた惚れしているからにほかならなかった。

「客層の中心は観光に来られている外国人の団体客ですね。インフォメーションセンターに中国語と韓国語が堪能なスタッフを増やして対応しています」

「ショップの品揃えを見て、そちらをターゲットにした商品の割合が増えているのを感じましたよ」

「どこも生き残り戦略に必死です」

全館一斉のフェアやイベント開催などで盛り上げ、あの手この手で集客を図っています、と女性課長は意欲的な姿勢を見せる。なかなか大変ですけどね、とちらりと洩らしはしたが、まだまだやる気に満ちているようだ。

あまり長居をしては業務の妨げになるだろうと、三十分ほどで切り上げた。

エントランス広場の一角にバス乗り場が設けられていて、最寄り駅まで無料送迎してくれる便以外に新宿行きの高速バスが出ている。都筑はジーンとそれに乗車した。

平日で乗客はまばらだ。通路を挟んで左右に分かれ、横並びに席を占める。

「渋滞に巻き込まれない限り四時半には着くようですが、お約束は何時ですか」

事務所ではほとんど口を開かずに都筑の傍らに控えていたジーンが、おもむろに聞いてくる。基の名前をあえて出さないのがいかにもジーンらしい。いつものごとくそっけない物言いだが、別段不機嫌なわけではなさそうだ。ふと、西根がジーンのことを「姫」とよく呼んでいるのを思い出す。そう呼びたくなる気持ちは都筑にも理解できた。本人は心外かもしれないが、なんとなくご機嫌を伺いたくなる空気をジーンは纏っている。

「六時頃だ。その前にもう一ヶ所行きたいところがある。きみはどうする？」

どうすると聞きはしたものの、次の用事は極めて個人的な案件だ。万が一ジーンに「お供します」と言われたら微妙な展開になりそうだったが、案の定ジーンは「そうですか」と興味なさそうに受け流した。ビジネスとプライベートの区別の付け方がクールなところも、都筑がジーンを好ましく感じているポイントの一つだ。こういうことに関しては察しもいい。

「では、本日はバスを降りた時点で業務終了と考えてよろしいですね。明日は夜まで予定を入れておられませんが、どうしますか」

「懇親会会場で、受付開始時間の十分前に落ち合おう。それまではオフでいい」

「かしこまりました」

ジーンの返事はいかにも事務的で、愛想もなければ迷いも感じなかったが、案外ジーンが寂しがり屋で繊細だと知っている都筑は、せめて明日のランチくらいは三人でどうかと提案しかけた。だが、都筑が口を開く前にジーンが先を越す。

「明日は基さんもオフだそうですね。せっかくなので、半日観光に行かれてはどうですか。谷中《やなか》辺りの下町をぶらぶら散策されるのもよさそうですよ」

「あ、ああ、そうだな」

きみは、とさっきもした質問を再度眼差しで問いかける。

「わたしは江ノ島《えのしま》に行ってみようかと考えています。最近そこを舞台にした日本の小説を読んだので、現地を訪れたくなりました」

付け入る隙のない返事をされて、都筑は納得し、頷いた。ジーンの顔をとくと見たが、無理をしている印象は受けない。

その後、新宿に到着するまで言葉を交わさず、都筑はウトウトして過ごした。

ジーンはしばらくタブレットで読書をしていたが、「次は終点」とのアナウンスを聞いて都筑が目を覚ましたときには、シートを控えめに倒して寝ていた。

「着いたぞ」

声をかけると、すぐに起きて、ばつが悪そうに睫毛を揺らす。

新宿の降車場で別れたジーンは、迷いのない足取りで東口方面に向かって歩きだす。しばらく背中を見送ったが、あっという間に雑踏に紛れて見えなくなった。

その後、都筑は三丁目の角に建つ百貨店に行った。基にちょっとした贈りものをしたいので、それを見繕うためだ。べつに何の記念日でもないが、都筑は基の喜ぶ顔が見たくて、小まめに贈りものをしている。

*

気がつくと、ジーンはビルとビルの谷間に開けた広場のような場所に来ていた。

特に当てもなく歩いてきたので、ここがどこなのか把握できていなかったが、方角的に歌舞伎町《かぶきちょう》の辺りにいるのは間違いない。

ステージを組んでイベントが開けそうなスペースの向かいには、ホテルやシネマコンプレックスが入った高層ビルが建っていて、フロア直通のエスカレーター付近は待ち合わせや出入りする人々で賑わっている。さすがは大都会新宿、平日のこの時間帯でも結構な人出だ。

映画は好きでも嫌いでもなく、年に数本観るかどうかという程度だが、ここで二時間ほど暇を潰せば、夕食をとるのにちょうどいい時間になる。目的もなく街をうろついて疲れるよりマシだと思い、エスカレーターの手前の壁面に掲げられた電光掲示板で上映スケジュールを確認しようとした。

電光掲示板に歩み寄る前に、ふとエスカレーターに視線を向けたのは、まったくの偶然だった。

エスカレーターは上りと下りが並んでいる。今まさに下りてきた男性の顔に見覚えがある気がして、ジーンは目を逸らせず、ジッと見てしまった。

相手もジーンの顔をまじまじと見ている。

「佳人《よしと》さん？　お知り合い、ですか？」

背後にいた連れの男性が訝しげに声をかけるのがジーンの耳にも届き、佳人という名前を聞いた途端、記憶が甦ってきた。

「久保《くぼ》さん、でしたよね」

「やっぱり、ジーンさんですよね」

ジーンが目を瞠ったのを見て、佳人のほうも間違いないと自信を持ったようだ。ほぼ同時に相手に声をかけ、近づき合う。

「まさかこんなところでお会いするなんて！　こうしてジーンさん御本人だとわかっても、まだちょっと信じがたい気持ちです」

「それはこちらのセリフですよ」

驚いた、の一言では済ませられない。

「沖縄でご一緒したのは……二年近く前になりますか。ずっとジーンさんたちが忘れられなくて、明るい金髪をした方を見かけるたびに、どうされているかなと思っていたんですよ」

「ああ、それは光栄です。わたしもしっかり覚えていましたよ」

また会う機会があるとは想像もしていなかったが、佳人同様、折に触れて思い出してはいた。

「一年と九ヶ月程度では全然お変わりないですね、佳人さん」

相変わらず清涼感があって若々しい。確か実年齢はジーンと一つか二つしか違わないと聞いた気がするのだが、肌の瑞々《みずみず》しさが半端ではなく、せいぜい二十七、八にしか見えない。実際その年齢の基は、本人がお坊ちゃんお坊ちゃんしていてぽやんとした印象が強いせいか、さらに若く見える。東洋人の年齢は容貌からは推察しにくい。

「ちなみに、そちらの方はご友人ですか」

佳人と奇遇な再会をひとしきり驚き合ってから、ジーンは遅ればせながら連れの男性に目を向け、今まで放置する形になったことを詫びる気持ちで会釈した。こちらはスーツにネクタイ姿で、なんとなく堅い職に就いていそうな雰囲気を醸し出している。おそらく佳人と同年配だろう。細いが均整の取れた体軀に、高い知性を感じさせる聡明な顔つきの、感じのいい人物だ。

「あ、そうです。すみません、貴史《たかふみ》さん！　こちらの話に夢中になってしまって」

「僕のことなら大丈夫です」

佳人が貴史さんと呼んだスーツの男性は、第一印象どおりの穏やかさと落ち着きぶりで、屈託なくジーンにも微笑みかけてくる。謙虚で人がよさそうだ。加えて、ただおとなしいだけの凡庸な人物でないことは、理知的で意志の強そうな眼差しから察せられる。

「紹介しますね。ジーンさん、こちらは執行《しぎょう》貴史さん。親しくさせてもらっている方です」

「初めまして。執行です」

「どうも。ジーン・ローレンスと言います。ニューヨーク在住で、現在出張で来日中です」

ジーンが差し出した手を貴史は慣れた様子で握り返し、自然な口振りで「日本語お上手ですね」と褒める。お世辞は言わず、過剰な謙遜や忖度《そんたく》もしなそうな印象を受けた。冷静な自己評価ができるタイプのようで、好感が持てる。

「ジーンさんは語学が堪能で四、五ヶ国語話せるんですよ」

秘書同士だとわかって佳人に親近感を抱き、そんなことも話したなと思い出す。

「ボスが日系アメリカ人ということもあって、中でも日本語は得意なほうです」

こう言うと、自慢か、と捻くれた受け止め方をする者もたまにいるのだが、佳人も貴史もそんな度量が狭い人間ではないようだった。大仰に感心されるわけでもなく、スムーズに会話が流れる。価値観や感覚が近いのだろう。

「それにしても、数ヶ国語扱えるのはすごいですね。僕は法律関係の個人事務所をやっているんですが、そこを手伝ってくれている人がやはり語学に長けていて、今、その人のことが頭に浮かびました」

「実はおれもです。千羽《ちば》さんという方で、お引き合わせしたら共通点がいろいろ見つかってお互い興味を持たれるのではないかという気がしないでもないんですけど、けど……難しいかな、やっぱり」

千羽という人物の話になると佳人は妙に歯切れが悪くなる。

「ひょっとして、相当風変わりな方なんですか」

冗談半分に適当に言っただけだったが、二人が同時に反応するのを見て、当たらずとも遠からずらしいと察せられた。

「すこぶる付きの有能な方なのですが、ずっと海外で活躍されていたからか、なんでもはっきり遠慮なく口にされるので、人によって合う合わないがあるみたいです」

「それなら、わたしも似たようなものかもしれません」

さすがになんの蟠《わだかま》りもない初対面の相手にまで最初から尖った態度は取らないが、もともと好き嫌いがはっきりしているので、気に食わないと思ったことをズケズケと言葉にして、相手を怒らせたり傷つけたりすることがしばしばある。西根と付き合いだしてからは、だいぶ穏やかになったつもりだが、持って生まれた性格はそう簡単には変わらないものだ。もっとも、佳人にはソフトな接し方しかしていないので、ジーンが高飛車で鼻持ちならない一面を持っているとは気づいていないだろう。貴史の話を聞いて千羽もそんな感じなのかと想像し、会うと反発し合う可能性が高いかもしれないと思った。

ジーンの場合、むしろ基くらいふわっとした鷹揚な性格をしているほうがうまくいくようだ。

基はただ穏やかで心根が優しいだけではなく、とてつもなく芯が強くて怖い物知らずだ。物事を柔軟に捉え、逆境にあっても柳のようにしなやかに揺らいで持ち堪える。気が強くて意地っ張りなジーンは、自分自身は辛辣なくせに、傷つきやすく、臆病で、わりと簡単に折れてしまう。存在を知った当初は、都筑を取られた悔しさもあって、基の純真無垢さや素直さが嫌いで苛立っていたが、知れば知るほど憎めなくなっていき、ついには都筑が惚れるのも無理はないと認めざるを得なかった。今では弟のように可愛いと思っている。偽りのない本心だが、照れくさいので基には相変わらず辛口の対応をしがちだ。それでも基は、ジーンに悪気がないことをわかってくれている気がする。

「すみません。僕はそろそろ事務所に戻らないといけないので、ここで失礼させていただきます」

スーツの袖をずらして腕時計を確かめた貴史が申し訳なさそうに暇乞《いとまご》いをする。

「次にまたお目にかかる機会がありましたら、そのときこそゆっくりお話しさせてください」

貴史に誠実な眼差しで見つめられ、ジーンは神妙に受け止めた。

「佳人さんとは何かとご縁があるようなので、貴史さんにもまたお会いする予感がしますよ」

「僕もこれっきりにはならない気がしています」

「おれも同感です」

佳人も二人に賛同し、続けて貴史に礼を言う。

「貴史さん、今日は映画に付き合ってくださってありがとうございました。一緒に鑑賞できて楽しかったです」

「こちらこそ、いい息抜きになりました」

貴史はにっこり笑って返すと、二人と別れて新宿駅方向に歩き去る。

「さて、おれはどうしようかな」

佳人がぽつりと独り言のように発し、首を僅かに傾ける。

「暇ならお茶に付き合ってくれませんか」

ジーンは幾分ざっくばらんな口調に変えて積極的に出た。貴史がいるときには一歩退いて他人行儀な距離感を保っていたが、二人になった途端、遠慮する気が失せた。

どうせ暇でしょう、と言いたげだったのが佳人にも伝わったらしく、佳人は苦笑いしていた。

「ジーンさんは映画をご覧になるつもりだったのではないのですか」

「いえ。べつに」

「それでしたら、ジーンさんにお話ししたいことがあるし、そちらの近況も伺いたいので、そこのパブで一杯やりますか」

立ち話していた場所のすぐ脇に、テラス席を備えた欧米風の雰囲気のパブレストランがある。

ジーンは佳人と連れ立って店に入り、思いがけない再会を祝してビールで乾杯することになった。

＊

「エスカレーターに乗って下りている途中から、すらっとした立ち姿の綺麗な人がいるなぁと目を凝らして見ていたんですよ」

パブでジーンとテーブル席に着き、ブルスケッタをつまみにホワイトエールを飲みながら、佳人は本人を前に臆することなく言った。

実際、ジーンは目立っていた。

ハニーブロンドの明るい髪に、人形のように整った造形の顔、長い手足を際立たせる仕立てのいいサマースーツ――シネマコンプレックスが入ったビルの前に屯している人々の中で異彩を放っており、注目せずにはいられなかった。

美貌を称えられることには免疫がつきすぎているのか、ジーンはこれしきの褒め方ではピクリともしない。もはや聞き飽きたと言わんばかりに無表情で、どこのお姫様だと揶揄したくなるほどだ。綺麗な花には棘がある、を地でいっている印象があった。相当な自信家で、自尊心がエベレスト級に高そうだとは、沖縄で言葉を交わしたときから感じていた。パートナーの男性、確か西根恭平という日本人のフラワーアーティストだと自己紹介してくれた、おおらかで気立てのよさそうな彼だから相手が務まるのだろう、と僭越ながら思ったのも事実だ。

今回は西根は一緒ではないのかと思ったが、もしかすると別れてしまった可能性もあるなと失礼ながら想像を逞しくしてしまい、聞いていいのかどうか迷う。

「まさかこれだけ人の多い街で偶然あなたと再会するとは、わたしも驚いていますよ」

喋り方はそっけなく、表情はツンと取り澄ましていて、果たして会えたことを本当に喜んでいるのか疑わしかったが、ちらと寄越された視線に照れが混じっているのを見て、非常にわかりにくいが嬉しいことは嬉しいんだろうなと推し量れた。面倒くさいくらい己の感情に素直になれない不器用なタイプのようだ。貴史も言っていたが、千羽敦彦《あつひこ》を思い出す。おまけに千羽も以前は秘書をしていたと聞いている。数ヶ国語をネイティブ並みに話せるところや、性格がきつそうなところなど、探せば共通点がいっぱい見つかりそうだ。

「先ほどから何か言いたそうな目でわたしを見ていらっしゃる気がするのですが、何か？」

さっそくジーンに語気を強めて指摘される。何か、と同じ言葉を繰り返したのはあえてだろう。緑の瞳に気の強さが表れている。

「あ、いえ、お気に障ったならすみません。おれのほうはお会いしていなかった間にいろいろ変化があったんですが、ジーンさんは全然お変わりないみたいだなと、勝手に思っていました」

「特に変わったところはありませんね」

ジーンはそれをいいことだと思っているのか、面白みがないと感じているのか、佳人には判別がつかなかった。ただ、こうして佳人と話をすること自体は嫌ではなさそうだ。自分から、お茶でも、と言い出したくらいなのだから、当然と言えば当然だ。無理をして相手に合わせるような性格ではないことは察するに余りある。

変わっていないと言うからには、あの感じがよくて頼り甲斐のありそうな彼氏と、まだ続いているのだろう。佳人は安心して西根の話を持ち出した。

「西根さんもお元気にされていますか」

「元気にニューヨークで留守番しているはずです。電話とか……用事がない限りかけないので、実際どうしているかは知りませんが」

西根のことになると、ジーンの声音にたちまち柔らかみが出る。白い頬に微かに色が浮き、長い睫毛を忙しなく揺らすしぐさにも、こちらが気恥ずかしくなるくらい好きだという感情が窺えて、微笑ましいやら羨ましいやらだ。

本音は用事などなくても電話したいくせに、と突っ込んで揶揄したくなる。しっぺ返しが怖いので口にはしないが、もう少し素直になってもいいのではないかと焦れったく思った。西根もきっと喜ぶだろう。ジーンから電話をもらうなどすれば、飛行機に乗って文字通り飛んでくるのではないか。二人揃っているところを端で見ているだけだったときから、素敵なカップルだと感じて、佳人は胸を熱くしていた。自分と遥《はるか》もそんなふうに周りから見られていたら最高だ。

「ところで、あなたは今日、休みなんですか」

長袖のシャツにスラックスという佳人の出で立ちに視線をくれ、ジーンは訝しげに眉を動かす。

「そうでした。そのことなんですが、実はおれ、今はフリーランスで、会社は辞めたんです」

「彼と別れたんですか」

佳人は気を遣って直截に聞くのは遠慮したが、ジーンは頓着せずに聞いてくる。

ジーンさんって、たぶん一事が万事こういう人なんだよな、きっと、と佳人は苦笑いした。

「黒澤《くろさわ》遥さん、でしたっけ」

「ええ。幸い遥さんとは別れていません」

別れるなど考えたこともない、と喉まで出かけたが、寸前で押し止めた。遥が事故に遭って一時記憶をなくしていたとき、危うく決意しかけたのを思い出したからだ。あのときはあまりにも救いのない状況だった。あんなことは二度と起きてほしくないし、起きたとしても、今度は絶対に自分から身を引く選択はしない。知らず知らず唇を嚙み締める。

それを見たジーンは何か誤解したらしく、にわかに佳人に気を遣いだした。

「あの、無理しなくていいんですよ。ひょっとして、今、ぎくしゃくしているんですか。わたしでよければ話を聞くだけはできます」

「いいえ、本当に、おれたちも問題なく熱いです。ちょっと違うことを考えていただけですから」

「じゃあ、なぜ辞めたんですか」

そうだった、そもそもその話をするためにここに腰を据えたのだった、と佳人は本題に戻る。

「他にやりたいことが見つかって、遥さんにも応援してもらえたので、話し合いの結果退職したんです。好きな人と四六時中一緒にいられる秘書の仕事も好きだったし、おれはわりとやきもち焼きだから他の人にその役回りを譲るのは嫌だと思って粘りたい気持ちもあったんですが、二足の草鞋《わらじ》を履いてどっちも中途半端になるより、思い切って専業で必死にやってみようと決意して」

「それ、いつの話ですか」

ジーンの表情が引き締まる。佳人の話に興味を持ったようだ。

「フリーランス一本に絞ったのは一昨年の十二月からですね」

「えっ。つまり沖縄でお会いした翌々月ですか」

「あのときはまだ秘書のほうが本職で、今やっている作家ものの創作焼きものの販売の仕事は事業として軌道に乗せたばかりでした。あんなにすぐ辞めることになるとは、自分でも思っていなかったんです。焼きものの仕事にしても、最初はほんの思いつきで、事業にまでしようとは考えていなかったはずなんですよね。もう、よく覚えていないんですけど。あまりにも、あれよあれよという間に物事が一気に動きだしたので」

当時を反芻しながら佳人はジーンに話した。

ジーンは聞き役をするときもできた相手で、佳人が喋っている間は口を挟まず、話しやすい空気を作ってくれていた。おそらく秘書としても非の打ち所のない仕事ぶりなのだろう。佳人自身は、秘書という仕事が適職だったのかどうか、結局よくわからない。自分なりにがんばってこなしていたつもりではあるが、たぶん、遥にとって最適な秘書とまでは言えなかった気がする。ときどき、前任者を知っていた取引先の人から、彼はこうだった、きみはできてない、と苦言を呈されたり嫌みを言われたりすることがあったのだ。そのたびに己の不出来さに情けなくなった。

「見かけによらず上昇志向があるんですね」

「いや、そういうわけでは……」

野心家だと思われるのは本意ではなく、佳人はやんわり否定しかけた。

そこをジーンに意外な言葉で遮られる。

「自分の気持ちに素直で、行動する勇気があるのは、素晴らしいですね。わたしは佳人さんが羨ましいです。自分は秘書業務以外に能のない人間ですから」

思わず佳人は「えっ」と目を瞠ってしまった。

もっと尊大で、自分のことが一番好きなタイプなのかと思っていた。どうやらジーンは言動ほど傲岸でも傍若無人でもないようだ。尊大な態度は弱さを隠すための鎧《よろい》のようなもので、根は繊細で傷つきやすい人なのかもしれない。佳人はジーンに対する見方を変えなくてはいけない気がしてきた。

「あ、念のために言っておきますが、わたしは秘書としてはかなり優秀なほうです」

一寸の迷いもなく断定したジーンに、佳人は、やっぱりこの人面白い、と頬を緩めた。

「おれもそう思いますよ」

佳人が一言も異議を差し挟まずに同意すると、ジーンはかえってきまりが悪くなった様子で、なぜかムッとする。慣れるまでは扱いにくいが、性格を摑んでしまえばわかりやすくて可愛い。案外千羽もそうなのかもしれないと、ジーンと向き合っていて思った。

「や、焼きものの話をもっと伺ってもいいですか」

わざとらしく一つ咳払いをしてから、ジーンが話を変える。

もちろんです、と佳人は応じ、それからひとしきり自分の好きな手捻《てびね》りの魅力について語った。

単に話を逸らしたくて、なんでもいいから適当な話題を持ち出したのかと思いきや、ジーンは佳人の話にきちんと耳を傾け、嬉しいことに関心を持ってくれたようだ。

「日本のこうした工芸品には味わい深いものが多くて、好きです」

「では、もし次にまた日本にいらっしゃったときは、おれが懇意にしている工房で陶芸体験をしてみますか。土弄り、楽しいですよ」

「……認めるのは癪なのですが、わたしは、かなり不器用みたいなのですが」

「あはは。おれもです。恥ずかしながら」

佳人がそう言って笑ったとき、ジーンがテーブルの隅に置いていたスマートフォンがブルブル震動し始めた。

「あ。す、すみません、ちょっと失礼します」

画面を見たジーンは目を丸くして、慌ててスマートフォンを手に取り、席を外した。

ひょっとして西根からかな、と佳人は自分のことのように嬉しくなる。

かく言う佳人も、今夜は遥が不在なので、このまま夜も一人だ。

ジーンが通話を終えて戻ってきたら、このあとどこかで食事をしませんか、と誘ってみようと考えていた。今日はもう仕事の予定はなく、ボスとは明日の夕刻まで別行動だと言っていたので、勝算はありそうだ。

店の外に出ていくジーンの背中を見送った直後、今度は佳人のスマートフォンに着信が来た。

「おれもだ」

トートバッグのポケットに入れたままにしていたスマートフォンを見ると、遥からだ。

液晶画面に表示されている名前を見た途端トクリと心臓が跳ねる。

今夜遥は福岡に宿泊するはずで、帰りは明日の午後の予定だ。空き時間に電話してきてくれたのかと思うと、嬉しくて顔がにやけてくる。

ここで佳人まで席を外すとテーブルに誰もいなくなる。どうしたのかと店の人が不安になるかもしれないと気を回し、佳人はその場で声を低めて電話に出た。

「もしもし、遥さん？」

『俺だ』

ズンと下腹に響く声が応じる。駅のホームにいると思しきざわめきや、アナウンスの音声もスマートフォンのマイクが拾う。

それを聞いた佳人は、耳を疑い、思わず「えっ？」と声を上げていた。

＊

遥が搭乗した便が羽田《はねだ》空港に着いたのは午後四時半になろうとする頃だった。

先方の都合で急遽約束が一件延期になり、夕方から夜にかけて入れていた予定が白紙になるとわかったのは、当日別件の昼食会に出席している最中だった。そうとなれば福岡にいても仕方がない。今晩予約していたホテルをキャンセルし、羽田便を手配して、帰宅は明日だと知らせてあった佳人に「今から帰る」と連絡しようとした。

航空機は十四時五十分発の便が取れたものの、搭乗する前に佳人に電話をしても、電源を切っているらしく繋がらなかった。

定刻に羽田に降りてからも一度かけたが、またもや『電源が入っていないか……』という自動音声が流れるばかりだ。電波の届かないような山奥に陶芸家を訪ねているのか、と訝しみつつ、連絡が取れないまま浜松町《はままつちょう》行きのモノレールに乗車した。

こうなったら不意打ちで帰宅して佳人を驚かせてやるか、と柄にもなく悪戯心が芽生える。

平日の午後五時過ぎに羽田空港第2ビル駅から乗った電車は適度に空いており、国際線ターミナルの利用客が乗ってくる駅にスピードを落として滑り込んだ際、窓からホームで待っている旅客の姿がよく見えた。

その中に知った顔を見つけたのは、本当にたまたまだ。何気なく向かいの窓に目を向けて、おや、と思った。あっという間に彼の前を通過していったが、あれは確かに以前沖縄で挨拶を交わし、一度だけ同じテーブルに着いて朝食を一緒にとった男性二人連れの片割れだ。名前は西根恭平。間違いない。遥は人の顔と名前を覚えるのは得意だ。西根の連れは、ハニーブロンドに緑の瞳をした、クールな印象の美青年だった。ジーン・ローレンス、こちらも記憶に自信がある。

西根は羽田着の国際線で来日したらしい。傍らに中くらいの大きさのスーツケースを置いていた。福岡から国内線で戻った遥と、おそらくニューヨークから到着したのであろう西根が、浜松町行きのモノレールで乗り合わせるなど、こんな偶然はそうそうないだろう。

遥はボストンバッグを持って席を立った。

西根は遥がいた車両より二両ほど後ろに乗ったはずだ。

乗客の顔を確かめながら移動する。

予測どおり西根は二つ後ろの車両にいた。四人で向かい合う形のシートに一人で座っている。長時間のフライトで少し疲れているのか、俯きがちになってじっとしていた。

「西根さん」

遥がそっと声をかけると、西根は不意打ちを食らった様子で勢いよく顔を上げた。

「えっ。あなたは、確か……！」

「お久しぶりです。黒澤です。二年近く前、沖縄でお会いしましたよね」

「ええ、ええ。もちろん覚えていますよ！」

西根は興奮した口調で言うと、尻をずらして窓側の席に座り直し、対面の通路側の席に遥が座れるようにしてくれた。モノレールのボックスシートは、体格のいい男二人が向き合って座るには窮屈だ。膝がぶつかってしまう。

「いやぁ、仰天しましたよ。まさか、こんな場所で黒澤さんとまたお会いするとは」

なんの心構えもなくいきなり遥に声をかけられた西根は、一瞬何が起きたのかわからなくなりかけた、と頭を掻く。短く刈り揃えた黒髪も、下顎に生やした無精髭も、前と同じだ。おかげで遥は徐行している電車の窓から西根を数秒で視認できた。

「出張からお帰りになるところですか。俺は休暇です。三泊五日の慌ただしさですが、あいつが……その、今、仕事でボスに従って日本にいるもので内緒で突然来ちゃいました」

西根は照れくさそうにしながらも、恋人に会えるならハードな旅程もなんのその、といったべた惚れぶりを隠さない。聞いていて遥は微笑ましかった。

「内緒で来日されたんですか。もう連絡されましたか。ニューヨークにいると信じている相手が、いきなり東京に現れたら、それは驚くでしょう。腰を抜かすかも……いや、泣き出すかもしれないですよ」

冗談めかして言うと、西根は茶目っ気たっぷりに片方の目を瞑ってみせる。

「まだです。嬉し泣きしてくれたら嬉しいですが、あいつ、強情だからな。まぁ、驚かすなと平手打ちを食らうのが最もあり得そうなパターンかな」

口ではそんなことを言いつつ、顔は満面の笑みで輝いている。

「俺も実は予定を繰り上げて帰京したんですよ。でも、それをまだ佳人には言っていません。あ、わざと隠しているわけじゃなく、なぜかずっと電話が通じないだけなんですが」

「おっと。そちらもそういう状況ですか」

西根は自分のことは棚に上げ、ここぞとばかりに遥に冷やかしの眼差しをくれる。

「浜松町に着いたらもう一度かけてみますよ。そういえば、今思い出したんですが、あいつ、今日は友達と一緒に怪獣映画か何かを観に行くと言っていました。パッキングをしながらでよく聞いていなかったので、うっかり失念していました」

「なら、さすがに今度かけたら通じますよ」

「西根さんも、ジーンさんに電話してあげたらどうです。いきなり宿泊先を訪ねても、向こうが外出していたら夜まで擦れ違いになりますよ」

「確かに。その可能性はありますね。俺も降りたらすぐかけます」

すぐ、に力を込めて西根は言い、早くもソワソワし始める。

遥はためらいながら、せっかくなので、と提案してみた。

「もし、もし、よかったら、なのですが、ジーンさんもかまわないとおっしゃってくださったら、今夜四人で食事に行きませんか。こちらも佳人に予定が空いているかどうか聞かないと、具体的には計画できないのですが」

「え、いいんですか。俺は大賛成ですよ。ジーンに聞いてみます。あいつも佳人くんと同じで、他に予定がなければ喜んでオーケーするんじゃないかと思います」

「では、そういうことで」

相談しているうちにモノレールは終点の浜松町駅に着いた。

これから羽田に向かう人々が列をなすホームに降りて、通行の邪魔にならない場所でそれぞれの相手に電話をかける。

「ああ、俺だ。あのな、ジーン、実は今、東京に来ているんだ」

さっそく西根が話しだす。

遥は西根から数メートル離れ、佳人に電話した。

今度は出ろよ、と祈る心地で呼び出し音を数えていると、西根が「えっ、なんだって！」と頓狂な声で叫ぶのが聞こえ、何事かとそちらに注意を向けた。

それと同時に呼び出し音が途切れ、『もしもし、遥さん？』と佳人の声が聞こえてきたので、遥は意識を西根から電話の先の佳人に戻した。

「俺だ」

『えっ、あの、空耳かもしれないんですが、今、羽田空港行きがどうとかってアナウンスが聞こえた気がするんですけど』

どうやら構内に流れている発車案内が先に耳に入ったようだ。

「ああ。今、浜松町駅からかけている。予定が急に変更になって帰ってきた」

『本当にもう東京にいるんですか。うわぁ』

嬉しい、と佳人は心の底から歓喜している声を出す。

佳人の喜ぶ声を聞いて、遥も昂揚した。

「もう一つ驚かせることがある」

『実は、おれのほうもあるんですよ、びっくりさせること』

「ほう。なんだろうな」

だが今回は絶対に自分が今西根と一緒にいるということのほうが佳人を驚かせるだろう。

遥が自信満々に口を開きかけたとき、スマートフォンを手にして駆け寄ってきた西根がほとんど叫ぶような声で言った。

「黒澤さんっ！　あいつらも今一緒にいるらしい！」

*

総支配人室で功と兄弟の会話に花を咲かせていると、あっという間に時間が経っていた。

「智将とはどこで待ち合わせているんだ？」

「新宿で、とだけ話してあります。六時頃と言っていたので、そろそろ電話かメールで連絡があるんじゃないかと……」

そこまで言ったとき、あたかも基の発言を聞いていたかのようなタイミングで、スマートフォンがマナーモードで震えだした。

功が僅かに唇の端を上げ、笑みを浮かべた眼差しで、かまわないから出なさいと促してくる。都筑からだと疑いもしていないようだ。

基は「すみません」と一言断りを入れ、応答ボタンをタップする。

「はい。基です」

兄の前で都筑と電話で話すのは初めてで、変に緊張してしまう。今の今まで功に見せていた弟の顔が、都筑と話しだした途端に好きな人を想う恋人の顔になるのを知られるのが気恥ずかしい。

そんな基の気持ちを汲んだのか、功はおもむろに立ち上がり、席を外してくれた。広い執務室を横切り、秘書室に通じるドアの方へ歩いていく。

『連絡が遅くなってすまない。そちらはもう出られるか』

都筑の声を聞いただけで基は体の芯が疼きだし、困った。功に離れてもらってよかった。傍にいられたら平静を装うのに苦労して狼狽えただろう。ほんの数日会っていないだけなのに、こうも恋しさを感じるとは、どうかしている気がする。都筑に対する愛情は募る一方で、褪せる気配もない。

「出られますよ。今どこですか」

『ビルのエントランスにいる』

「えっ。下ですか」

ホテルのフロントに上がるエレベータとレセプションがある、待ち合い用のホールで電話をしていると言う。ビルの中にもう都筑が来ていると知って基はさらに舞い上がった。

「すぐ行きます。待っていてもらえますか」

『急がなくていい』

「基」

いつの間にか数メートル先まで戻ってきていた功に声をかけられる。

「せっかくここまで来ているのなら、上がってきてもらいなさい。顔を見せろと私が言っていると、智将に伝えてくれないか」

その声は電話の向こうの都筑の耳にも届いていた。

『功さんと一緒なのか。それならご挨拶しないわけにはいかないな』

「ありがとうございます。僕、二十三階のフロントまで迎えにいきますね」

通話を終えたあと、基は嬉しさで顔がにやけるのを防ぐために唇を噛んでいないといけなかった。

功の顔をまともに見られず、逸《はや》る気持ちを抑えて「行ってきます」と総支配人室を出る。

廊下で先ほどお茶を持ってきてくれた眼鏡の秘書と鉢合わせして、基は頰の火照りを気にしながら会釈した。堅くて勤勉そうな人だが、顔を合わせてもにこりともしない。べつに感じは悪くないのだが、仕事上必要なければ馴れ合う気はないという空気が醸し出されていて、気易く言葉をかけづらい。前の秘書は逆に愛想がよすぎて、まだ新人の基にまで過剰なほど畏まる人だったので、それはそれでやりにくかった。功はどちらのほうがいいのかと考えかけて、功に限っては誰が相手でも淡々と職務をこなすだけに違いないと思い直す。大きなお世話だったと自分が恥ずかしくなった。

エレベータで二十三階のバックヤード側に下りて、スタッフオンリーと記された扉からフロントロビーに出る。

チェックイン客やレストラン等の施設利用客でロビーは混雑していたが、巨大な花瓶に生けられたフラワーアレンジメントが飾ってある円卓の傍らに立った都筑の姿は、探すまでもなく基の目に飛び込んできた。体にぴったり合ったスーツはダーク系の色味で、日本人サラリーマンの間でも浮かないコーディネートだが、着こなしが堂に入っていて、只者でない雰囲気を纏っている。基は思わず自分の姿を見下ろして、ネクタイは歪んでいないか、スラックスの折り目はきちんとしているか、遅ればせながら確かめた。制服ではないビジネススーツ姿を都筑に見せる機会はそれほどなく、意識すると緊張してしまう。付き合いだして何年経とうとも、恋人をがっかりさせたくない、できる限り最高の状態の自分を見てほしいという気持ちは失せない。基にそう感じさせるくらい都筑は常にちゃんとしていて魅力的だ。

都筑のほうも基にすぐ気がつき、目が合った途端、小気味よさそうに口元を緩め、ふわりと微笑んだ。お互いに歩み寄り、向かい合う。

ほんの二日か三日会っていなかっただけにもかかわらず、基の心臓は都筑にも鼓動が聞こえるのではないかと心配になるほど乱れ、静めるのに苦労した。

「お疲れ様です、智将さん」

基がはにかみながらぎこちなく言うと、都筑は愛情に満ちた眼差しで基を見据え、

「きみも、お疲れ様」

と返してきた。

都筑を好きになってよかったと思うのはこういうときだ。常に誠実に対してくれる。

「カトルビレッジはいかがでしたか。兄にも聞いたんですが、同じタイプの商業施設と比較すると、上手くいっているほうだそうですね」

「集客のためにさまざまな工夫をしてがんばっているようだ。今は、ただ箱を造って座して待っているだけでは客は来ない。どこでもそうだ」

「ホテル業界もだと思います」

「グラン・マジェスティ・グループでもか。確かに、きみが今出向しているプラザ・マーク・ホテル

も十年前と比べたらいろいろ変わったしな。昔は団体旅行客などは受け入れていなかったはずだが、昨今は大型観光バスが横付けされているのをよく見る」

「そうですね」

話しながら基は都筑を総支配人室に連れていく。エレベータの中では二人きりだったが、お互い節度を持って接し、体に触れ合うようなまねはしなかった。都筑に抱き締められたら基はきっと抗えなかったと思うので、節度を弁《わきま》えた都筑の態度に救われた。

部屋で待っていた功は、都筑を家族に対するときと変わらない親しさで迎え、ハグをする。

「智将。元気そうでなによりだ」

「おかげさまで、公私共に順調です」

都筑も臆さずに堂々とした対応をする。血の繋がった基ですら功と話すときは心持ち硬くなるのだが、都筑は通常と変わらず自然体のままだ。その上で、功に尊敬の念を抱いていることが感じられる。功も、都筑のこうした、確固とした自分を持っているがゆえのぶれなさが爽快なようだ。

「功さんは近々ニューヨークにおいでになるご予定はないのですか」

「具体的には決まっていないが、用事はいつでもあると言えばあるから、そのうち、明日行くと連絡するかもしれない」

「ぜひ。なんなら、今着いた、でもかまいませんよ」

親しげなやり取りを傍らで聞いていると、自分より都筑のほうがよほど功と兄弟らしい気がする。功にしてみれば、やはり、一回りも年下の基は、弟というより甥っ子のようなものなのだろう。都筑とならば七つ違いで、感覚的にまさに弟なのかもしれない。二人の仲のよさが羨ましくもあるが、兄と都筑の関係がうまくいっているのは基にとって喜ばしいことだった。

「店は予約してあるんだろう。時間はまだ大丈夫なのか」

「銀座《ぎんざ》の店を七時に予約しています。宿泊先のホテルが日比谷《ひびや》なので。今回は、こちらに泊まらなくてすみません」

「なに。気にするな。提携先のホテルに出向中ではあるが、基はうちの社員だから、服務規程で客として自社ホテルに宿泊することはできないことになっている。だからといって基だけ鎌倉《かまくら》の家に泊まれと言うわけにもいくまい。他に宿を取るのは当然だ」

功は屈託なく言うと、そろそろ行きなさい、と話を切り上げた。

ホテルを出て最寄りの地下鉄の駅まで並んで歩く。

歩きながら、基は初めて都筑と一緒に食事をしたときのことを思い出していた。

「そういえば青山《あおやま》のあの創作料理レストラン、変わらず営業しているのか」

都筑も同じことを考えていたようだ。

胸の内を読まれたかのごとく都筑に聞かれて、基は目を瞠った。

「僕もまさにあの店のことを今考えていました。あそこはあのままだと思います。畳んだという話は聞こえてきませんから。常連客ばかりなので、何かあれば耳に入るはずなので」

「なら、よかった。次にまた一緒に東京に来たときは、あそこに行ってみないか」

「僕もまた行きたいと思っていました」

先の約束がためらいなくできる幸せを噛み締めながら基は賛成する。

「ちなみに、今晩泊まるホテル、ジーンさんもご一緒ですか」

「同じフロアの部屋だ。隣ではないが、近いことは近い」

気になるか、と都筑に冷やかしのこもった視線を向けられ、基は正直に「少し」と答え、うっすら頬を赤らめた。

だが、ジーンは一晩中よそで過ごしたらしく、結局その部屋には泊まらなかったようだ。

おかげで基は、朝、都筑と一緒にいるところをジーンに見られて、面映ゆい思いをするはめにはならずにすんだのだった。

*

佳人と映画を観たあと阿佐ヶ谷《あさがや》の事務所に戻った貴史は、午後八時頃まで残業して、仕事を片付けた。平日の昼間に映画を観たのにはわけがある。必要な書類が揃わず、夕刻までポッカリと時間が空いてしまったのだ。さてこの時間をどうやり過ごすかと考えていたところに、佳人から「今夜映画に行きませんか」と誘いの電話がかかってきた。夜は難しいが今からなら出られると返事をしたら、じゃあ二時半からの回を予約しますので、とトントン拍子に決まった。

いい感じに息抜きができて、五時過ぎに事務所に帰ると、千羽がクライアントから書類を取ってきてくれており、無事仕事が進められるようになっていた。

千羽はいつもどおり「用がなければ私はこれで」と定時で引き揚げた。昼間遊ばせてもらった分、夜はしっかり働く気でいた貴史は、お疲れ様でしたと千羽を見送り、一人で仕事に没頭した。

一度、六時くらいに東原《ひがしはら》から『よお』とスマートフォンに連絡がきたが、「残業です」と言うとあっさり『そうか。なら仕方ねぇな』と引き下がられた。昔なら考えられない聞き分けのよさだ。変われば変わるものだと不思議な気持ちになる。実のところ、少し寂しさを感じてもいた。なんのかんの言っても、貴史は東原の強引さ、勝手さをまんざらでもなく思っていたらしい。

「さて、帰るか」

デスクの上を片付けて抽斗《ひきだし》に鍵をかけ、脱いでいたスーツの上着を着る。

外はとうに暗くなっているが、七月下旬のこの季節、まだまだ気温は高そうだ。

昼間会った佳人はシャツにスラックスという出で立ちで、相変わらず爽やかだった。その佳人に負けず劣らず涼しげな佇まいが印象的だったジーン・ローレンス氏のことも頭を過る。明るい金髪に緑の瞳、怜悧な美貌をした人だった。

二人の話を聞いていた限りでは、どうやら沖縄で縁があって知り合ったらしい。

プライドが高そうなところや、語学が得意なこと、秘書をしている、していたことなど、あらためて思い返しても千羽と共通点が多く、性格も似ていそうだ。千羽と同じで、ジーンも知れば知るほど興味深い人物なのかもしれない。佳人とお茶を飲みに行くと言っていたが、案外、その後さらに食事を共にしているのではないだろうか。なんとなくそんな気がする。次に佳人と会ったとき、聞いてみよう。

そんなことをつらつらと考えながらビルの裏口から人通りの少ない路地側に出た。

見覚えのあるセダン車がビルから少し離れた位置に停まっている。

貴史はにわかには信じられず、えっ、と睫毛を瞬かせた。まさか、という気持ちだった。

ゆっくりと近づいていって、助手席側の窓越しに車内を覗く。

運転席に男が座っている。力強い筆致で男らしい男を描いたような、荒削りだが整った横顔。目にした途端、貴史は血が沸くような感覚を味わってゾクリとした。

東原がやおら頭を動かし、僅かにこちらを向いて貴史を見る。

車内はもちろん、貴史がいるビルとビルの間の道も街灯がまばらで暗かったが、視線を交わした瞬間に東原が小気味よさげに目だけで笑ったのがわかった。

乗れ、と眼差しで促され、貴史は迷わず助手席のドアに手を伸ばした。

滑るように身を潜らせ、シートに腰を下ろす。

「思ったより早かったな」

あたかも初めから待ち合わせしていたかのような口調で言うと、東原はイグニションキーを回してエンジンを掛け、車を発進させた。

「聞いてませんよ。待っているなんて」

驚きと嬉しさと呆れと恨めしさ、様々な感情が一緒くたに湧き起こる。一番強かったのは呆れたという気持ちだ。

「僕が表からビルを出てそのまま脇目も振らずに駅を目指していたら、ここで待ち惚けになるところだったじゃありませんか」

一言言っておいてくれたら、と恨みがましい気分になる。気づかなかったら後悔したに違いないのだ。そんな馬鹿げた擦れ違いは御免《ごめん》だ。想像しただけで肝が冷える。貴史にとっては少しも大袈裟な表現ではなかった。

「虫が知らせたんじゃないのか。表通りに一時間も路上駐車するほど俺も剛胆じゃないんでな。俺が電話したときから。おまえの中に軽い暗示がかかっていた。違うか」

そんなはずはない、と反論しようと開きかけた口を、貴史は思い直して閉じた。そんなふうに自信満々に言われると、絶対に違うとは断じきれなくなる。東原が来ているとは想像もしていなかった、だから車を見つけて驚いた、それは貴史の意識的に間違いないのだが、東原からの短い電話が貴史の深層心理になんらかの影響を与えていたとしても、それもまた否定できないことだった。

体《てい》よく言いくるめられた心地で黙り込んでいる間に、車は幹線道路を走っていた。

「今からどこに行くつもりですか」

貴史は気を取り直し、東原に聞く。

「ドライブにちょっと付き合え。夜の海、見たくないか」

「海でも山でも、僕はいいですけど」

どのみち車に乗り込んだ時点で貴史は東原に一晩中でも付き合うつもりだった。夜中のドライブは二人のような世間に隠れて付き合っている者同士にはうってつけのデートだ。東原は裏社会ではトップクラスの大物で、警察関係者や敵対組織に顔が売れまくっている。貴史自身はまったく有名ではないが、調べられたら弁護士だとわかるだろう。二人で昼間堂々と外を出歩くのは難しい。

「今日は昼間事務所にいなかったそうだな」

「なんでもよくご存じですね。あなたに隠し事はできないな」

「当たり前だ。隠さなきゃならねぇことがあるのか、おまえに」

東原は薄笑いを浮かべて貴史に意地の悪い聞き方をする。

「ないですよ。誓って」

貴史は間髪容れずにきっぱり答えた。一蓮托生《いちれんたくしょう》の覚悟をしたときから、東原が貴史に言えないこと、言わないことがあったとしても、貴史は東原に対して何もかもさらけ出す決意をしている。秘密は作らない。事によっては多少話すのに時間が必要なときもあるかもしれないが、最終的にはなんであれ相談し、打ち明けると決めていた。

「今のおまえの言葉、腹にズシッときた」

東原の真摯な声音が耳朶を打つ。

貴史は首を回して東原の顔を見上げた。

表情を引き締めた、毅然と何かに立ち向かう決意をしたような横顔が、対向車のヘッドライトに照らされて見てとれる。ゾクリと体の芯が震えてくるほど頼もしく感じられ、魅了される。

ああ、やっぱり、本音では今夜会えないかと期待していたんだな、と貴史は認めざるを得なかった。電話で短く話したときから、会いたくてたまらなくなっていたのだ。東原の言うとおりだ。

「一度納楚《のうそ》におまえを連れてこさせたことがあったと思うが、海に向かって迫り出した崖の上に建てた別荘がある」

「ええ。覚えています」

まだ曖昧な関係だった頃、拉致同然の強引さで連れていかれた場所だ。

「今夜あそこでまた一つやり直さないか」

過去にしたひどい仕打ちを修正し、後々まで覚えていたいと感じられるような思い出で塗り替えるように、東原は少しずつ貴史のために時間を割いてくれている。東原の真心と誠実さが胸に迫り、貴史はジワリと目頭が熱くなった。

「僕は、あなたとの思い出は、どんなひどいものでも手放したくないですけどね」

貴史は東原の膝に思い切って手を伸ばし、手のひらでズボン越しに撫でながら言い添える。

「それだけ僕を参らせているんだと自惚れていいですよ」

「……っ」

一度息を詰めたあと、東原はふーっと長く吐き出した。

「言ってくれる」

着いたら覚えておけよ、と口角を上げた口元が艶っぽい科白を吐くのが聞こえるようだった。

＊

「いやぁ、楽しかった。こんなすごい偶然が現実に起きるとは、いまだに信じられない気分ですが」

ジーンと西根、遥と佳人の四人でテーブルを囲み、三時間かけて楽しんだ晩餐も、そろそろ締め括らなくてはならない頃合いになっていた。

ジーンも西根も話題が豊富で、頭の回転が速く、皆それぞれ身を置いている業界が違うので互いの話がとても興味深かった。どれだけ喋っても飽きず、話題が尽きることがなく、あっという間に時間が経っていた。

遥も名残惜しそうだ。

「ホテルは日比谷のあれですか」

「ええ。わたしはボスの都合でそこです。この人のことは知りませんけど」

またジーンがわざと西根を狼狽えさせ、困らせるようなことを言う。こんなふうにしばしば冷たく西根をあしらうので、最初佳人は驚き、気が気でなかったのだが、やがてこれは彼らの間での愛情表現なのだと気づき、笑って聞いていられるようになった。

それまでは、べた惚れしているのは西根のほうで、ジーンは西根と渋々付き合っているのかもしれないなどと邪推をしたが、よくよく二人の様子を見ているうちに、西根がジーンに惚れているのは間違いないが、ジーンも西根に勝るとも劣らないほど惚れ込んでいるのがわかり、なぁんだと自分のことのように嬉しくなった。西根はそんな勝ち気で天の邪鬼《あまじゃく》なジーンが、可愛くて可愛くて仕方ないようだ。いくらでも我が儘を言え、全部受け止めてやる、と無精髭が精悍な雰囲気を強めている端整な顔に愛情が溢れ出ているように見えてきた。

「悪いな、ジーン。俺はもうちょっとリーズナブルなシティホテルを取ったんだ。なにせ、急に矢も楯もたまらなくなって飛行機に飛び乗ってきたからな。だから、諦めて今夜は俺と一緒に泊まってくれ。ちゃんと二名で予約してある」

「はぁ？　何をいけしゃあしゃあと言ってるんですか、あなた」

そんなことできるわけないでしょう、と呆れ果てた顔をしながらも、ジーンは絶対に内心嬉しいに違いない。本心ダダ漏れですよ、と佳人はジーンに耳打ちしたくなる。遥も笑いたいのを堪えている。遥と目が合って、佳人はだめですよ、と視線で窘めた。遥からは、わかっている、おまえもな、と返ってきた。遥が言いたいことは目配せ一つで察せられる。

「明日は夕方までフリーなんだろ。都筑からは、それまでは自由行動だと言われているんだろ」

「そ、それはまぁそうですが」

ジーンは西根に熱を籠めて口説かれだすとたちまち歯切れが悪くなる。

おい、と脇から遥に腕を引かれ、佳人は遥に向き直った。

「俺たち邪魔なんじゃないか」

「ああ……はい、そうかもしれません」

「あてられっぱなしで、俺もそろそろ我慢の限界だ」

「我慢の限界って、どういう意味ですか」

遥に限ってこの場で不穏な発言をするとは思わないが、佳人は軽く身構えた。

「うちに帰ったら問答無用で押し倒す。覚悟しておけ」

「えっ。あ、おれですか」

帰ったらすぐ抱くぞ、と宣言されて、佳人は不意打ちに遭った心地で、ぶわっと首まで赤くなった。鼓動も速くなる。

「佳人さん、どうしたんですか。急に酔いでも回りましたか」

目敏く気づいたジーンが西根との痴話喧嘩をやめて佳人の体調を気に掛ける。

「ご心配なく。飲むと顔に出やすいだけで、気分が悪くなるほど酔ってはいません。ですが、そろそろチェックしてもらったほうがよさそうです」

遥が落ち着き払って佳人の代わりにジーンと西根に説明する。

「ああ、それがいいですね。すみません、黒澤さん。ついこちらの話を長引かせてしまって」

西根が面目なさそうに謝る。ジーンも神妙にしていた。

「どういたしまして。宿泊先の件は解決しましたか」

「ええ」

西根は返事に迷う素振りを見せたが、ジーンのほうがためらいのない口調で即答した。

「仕方ないので、わたしが折れました」

「えっ。いいのか」

「いいと今言ったでしょう。聞こえなかったんですか」

「聞こえた。聞こえた。ありがとう、ジーン！」

「うるさいです。返事は一言で結構です」

ジーンはムッとして顔に朱を散らしながら、必死で顔を引き締めようとする。本当に意地っ張りな人なんだなと佳人はおかしくてたまらなかった。やっぱり千羽敦彦と似ていると思う。千羽のことを考えたとき、貴史はもう仕事を終えて帰宅したかな、とそちらにも思いを馳せた。

テーブルで会計を済ませ、四人揃って店を出る。

十時を過ぎるとさすがに気温もいくらか下がっていた。空には綺麗な下弦の月が出ている。

「それでは、ここで、失礼します」

西根たちはホテルまでブラブラ歩いていくらしい。

スーツケースを転がす西根の傍らを、書類鞄を提げたジーンが歩く。

後ろ姿にも仲睦まじさが感じられ、佳人はほっこりした。

「帰るぞ」

遥がぶっきらぼうに声をかけてくる。

はい、と体の向きを変えて遥の傍らに並ぶと、二人に感化されたのか、初めて遥が佳人の手を握ってきた。

一握りして離されたが、佳人は驚いて、しばらく指の震えが止まらないほど嬉しかった。

「幸せをたくさん分けてもらった気分ですね。今日は奇遇なことだらけで、驚きの一日でした」

駅に向かって歩きながら、佳人は感じたままを言う。

「他でもいろいろ起きた一日だったかもしれないぞ」

遥が珍しく冗談めかしたことを言う。

なんとなく、佳人もそういう気がして、今度貴史に話してみようと思った。

＊

「あれ、今通りの反対側にいたの、ひょっとしたら先輩だったかもしれないな」

車が渋滞した繁華街の通りを歩いているとき、西根がいきなり言い出した。

「先輩って、どなたのことですか」

ジーンは西根を見上げて、べつにどうでもいいけれどと思いつつ聞く。聞いたところで自分とは関係ない話だろうから、さして興味はなかった。

「基の兄貴だよ。功さん」

「ああ。あの方ですか」

それならジーンも知っている。少しは関心が湧いた。

「すぐ脇道に入っていったから定かじゃないが、たぶん先輩だった気がする」

「御本人だったら声をかけたいところでしたか」

ジーンの言葉に西根はいったんは「ああ」と頷いたものの、だけど、と遠慮する素振りを見せた。

「連れがいたから、邪魔をすることになったら悪かったし、まぁいいよ」

「女性ですか」

堅物の印象が強かったが、魅力的な男性なので彼女の一人くらいいても不思議ではない。だが。

「いや。男性だった」

西根の返事を聞いて、ジーンはなんだと肩を竦めた。

あとがき

このたびは拙著をお手に取っていただきまして、ありがとうございます。

デビュー二十周年記念本として制作していただいた『春夏秋冬 情熱と摩天楼』をお届けすることができて感無量です。制作にご尽力くださいました各方面の方々に、そして何よりも、ここまで私を応援してくださいました読者の皆様に、深くお礼申し上げます。

本書は主に情熱シリーズと摩天楼シリーズの番外編で構成されています。いずれもリブレさんで書いてきた（書いている）シリーズ作品で、イラストをどちらも円陣闇丸先生にお願いしていたことから、このコラボ本の企画が立ちました。

摩天楼のほうは、八年前に完結巻が出てからは、ときどき短編を寄稿するくらいだったのですが、今回久しぶりにメインの登場人物四人と主要な脇役である功お兄さんのその後を書けて嬉しかったです。書き下ろしの新作では、情熱シリーズの主要キャラたちと絡みます。元々、『彼らの日常』でこの二つのシリーズをコラボさせていましたので、今回執筆した『ある夏の日彼らは』はその続きと考えていただいていい感じの作品になりました。

書き下ろし以外の作品は、単行本未収録の雑誌掲載作と同人誌執筆作を集めていただきました。実は今回収録できたのはそれらのうちの一部です。特に情熱シリーズのほうは「私こんなに同人誌で書いていたの？」と我ながら驚くほどの数で、泣く泣く収録を諦めた作品が何本もありました。主に、東原と貴史メインの作品群なのですが、本編を補足するエピソードを綴ったものもありますので、いつの日にか商業ベースでお目にかけられたらいいなと思っております。

東原と貴史カップルの話は、この先ノベルズに収録していただく等の可能性がなきにしもあらずですが、今回のような記念の本でないと同時収録が難しい作品を、本書には入れていただきました。『恋人たちの秋夜』と『after dance』には、他社で発行していただいている砂楼の花嫁シリーズのキャラと、茅島氏シリーズのキャラががっつりと登場しています。情熱シリーズの二カップルと併せて、四カップルが絡む話です。同人誌で書いた作品で、本書に収録することを、徳間書店様と幻冬舎コミックス様にご快諾いただきました。ありがとうございます。おかげさまで二十周年の記念になる素晴らしい一冊になったのではないかと思います。

収録作を吟味し、十九行取りにして一頁あたりの文字数を増やしましたが、それでも四百頁超えの私史上最も分厚い一冊になりました。それぞれの作品に思い出があり、校正しながら懐かしい気持ちになったり、今とは言葉の選び方が違うなぁと感じたりして感慨深かったです。

装丁をお願いした名和田耕平デザイン事務所様にも大変お世話になりました。打ち合わせから関わらせていただき、こんなイメージでと直接ご相談させていただいたのは初めての経験で、普段こうして制作されているのかと興味深かったです。名和田耕平デザイン事務所様には以前、芳文社様から出していただいたコミックス版茅島氏シリーズの装丁でお世話になったことがあり、今回再びお仕事ご一緒する機会に恵まれ感激でした。

素晴らしいイラストを描いてくださった円陣闇丸先生にも、どれだけ感謝してもし足りません。イラストの完成稿を見せていただいたとき息が止まる思いをした上に、デザインされたカバーと帯を拝見してまたひゃあと奇声を発しそうになるという、嬉しい衝撃を二度も味わいました。本当にありがとうございました。

二十周年を迎えてあらためて感じるのは、長いようで短かったなということです。デビューしてすぐの頃は三年やっていけるのかと不安しかなく、五年を過ぎた頃から十年目くらいまでは、ただ夢中で走り続けていた気がします。ある方から、本当に苦しくなるのは十年超えてから、と聞いていたのですが、十五年超えるとさらにきつさが増したように思います。今、二十年の節目を迎え、我ながらよくここまで来られたなと正直感じていて、周囲への感謝があるばかりです。

まだ書きたいものがいろいろありますので、今後も細く長く執筆し続けていけたらと願っております。何年作家をやっていても至らないところだらけで反省したり後悔したりする日々ですが、少しでも前に進める何かを摑めるよう、精進していきたいです。

どうか、見守っていただけますと幸いです。

今後とも、どうぞよろしくお願いいたします。

ここまでお読みくださいまして、ありがとうございます。

また次の本でお目にかかれますことを願いつつ、締めさせていただきます。

遠野春日拝

初出一覧

イスタンブール・デート	小説ビーボーイ（2013年3月号）掲載
After homeparty	AGF限定本「Libre Premium 2010」掲載
摩天楼ディナークルーズデート	小説ビーボーイ（2014年1月号）掲載
Flowers for obstinate Gene	同人誌「Flowers for obstinate Gene」（2005年8月刊行）掲載
彼らの日常	小説ビーボーイ（2009年1月号）付録小冊子掲載
花火降る夏の宵	同人誌「花火降る夏の宵」（2011年8月刊行）掲載
Summer Garden	同人誌「Summer Garden」（2012年8月刊行）掲載
秋の夜長に猫再訪	AGF限定本「Libre Premium 2012『PEARL PLATINUM』」掲載
恋人たちの秋夜	同人誌「Bonbonnière 1」（2015年10月刊行）掲載
after dance	同人誌「after dance」（2015年12月刊行）掲載
イニシアチブ	AGF限定本「Libre Premium 2013『WHITE SNOW』」掲載
大月隠	同人誌「思い差し」（2017年12月刊行）掲載
中東土産と高慢美青年	AGF限定本「Libre Premium 2014」掲載
ある夏の日彼らは	書き下ろし

弊社ノベルズをお買い上げいただきありがとうございます。
この本を読んでのご意見、ご感想など下記住所「編集部」宛までお寄せください。

リブレ公式サイトで、本書のアンケートを受け付けております。
サイトにアクセスし、TOPページの「アンケート」から
該当アンケートを選択してください。
ご協力お待ちしております。

「リブレ公式サイト」
https://libre-inc.co.jp

春夏秋冬
情熱と摩天楼

著者名　遠野春日
©Haruhi Tono 2019

発行日　2019年 9 月19日　第1刷発行

発行者　太田歳子

発行所　株式会社リブレ
〒162-0825 東京都新宿区神楽坂6-46
ローベル神楽坂ビル
電話03-3235-7405(営業)　03-3235-0317(編集)
FAX 03-3235-0342(営業)

印刷所　株式会社光邦

装丁・本文デザイン　名和田耕平デザイン事務所

Printed in Japan
ISBN 978-4-7997-4414-7